巧妻戲呆夫

2

文創風 305

半生閑 著

目錄

第三十三章……005
第三十四章……015
第三十五章……025
第三十六章……035
第三十七章……045
第三十八章……057
第三十九章……069
第四十章……079
第四十一章……087
第四十二章……099
第四十三章……109
第四十四章……117
第四十五章……127
第四十六章……135
第四十七章……145
第四十八章……153
第四十九章……163
第五十章……177
第五十一章……187
第五十二章……197
第五十三章……207
第五十四章……217
第五十五章……227
第五十六章……239
第五十七章……249
第五十八章……257
第五十九章……265
第六十章……275
第六十一章……285
第六十二章……295
第六十三章……305
第六十四章……315

第三十三章

林語想，反正就半年日子，不用了解太多，兩個男女從了解開始，也從了解結束，就這麼做朋友一樣地過日子，那不是自己所想嗎？

但她心中有一點擔心。她發現與父女二人相處真的很開心，萬一她真喜歡上了這個男人怎麼辦？

他好像有很多的秘密……

不想了，非得想的時候，到時再說了。

林語甩了甩頭，開始動手收拾起廚房來。

肖正軒跟在林語身邊幫著抹桌子，沒話找話。「林語，這桌子要不要抬出去擦擦？」這才吃兩頓飯吧？你家有這麼多的油水嗎？

「不用，就用熱水擦擦好了。然兒吃飯的那一方，你得多擦兩遍。她把飯掉桌子上了，黏在了桌面上，不容易掉喔。」

肖正軒歡喜地說：「嗯，反正我力氣大，小傢伙嘴巴吃飯時就漏飯，真是個漏嘴巴。」

正在廚房門口玩石子的小然兒不樂意地辯解。「爹爹，然兒不是漏嘴巴。」

林語禁不住笑了。「妳爹是個大嘴巴。」

「哈哈哈，娘說爹爹大嘴巴！」這一下小傢伙樂了。

第三天一大早，林語與肖家父女就帶著幾隻野味進了林家院門，林桑高興地接了出來。

「語兒，哥哥在想你們快要到了呢。」

小然兒跟了過去。「舅舅，然兒來了。」

林桑笑著抱起她說：「嗯，舅舅有幾天沒看到小然兒了，讓舅舅抱抱，看有沒有長點肉？」

小然兒舉起小拳頭，天真地說：「舅舅，你咬咬，我長了好多肉。娘說這兒的肉最好吃。」

林桑哈哈大笑。「小傻瓜，妳娘騙妳的呢。舅舅真咬一口，這隻小手都沒了。好了，舅舅給你們留了不少的豆漿，一會兒就可以吃早飯了。」

林語把手中的東西放在櫃子裡，肖正軒把手中的獵物交給林桑說：「大舅兄，這個東西林語已經弄好了，放著慢慢吃。」

林桑放下然兒，急忙說：「不用不用，我一個人哪能吃得這麼多？」

「噗。」林語笑出了聲。「哥哥，這可不是給你一個人吃的。我跟肖二哥商量好了，以後每天白天都到你這兒來，晚上再回我們那院子裡去。」

林桑擔心地問：「肖家不會說話？」

林語笑著說：「哥哥你放心，這事肖二哥會處理好的。馬上要入冬了，等冬天一到，這天就冷了，我們與族長約好的豆芽也得開始秧了，現在最重要的是把這炕堆起來。沒有它，我們那豆芽計劃就沒法實現了。」

林桑點點頭說：「既然這樣，那也行。以後就這樣安排，你們早上就過來，晚上吃過晚飯再走，一會兒我到糧店多買點糧食回來，防著年底大漲。」

林語建議說：「哥哥，我們修個糧倉吧，再養隻貓防老鼠。我們準備把餘下的四十兩銀子，分出二十兩來買糧食，到時你到有田的人家打聽好，我們再去收些糧食回來。」

林桑大吃一驚。「買二十兩銀子的糧食？語兒，會不會太多了？」

林語搖搖頭說：「不多的。肖二哥還說四十兩要全部用來買糧食呢，可我想著做豆芽要本錢，所以建議只花二十兩銀子。糧食一下子不會壞的，今年吃不完，明年再吃，這年歲也不見得是年年都好吧？」

林桑認同地點點頭。「嗯，還是肖二哥想得遠。語兒，今年就先收十兩銀子的糧食，一下子太多進來，那些長輩又要眼紅了。以後再慢慢收些進來就不惹眼了。一會兒我送完豆腐就去請木工和石匠，過兩天去鄉下訂秋糧去。」

林語讚許地說：「還是哥哥想得周全，財不外露，我們又有那麼一大家子的極品長輩，還真的要瞞著他們點才好。」

重陽一過，天氣越來越涼爽了，林語帶著然兒在院子裡燻豆腐乾，看到身上單薄的肖正軒突然心裡難過起來。成天都只想到吃，忘記天涼了。

第二天，林桑和肖正軒都出了門，林語帶上小然兒去了金大嫂家。金妮兒一看到她立即叫了聲。「林語姑姑，妳來找我娘嗎？」

「妳娘在嗎？」

「在呢。」

小然兒把手伸到金妮兒面前。「姊姊，姊姊抱。」

林語拍了拍她的小屁股說：「小叛徒去吧。妮兒，一會兒幫我帶小然兒行不？」

金妮兒問她。「林語姑姑，妳要出門嗎？」

林語笑著說：「想請妳娘幫著我買幾塊布料，給家裡人做秋衣呢。」

金大嫂在屋裡聽到林語說話，立即出來說：「買布料做衣服？妳和小然兒的還是妳哥跟妳相公的？」

聽金大嫂說到「相公」二字，林語還是有點害羞。為了掩飾異樣，她立即笑咪咪地說：「嫂子，我都想給他們做幾件。天越來越涼了，他們父女的衣服幾乎沒有一件完好的，我哥也沒什麼好衣服，藉著這個機會都做兩件。」

金大嫂同情地說：「我看這肖家老二兩年多，還只有現在才看他穿得像個人樣。這都說親爹親娘有人疼，可肖家大娘那個心呀，也不知道偏哪兒去了。走吧，我陪妳一塊兒去。」

鎮上有三家大布店。金妮兒也要跟著去，所以小然兒也成了跟屁蟲了。四人進了張氏布店，一位店小二連忙迎出來。「金嫂子，您要點什麼？」

金大嫂笑著說：「是牛二哥呀？今天是我這小妹子想扯幾塊布來著，你推薦幾塊實用的就好了。」

牛二哥是牛家村張老闆的遠親，從小跟著張老闆做小夥計，大家都熟識，於是他爽快地說：「那小嫂子跟我到這兒來，就是不知您是要上等的還是要次點的？」

林語對布可沒有研究，她看了金大嫂一眼問：「嫂子，妳說什麼樣的好？」

金大嫂指著粗布櫃子說：「咱們鄉下人，每天不是在田裡就是在山裡刨食的人，總不能穿著綢緞，還是粗布來得實在。」

林語覺得金大嫂是個實在人，立即笑著應承。「牛二哥，那就這靛藍和絳紫的粗布各給我來一丈二，還有這深藍的細棉也來一丈二。那纏枝小紅花的、紫丁香花的各來六尺。」

看林語買的布都不是適合她自己的，於是金大嫂詫異地問：「妳自己不扯一塊？」

林語想了想，指著紫丁香花的花布說：「那這個來一丈二好了。」

牛二哥立即推薦說：「小嫂子要這深藍的細棉，不如要這夾綢的中粗棉好了，這布不大容易掉色，可以用來做長衫。」

金大嫂摸了摸面料說：「林語，這布不錯，換這個吧。」

「那行，牛二哥，就按你說的這個來一塊好了。」

兩人正拿著布疊起來準備付銀子，突然一聲。「哎喲，肖二嫂子，妳今天可破費了。」王珍一臉輕蔑地看著林語尖聲叫了起來。「大嫂，妳快來看妳家大姊，還真是會過日子呀？買了這麼一堆破布。」

林柔自從流了孩子之後，一直不得王家人待見，她認為自己出醜一定是林語出的么蛾子，所以今天見王珍開口幫她，立即笑吟吟地說：「珍兒，妳怎麼能這樣說她呢？再說她現在可不是我大姊了。我嬤嬤說了，她嫁了以後就不再是林家人了，也不用回林家走親戚回門了呢。嫁給一個呆子，有銀子買破布還算她命好呢，我還怕她窮得露屁股呢。」

王珍哈哈大笑起來。「大嫂，這人的命是注定的，是村婦命還是少奶奶命，當真是早就注定的。」

林柔不屑地說：「那當然，她哪來這個好命，就是輪上了怕也擔不起。」

林語聽了，嘻嘻直笑。「哎喲，是王家大少奶奶呀？妳身體可好？妳這命可真好，聽說成親之日紅光沖頂呀？可得多養著點，小心以後送子娘娘怪罪於妳，不再給妳送子就慘了。」

林柔被林語一句話揭了老底，惱羞成怒地指著林語問：「那天是妳害我的對不對？」

為了更加激怒林柔，林語故作無辜的樣子，一臉害怕地問：「什麼是我？王少奶奶，我沒有聽明白妳的意思，妳是不是說妳成親前就懷了孩子的事？這可不是我，我哪有這種能力？」

「噗！」牛二哥禁不住笑出聲來。

「我跟妳拚了！」眼見門邊來了幾個看笑話的人，林柔說不過林語，氣得就要朝林語撲過去。

金大嫂力氣大，一把抓住林柔說：「我說妳這還是王家少奶奶呢，怎麼就跟個潑婦似的？讓眾人看看，少奶奶難道就這德行？還是妳其實只是自稱的少奶奶？」

「嘿嘿嘿，不就家裡多了幾畝地嗎？在這鎮上也不是什麼真正的大富人家，還真有不要臉自稱少奶奶的。」一個圍觀的路人開始嘲笑。

林柔面紅耳赤，她甩開金大嫂的手，指著林語說：「我就算稱不得少奶奶也比她嫁個呆子強得多。嫁個又窮又醜的呆子不說，還是個續弦，直接讓妳當後娘，有什麼好得意的！」

林語氣死人地說：「可是我家呆子對我好呀！不出門幹活就在家裡幫著我，我叫他往東他就不敢往西，可妳家那王大爺呢？昨天還聽說他為了怡紅樓的媚娟姑娘與人打架了呢。王少奶奶，昨天他打贏了沒？」

林柔被問得七竅生煙。「就算他再找別的女人，也比妳的呆子強。」

「喔？是嗎？那恭喜妳找了個好相公，最好他還能給妳帶個便宜兒子回來，這樣妳就不用羨慕我當後娘了。」

王珍見自家嫂子不是林語的對手，立即上前指著林語說：「以前妳還不是要死要活地要嫁我哥哥？哪個男人沒有點風流韻事？這算什麼？」

林語眯起眼睛笑著說：「哎喲，王珍妹妹可真是個賢妻人選。以後要娶了王珍妹妹的男子，可就享福了，我想妹妹一定是個賢妻，定能一進門就給妳相公娶個三妻四妾的回家侍候他的。」

王珍畢竟還是個沒成親的小姑娘，哪裡是林語的對手？她氣得滿臉通紅地站在店裡，話也說不出來。沒想到林語竟然變得再也不認識了。

金大嫂等林語付過銀子，拉著她說：「走吧，語兒妹妹不要理她們。這王家的少奶奶、大姑娘的，我看啊還不比我們窮人品行好。」

旁邊有人嘖嘖笑了。「有錢人家的姑娘，看來就是教得賢慧呀。哈哈哈……」

幾人出門，小然兒看著臉色猙獰的王珍和林柔，害怕地叫了一聲。「娘……」

林語抱過她，拍拍她的後背說：「然兒不用怕，這世道到處都有野狗的，手裡拿根打狗棒，再狠的狗也就不敢咬妳了。」

金大嫂噗哧一笑。「妳這教孩子的方法還真新鮮。不過語兒妹妹，這王家的大姑娘，可不是個什麼好東西。」

林語略有深意地說：「嫂子，她說我是個村婦命呢！妳說要是有一天，她也淪為村婦會怎麼樣？」

金大嫂不信地說：「王家雖然不是什麼大富大貴人家，可也是有幫傭的人家。妳真要說這王家大姑娘，就算不嫁個最好的，但也不會嫁得太差吧？」

林語笑笑說：「嫂子，不都說人的命是天注定的嗎？也許她命該如此呢。」

金大嫂笑笑。「也許。不過她真要嫁到農家裡來，哪個娶了她都沒命了。這種仗著家裡有幾畝地就不知道天高地厚的女子，咱們農家人還是不要娶的好。」

林語沒有回金大嫂的話，只是在想：林福怎麼就這麼遜呢？還沒把王珍的肚子搞大？要不幫他一把，也好早點讓王珍早日享受這村婦生活……

第三十四章

林福腳步輕快地到了林家小院。

自從林語幫著他追王珍、出謀劃策開始，他覺得這個堂妹真的很厲害。

見院門沒開，林福推了一下就自己進去了，看林語正坐在院子裡的桂花樹下喝茶，不禁問：「語妹，妳找我？」

林語見林福來了立即說：「福子哥，天漸冷了，園子裡也沒了蔬菜，我秧了點豆芽，你拿點回去叫森伯娘燒點吃吃。」

林福看到盆子裡小半盆嫩生生的豆芽，驚喜地問：「喔，語妹現在還能秧出豆芽來？都開始打霜了呢。」

林語羞澀地笑笑說：「我這不也是沒辦法嗎？嫁個呆子，日子總得過呀，所以沒事就總在捉摸點新鮮玩意兒出來。福子哥也知道，我大哥是做豆腐的，家裡也只有豆子這東西，我就想著看能不能大冬天的時候弄點豆芽出來試試。」

林福同情地說：「難為妳了。」

林語笑笑說：「沒事，命中注定，不能怨天尤人，日子總過得去的。福子哥坐，喝杯我曬的桂花茶吧。」

林福坐下說：「好呀。語妹弄的東西總是好喝。咦，是什麼味道這麼香呀？」

林語把茶放在林福面前說：「有什麼味道？」

林福肯定地說：「嗯，有一種很好聞的味道呢。」

林語假裝想了想說：「是不是我抹手的潤手桂花油的味道？」

「桂花油？桂花還能榨出油來？」林福驚訝地看著林語問。

林語解釋說：「這天越來越涼，手上臉上都很不舒服，去年我在手上塗了點麻油，老覺得有種說不出的味道，就想著今年等桂花開了，弄點桂花在油裡，看來還真有作用了呢。」

這裡的女人因為沒有保養品，都是用一點點麻油來代替。聽林語一說，林福眼睛一亮。

「語妹，妳弄的這個桂花油能送點給福子哥不？」

林語故意為難地說：「福子哥，我也只做了兩小罐……那我送給你一罐吧，可你千萬不要跟別人說是我送的呀。我就這麼一點點，要不是福子哥你一直對我好，我也不捨得送的。」

林福連忙保證。「行行行。福子哥知道妳的好，一定會好好保密的。」

看著林福屁顛屁顛地跑出去的身影，林語邪惡地說：「福子哥，祝你們『性福愁快』。那裡面可加了好多好料喔，樣樣都是精品……嘿嘿，便宜你了，小子。」

肖正軒拎著兩隻野兔子進門，看林語這奸笑的樣子，他開心地問：「有什麼好事這麼高興？」

「當然是好事，而且是事關林家子孫後代的大事，你說是不是好事？咦，呆子，今天你回來得這麼早。」

肖正軒解釋說：「這兩天怕是要下雪了，野獸都躲起來貓冬（注）了，現在很難打得到這些東西了。」

林語拍去他身上的灰塵。「呆子，獵物打不到就算了，你別再上山了。一天到晚在山裡轉也怪累人的，等我們這豆芽賣出去後，五兩銀子的月例也交得起。再說你近來打的獵物，我已經都醃起來了，再過一段時間拿到酒樓去賣，也值不少銀子。」

正享受著林語那種老夫妻之間親密動作的肖正軒，一聽林語說要把以前打的獵物賣了湊銀子，他急忙解釋說：「要交給娘的那點銀子我這兒還有，妳不用擔心。越是冬天越是沒什麼好菜吃，那些就是我留下來給妳和然兒吃的，不許賣了。」

林語驚訝地說：「啊？原來打獵這麼掙銀子呀？看來以後我也跟著你學打獵算了，這比什麼都賺得快。」

聽出林語語氣中的驚訝，還有那躍躍欲試的表情，肖正軒知道這女子可不如表面上的柔弱，但想起山中的辛苦與危險，他立即拒絕。「不行，打獵太危險。銀子我會掙，不用妳上山。」

林語假裝笑嘻嘻地問：「呆子，我們只有半年的夫妻命喔，難道你把我休了，還負責我的生活不成？」

注：貓冬，方言，躲在家裡過冬之意。

肖正軒一愣。過起了有家有室的生活，竟然讓他上癮了，完全忘記半年之約之事，怎麼辦？這個女子有一種讓人迷失心智的能力，也許他不能再靠近了……

可是他還是說：「不管以後怎麼樣，妳的生活由我負責。」

不管他能不能做到，肖正軒這句話讓林語心中柔軟起來。「別擔心，我跟你開玩笑的，我有能力養活我自己。」

林語的堅強讓肖正軒又高興又難過。如果她真的能事事靠自己，他會擔憂，可是她事事都不靠自己，他心裡又開始不是滋味了。

沒管肖正軒在想什麼，林語擺開桌子準備裁衣服。當他看到她在忙碌之事，立即轉身出了院子，不一會兒工夫，拎了一捆皮往桌子上一放。「林語，用這個做。」

林語解開一看，雖然都是普通的毛皮，但這男人還真有手藝，皮毛都處理得很乾淨。她開心地問：「這都是你平常打獵存下的？」

肖正軒看著她那開心的小臉，內心立即高興起來。「嗯，都是今年存的。但不是什麼好皮毛，明年開了春，我獵到好的，到時再給妳存下來。」

聽肖正軒嫌這些皮毛不好，林語愛嬌地瞪了他一眼才說：「咱們又不是什麼皇親貴族，也用不著穿什麼高級毛皮的。這個多好，又便宜又保暖，真的扯壞了也不心疼，對不對？」

這種不貪念的心態，讓肖正軒很是喜歡，但是林語這話讓肖正軒不知要如何回答，只得扯扯嘴角。「嗯，對吧……」

林語朝他翻了翻白眼。「什麼對吧？對就對，不對就不對，哪來什麼對吧？呆子，你來幫我拉著這皮，我給你先裁一件毛背心。」

肖正軒趕緊上前拉著皮子說：「我不用，只做妳和然兒的就行。」

林語朝他瞪了一眼。「怎麼你就不用？這大冬天的，冷風都冷得刺骨呢，你不用，難道你練了真氣護體不成？」

林語的嘮叨讓肖正軒心裡很甜蜜，可一聽什麼「真氣護體」，他不解地問：「什麼叫真氣護體？」

見肖正軒那呆愣的樣子，林語雙手比劃著。「就是那種氣凝丹田，雙手一沈，一股熱流從腳底湧起，從掌心頭頂而出，對準所攻擊的對手一送，就『砰』的一聲把對手擊倒在地。如果身子發冷時，就讓它全身走動，頓時溫暖如春。」

肖正軒噗哧一笑。「世上哪有這種神奇的東西？妳這是從哪裡想來的？」

看肖正軒笑話她，林語訕訕地笑著說：「原來沒有這種東西啊？不是你沒有碰上高手吧？不過也對，戰爭都是一群當官的指揮著一群老百姓，你打我我殺你的，哪來真正的高手相拚。」

肖正軒聽了林語的解釋，覺得奇怪。「妳怎麼知道戰場上是這樣的？」

察覺自己無意中露了餡兒，林語只得故意裝出天真的模樣說：「那街上混混打架不都是這樣的嗎？這打架與打仗不都差不多？」

「打仗跟妳所說的打架還真有相同的地方。」

為了不讓肖正軒再追問下去，林語故意問他。「呆子，你打仗的時候怕不怕？」

肖正軒臉部肌肉扯了扯，好一會兒才說：「怕。」

林語故意說：「怕才正常，世上哪有不怕死的人呢？呆子，看來你還算是個正常人。」

肖正軒聽了她的評價哭笑不得。虧她一直說知道他不呆，還很聰明，可現在又說他算是個正常人。

反正跟個小孩子也說不清，他只得鬱悶在心裡。人家本來就很正常好不好……

林語還真不知道，她的故意歪纏讓肖正軒再次把她打入孩子的行列。

幾天時間把衣服做好了，晚上等肖正軒洗漱好之後，林語拿出一套新衣往他身上一扔。「來，先試試這一套冬天的，看看這毛背心合適不？」

肖正軒拿著暖烘烘的毛皮背心，怔怔看了好一會兒。林語不解地問：「怎麼？不敢穿？怕我做得不好嗎？」

肖正軒立即搖頭，低沈地說：「不是。」

林語幫然兒試著新衣服說：「不是就試試呀。我相信我的手藝，就怕你不喜歡。」

然兒穿著圍了毛皮領子的新衣，跳著說：「我喜歡！娘，我最喜歡！然兒好看！」

林語笑嘻嘻地說：「臭美！妳好看，妳最好看，妳是這世上第一大美女。」

肖正軒不動聲色地看著在炕上跳來跳去的女兒。他帶了四年，從來沒有看過這樣活潑可愛的女兒。想起過去，他彷彿鬆了口氣，可一想起將來，他眼神又暗，拿著衣服，一言不發地去了廳裡休息。

林語莫名其妙地看著轉身出去的肖正軒，對然兒嘟囔著。「小傢伙，妳爹是不是嫌我做的衣服不好？不過他試都不試，我怎知哪裡做得不好？真是個呆子。」

然兒跟著說：「爹爹呆子。」

「小叛徒。」林語裝出一臉凶狠，捏著她的小臉親了一口，才把她扔進了被窩裡。

人是會貪戀的。

成親近三個月，林語發現自己越來越喜歡現在的生活。她害怕自己陷進去，如果真的到了那一天，而肖正軒又不可能這麼跟她過下去，以後的日子要怎麼辦？

因為她怕，到了六個月期滿，要是她捨不下他們怎麼辦？

一個人時，林語想起這些，總覺得自己沒出息，拿得起放不下。

因此林語開始把半年夫妻的事掛在嘴邊，可是她發現自己說一次，肖正軒的臉色就暗上一分。

所以她開始鬱悶了。

這天吃過晚飯，林桑攔住林語問：「語兒，我覺得今天肖二哥似乎不是很開心？」

林語不想讓林桑操心，笑著安慰說：「哥哥，你也知道他這人有時候有點呆。他不是不高興，可能有什麼事沒想明白吧？等他想明白就沒事了。我們先回去了，明天早上族長爺爺會過來看豆芽，我準備讓他帶著樣品去幾家店裡呢。」

林桑擔心地說：「這事我知道的，幾家店裡都說好了，只剩見貨談價罷了。語兒，我覺得肖二哥今天真的不大高興，妳小心點別惹他，他是個好人，別弄得他不開心。」

「我知道的，哥哥放心。」

回程的路上，林語問抱著然兒的肖正軒。「呆子，你今天怎麼了？是不是你不愛聽我說半年夫妻的話？」

肖正軒沈默了好一會兒才說：「不是。不是，林語……」

看他停頓了半天又不說了，林語無奈地說：「說吧，有什麼為難的事，你跟我說就行了。我們生活在一塊兒，要是有什麼話都憋在心裡不說，日子會過得很不開心。」

肖正軒支吾半天才說：「林語，我要出去幾天。」

「出去幾天？到哪兒去？」林語詫異地問。

「有點遠的地方，要十天才能回得來。」肖正軒模稜兩可地回答。

既然不想說，林語也就不多問了。於是她笑著說：「我還以為是什麼大事呢。不就是要離家幾天嗎？沒事，你去吧，然兒我帶好了。」

肖正軒只吐了兩個字。「謝謝。」

林語笑著說：「不用謝，這是我應該做的。不過天冷，你別騎馬，省得凍著了。」

肖正軒聽著這關心的話，他內心翻騰得厲害，為了能早日回來，他還是拒絕林語的提議。「不會有事的，馬車太慢了。」

事情這麼急？林語知道這男人可不像他外表那樣呆。「把我給你做的夾衣穿上吧。」

「好。」

然後，再無二字。

第二天很早，肖正軒就走了，唯一帶上的就是他那匹老馬。

一進林家，林桑沒見到肖正軒進門，奇怪地問：「語兒，不是說今天肖二哥不上山打獵嗎？怎麼不見他過來？」

林語支吾著說：「哥哥，他去外面了，可能要十天半月的才回來。」

林桑不解地問：「外面？外面是哪裡？」

這呆子什麼也沒有說，只說要出去一趟。林桑問得仔細，林語沒辦法，只得瞎編。「到府城去了，前些時候打的獵物留下一些好的毛皮，這鎮上賣不了銀子，所以想送到那兒去賣。」

林桑理解地點點頭說：「那倒是真的。那些收毛皮鋪子的老闆都是黑心的傢伙，仗著這兒偏遠，去縣城不方便，一些好東西硬是只給個野菜價。嗯，還是送到外面去賣的好。」

總算不問了，林語走進新搭好的棚子裡，掀開木箱上的油紙說：「哥哥，這幾箱一會兒可以拿一箱去那幾家說好的店裡。等價格說定好後，你再和族長爺爺回來全拿去吧。」

林桑立即點頭。「這樣好，也省得帶到這兒帶到那兒的。那我先去了，跟族長爺爺說好了在十里香見面的。」

林桑走後，林語進了廚房，帶著然兒就著爐子上的盆開始揀豆子。

看著門外呼呼吹動的北風，她的思緒飄得很遠很遠。

這麼冷的天，肖呆子有沒有穿上毛皮夾衣？

第三十五章

肖正軒出了遠門，林語頓覺孤單了不少。對於這種感覺，她很是不安。

天氣冷，下起大雪，也做不了什麼事，金妮兒一大早帶著她小弟過來玩，林語就在火盆上架起一張四方桌，讓他們圍著桌子坐著，圍上棉巾，放了些吃的玩的，三個小傢伙玩得樂呵呵。

她邊揀豆子邊看著門外。肖正軒說了去十天就回來，可是現在都要十三天了，還沒有看見他的身影。林語皺著眉頭在想，莫不是被風雪耽擱了？

「砰砰砰」！門板急切地響了起來，林語驚嚇得跳起來。「是哪個？有什麼事這麼急？」

這時聽到金大哥急急忙忙在門口叫。「林語妹子，妳大哥林桑出事了，在市場裡被人打傷了！妳快收拾一下，我叫相熟的人把他送回來了，馬上就到家。」

什麼？哥哥被人打傷了？

關心則亂，林語一聽林桑被人打得送了回來，她腿都軟了，顫抖著走到門口急著打開門，一把抓住金磊問：「金大哥，你說仔細些，我哥哥到底怎麼了？是什麼人打傷他？」

金磊看林語急得方寸大亂的樣子，邊安慰她邊解釋說：「我也不是太清楚，我的攤子跟妳哥隔得遠了些，等我發現的時候，他們已經動手了。等我趕緊叫人來幫忙時，那些尋事的人就跑了，我真不知道出了什麼事。妳先不著急，妳哥馬上就回來了，先叫個大夫給看看，到時再問也不遲。」

聽金大哥如此說，林語暫時冷靜下來。她知道她再亂也沒用，林桑只是被打傷了，什麼都不重要，先看他的傷再說。於是她鎮定地說：「金大哥，麻煩你幫我去鎮上叫個大夫來，最好還帶著尋常的草藥，再幫我買一斤燒酒來，越烈越好。」

金磊一愣。這林語突然像變了人似的，剛才還急得差點哭了，一會兒就鎮定下來安排事情了，真是一個勇敢的女子。他佩服地說：「林語妹子，大哥這就去安排，妳先回家準備一下。」

看金磊轉身要走，林語急忙叫住他。「金大哥，麻煩你讓嫂子來幫我一會兒，家裡還有孩子，我怕是沒工夫管了。」

金磊邊走邊說：「我馬上就叫她過來。如果不行，讓她把孩子帶到我家去吧。」

林語真心地說：「謝謝金大哥。」

沒一刻鐘，林福帶著幾個兄弟把林桑送了回來。一進院門他就高叫。「語妹，妳快出來，妳哥哥出事了。」

看到頭破血流的林桑時，林語眼淚嘩啦啦地流了出來。「哥哥，你還好不？」

林桑已痛得昏過去了，林福趕緊讓人把林桑放在床上。「語妹，福子哥剛才在路上看到桑哥被人抬著，才知道他被人打了。情況怎麼樣我還不知道，但先不管那個，鐵匠鋪的金大哥先回來報信了，他有沒有跟妳說？」

林語雙手緊握。「福子哥，語兒謝謝你和幾個哥哥們。你先讓一讓，讓我來看看哥哥的傷。」

林福遲疑地問：「語妹，妳沒去叫大夫？」

林語扶正林桑的頭，翻了一下他的眼皮才回答林福。「去了，金大哥去了。福子哥，你把棉巾擰給我。」

林福倒是被林語的鎮定嚇著了，乖乖擰起棉巾遞給她。林語接過棉巾，把林桑臉上的血跡擦淨，發現他額頭破了，眼角被打腫了，再檢查了下後腦，還好沒什麼問題。

她再解開林桑前胸的衣服，伸手摸了摸了胸前和後背，林福大驚。「語妹，妳是女子！」

林語沒理林福，只是吩咐。「福子哥，幫我用剪刀剪開我哥的褲腿。我知道我是女子，可我是他親妹子。」

確實也沒有人能做這些，林福自己不懂也不敢亂動，立即按林語的指示，拿來剪刀把林桑的褲腳剪了開來。「還要剪嗎？」

林語看快剪到大腿根了，說：「不用了。福子哥，你幫我把小然兒抱去放在床上好了。請幾位哥哥先回去，語兒下次請他們喝茶。」

林福忙把嚇得躲在金妮兒身後的然兒抱了起來。「妳別怕，舅舅沒事。」

林語又對金妮兒說：「妮兒，妳們都到炕上的角落去，一會兒等妳娘來了，就把妹妹帶到妳家去。」

安排落定後，金磊兩口子拉著大夫到了。金大嫂把兩個孩子抱下炕後，大夫馬上過來把脈。

林語看這大夫磨磨蹭蹭，果斷地說：「大夫，不用把脈了，我哥這是痛昏過去了，他別的地方都沒什麼大傷，最重的就在小腿上，小腿骨斷了。」

沒找到常給林語看病的江大夫，這位姓陳的大夫冷冷地白了她一眼。「小小女子懂個什麼？這病要是妳都會看了，還要我們這些大夫做什麼？」

如果不是林桑還躺在床上，如果不是幾個人站在床邊關心林桑，林語肯定用一個過肩摔把這大夫摔到院子裡去。

看到林語雙眼冒火，林福趕緊拖著她站在一邊。「陳大夫，別跟我家妹子一般見識，她這是因我堂兄受傷急了。請你快幫忙看看，我堂兄哪裡被打傷了？」

陳大夫這才搖頭晃腦地說：「這人麼，受的傷可不小，血外積於皮，內積於心導致昏厥，腿骨中折筋脈盡損，可有點麻煩呀……」

狗屁！林語從前內外、中西兼修，十五年的時間大半都花在醫學上，能不知道傷勢情況如何？林桑內傷並不嚴重，目前最嚴重的就是小腿骨折了，這蒙古大夫還在魯班面前弄斧了。

林語忍著怒氣問：「大夫，你看要如何醫治？」

陳大夫又搖晃著頭說：「難呀！這最難的就是治內。我先開服藥吧，妳煎給他先喝了，然後再去找個骨傷大夫來，這腿怕是以後殘了。」

實在忍不住了，林語冷冷地說：「陳大夫你請吧。怕是你殘了，我哥哥都不會殘。福子哥，你到鎮上的藥鋪裡給語兒找一兩臭大麻來，趕緊給我熬成水；金大哥，麻煩幫我弄兩塊木板來。嫂子，妳把我哥上面這件外衣撕成布條，一會兒給我。」

陳大夫大怒。「妳個女子竟敢侮辱大夫？真是個沒教養的！」

林語煩躁地說：「別再在這裡囉嗦了，這桌上是你的出診費，拿著快走吧。」

林福見林語真要大怒了，於是趕緊拉著陳大夫說：「陳大夫辛苦你了。我得到你店裡去買臭大麻，不知你那兒有不？」

看到林福畢恭畢敬，陳大夫打開藥箱扔出一包臭大麻。「送給你了。真是氣死老夫了！」一說著甩門而去。

金氏夫婦相互看看。他們從來沒有看過如此模樣的林語。金大嫂見他發愣，立即說：「當家的，你快去呀！」

金大哥慌忙說：「我馬上就來。」

趁林福去煮臭大麻的時間，林語找了個根木棒削尖，再用柴刀定在牆上，然後掐著林桑的人中把他喚醒。「哥哥，你醒醒！」
林桑昏昏沈沈地被刺激醒了。當他睜開眼睛看到眼前的林語時，虛弱地叫了聲。「語兒……」
林語知道他這時很痛，連忙制止說：「哥哥，一切以後再說。一會兒語兒得給你把腿上的骨頭接上，會很痛，你喝了臭大麻後再把這木棒咬在嘴裡，一會兒痛時，千萬不要咬舌頭。」
林桑大驚。「語兒，妳……」
林語急忙說：「別問為什麼。反正你放心，我一定不會讓你出事的。傷了你的人，我也要他們付出代價。」
林福和金大嫂看到這樣堅強又冰冷的林語都愣了。這是那個膽小怕事的林家小姑娘？難道嫁了人就一切都變了？
臭大麻雖然有一定的麻痺作用，可是效果無法與現代的麻藥相比。等金磊找來了木板，林語對他們兩個說：「金大哥、福子哥，你們幫我按住哥哥，不管如何都不能讓他扭動。」
林福擔心地問：「語妹，妳行嗎？」
林語朝他點點頭說：「福子哥，這點沒問題，你和金大哥幫我按住哥哥就好了。哥哥，剛才喝的藥效不會很好，還是會讓你很痛，可千萬記住我說的，咬緊木棒。」
臭大麻的作用暫時讓林桑恢復了不少精神，他勇敢地點頭說：「語兒，妳動手吧。這鎮上沒有好的骨傷大夫，就是找來了也不一定能治好，妳只管動手。」

不知為什麼，林桑就是相信自己妹妹。

看哥哥做好了準備，林語伸手從林桑的膝蓋處開始慢慢往下捏，等她捏到傷處時，林桑立即神情扭曲，額頭開始冒汗。

林語的左手又從腳腕骨開始往上捏。等兩隻手差不多要合在一塊兒時，她慢吞吞地揉著，突然用力一扭，「喀」一聲，林桑大叫一聲又痛昏過去。

等林語把林桑的腳高高掛在牆上的木棒上時，金磊狐疑地問：「林語妹子，妳這樣就行了嗎？」

林語搖搖頭說：「我也不知道，以前有人教過我摸骨，說人和野物的骨都一樣，斷了的地方只要摸中了把它們接上，以後就不會有事了。」

林語其實沒有百分之百的把握，畢竟這裡沒有X光，只能靠著感覺接骨。

金大嫂見林語也滿頭大汗，心疼地說：「語兒妹妹，妳先坐著擦把臉，今天我幫妳做晚飯。」

林福把東西收拾好，看林語一臉悲傷，他氣憤地說：「語妹，一會兒福子哥就去打聽，看看是哪個王八羔子竟敢傷我林福的兄弟！」

林語看著林福，真誠地說：「福子哥，語兒謝謝你。不過這事你只要打聽好就行，後面的事一切歸我。」說著雙眼一閃，眸中的冷峻如一把劍穿透人心。

林福被林語眼中的凶狠所嚇，不自覺地應承說：「好。那我先出去了。」

林語疲倦地坐在林桑身邊。

林福剛要出門，突然院門被撞開了，傳來一聲驚天地泣鬼神的呼叫。「桑哥兒，嬤嬤的心肝兒呀！聽說你被人打傷了？是哪個該挨千刀萬剮的死東西，竟然敢傷了我的長孫呀！」

一聽到林張氏像死了爹娘似的嚎叫，林語就知道，這老太婆今天又有事了。有完沒完啊？要不是顧及林桑，林語真想一腳把這老太婆踢個半死。

一眨眼，林張氏哭是哭叫是叫地進來了。當她看到林桑被包得粽子似的、高高掛起的腿，立即又開始呼天搶地地痛罵起來。「這是哪個渾蛋大夫治的病，這腳受傷了有這種掛起來的治法嗎？這不是存心想我的長孫出事嗎？林語妳這個死丫頭，妳這是安什麼心？老大，快快，把桑哥兒的腳給放下來！」

被點名的林裡生擠到床上，想要去解林桑的綁帶，林語冷冷地喝止說：「誰敢亂動，我這刀就不認誰了。」說著，手上拿著她平時把玩的手術刀。

姪女兒眼中的凶光，讓林裡生嚇得往後一退。林張氏立即指著林語罵起來。「我就知道一定是妳這個害人精讓人弄的，妳這個沒良心的死丫頭，讓妳哥哥變這個樣子，妳是存心不想他活了是不是？妳都嫁到肖家去了，憑什麼還天天往林家跑？是不是妳指望著妳哥哥出事了，妳好接了他手中的良田和這幢院子不成？我告訴妳，只要我林張氏還在，妳想都不要想！」

該死的老太婆，這不是咒林桑嗎？

原來她趁這時機過來吵鬧，是怕林桑不行了，田產會落到她的手中？是可忍孰不可忍，林語怒從心上起，大喝一聲。「滾！」

一聲炸雷把林張氏嚇得一哆嗦，可一轉身，她又指著林語大罵。「什麼？竟然敢叫我滾？妳這個沒教養的死孩子，這是哪兒？任得妳在這裡吆三喝四的？要滾的也是妳。老大、老三，把你姪子抬到老屋去，別讓這死丫頭給害了！」

林語也沒理林張氏的叫囂，只是森冷地盯著兩個男人說：「我再次警告一聲，誰要敢動我哥一下，我就要誰的命。我認人，我的刀可不認人。」

那一臉冷若冰霜的表情，就似厲鬼般看著眾人。兩個叔伯倒真的不敢動了。林張氏仗著是長輩，顫抖地指著林語說：「什麼？妳？妳說要妳大伯和三叔的命？」

林語再次陰沈地說：「我沒有指名要哪個的命，但誰要動我哥一下，我就要誰的命。不信你們可以試試，是你們手快，還是我的刀快。」

林家兩兄弟上次就領教過姪女的厲害了。一年多來，這個唯唯諾諾的女子完全變了個樣，沒了當初的膽小，多了現在的戾氣。

頓時兩兄弟遲疑著不敢上前。

見兩個兒子真的被姪女嚇著了，林張氏氣得差點吐血。兒子不能罵，她只得朝林語撒潑。「好呀，妳來呀，妳來要我的命好了！我還真不怕妳這個沒教養的死丫頭，妳敢要他們的命，先把我的命要了去！」說著就朝林語身上撲去。

正當林語要側身避開時，床角的然兒忽然「哇」的一聲哭了。

「爹爹快來，他們欺負娘！」

第三十六章

一個身影飛也似地掠過眾人，把林語摟在懷裡，聲音比外面的冰雪還要冷。「她不敢，我敢。」

差點撞到炕上的林張氏被大兒子一把拉住，這下沒撞著，正想再度發飆，看到眼前的男人時，老太婆嚇到了。

眾人看著眼前這一身風雪、臉色陰沈、雙眼凌厲的男子，不自由主地後退了幾步。這男人的樣子太可怕了，臉上那條疤痕顯得更加猙獰。

林張氏接連被兩個小輩欺嚇，後面這個還是個呆子，緩過氣後，她又開始仗著長輩身分大叫起來。「殺人了！殺人了！左鄰右舍過來看看呀，看看這兩個沒良心、狼心狗肺的傢伙，是怎麼欺長侮族的——」

肖正軒皺皺眉，冷冷喝止。「閉嘴。再要嚎叫嚇著我家人，小心以後再也不能說話了。」

明明嘴唇輕動，可是卻震得眾人耳邊一嗡，似驚雷般炸開。

林江氏也被姪女和姪女婿的樣子嚇著了，這是個呆子，真的要惹急了他，給他們一刀，這虧可就吃大了。她急忙拖著林家老三的袖子說：「當家的，我們還是出去吧！」

林家兄弟扶著林張氏說：「娘，既然桑哥兒沒事，那我們還是下次來看他吧？要是真接回去了，您也沒力氣照看他。再說桑哥兒這身傷雖然不至於要命，沒個十幾二十兩銀子，怕也不容易治好。」

林張氏一抖。她是聽說這長孫快被人打死了才趕過來的，只是一進門就被氣著了，把正事都忘記了。現在這孫子明明沒有性命之憂，還要她花銀子來治，那她還接個屁呀？

想到此，林張氏被兒子拉著出了門，還不忘回頭裝腔作勢地指著林語。「妳這個不識好人心的死丫頭，既然妳不讓我接我的長孫回去，那我告訴妳，可得好好給我照顧好，否則我到祠堂請命也要讓妳浸豬籠！」

等眾人都離去了，然兒也被金大嫂帶過去了，林語終於鬆了口氣。她雙腿一軟，差點坐到地上。肖正軒急忙一把抱住。「林語，對不起，我回來遲了。」

看著床上昏迷不醒的林桑，在這緊急關頭，肖正軒抵擋在她前面，一直緊繃著的林語像是找到主心骨似的，一把抱住肖正軒，眼淚嘩啦啦地掉了下來。「呆子，有人傷了哥哥……」

這麼柔弱的林語，肖正軒難得看到。一直以來，他總認為她是樂觀堅強的女子，原來她也有這麼柔弱的一面。

真好。

肖正軒輕輕拍拍她，擦乾她的眼淚，然後抱著她坐在林桑的身邊，溫柔地說：「我知道了。別怕，一切有我。」

是的，她不會怕，她已經是有相公的女人了。

「我要宰了那幫人——」

看著雙眼紅腫、淚眼矇矓的林語，肖正軒心中一閃。這樣的林語不再像個鄰家妹妹，而是一個嫵媚動人的女人……他發覺自己竟然很想吻乾她臉上的淚痕。

肖正軒控制自己的衝動，抱著林語坐了好一會兒，才扶著她坐在林桑的旁邊，擰了條棉巾給她擦去臉上的淚水，輕輕地說：「妳別急，他們跑不了的。一切都不要著急，現在妳還有相公，妳不是一個人。我去金大嫂家把然兒接回來再做飯，妳在這兒陪著哥哥。」

林語發現自己竟然抱著肖正軒好半天，小臉頓時紅了起來，可是聽了肖正軒關心溫暖的話，她感動地說：「呆子，謝謝你。」

肖正軒輕輕拍拍她的頭。「傻瓜，我們是一家人，不要說謝謝，知道不？」

此時的林語享受著肖正軒的疼愛，沒發現自己成了一個嬌滴滴的小姑娘。「好，我不說了。一會兒你去接然兒前，先弄點冰塊進來。哥哥怕是晚上會發燒，烈酒怕是還頂不過那熱度。」

「妳放心，我先弄好了再去。我看妳很累了，就靠在哥哥身邊躺一會兒，這些我都會做好，不要操心。」肖正軒臨走前，從另一個房間拿過被子給她蓋好才離開。

林語在肖正軒走了後馬上睡著。也許真的是有了依靠，她才會如此放鬆，直到他端來晚飯的時候，林語才醒過來。

肖正軒摸摸林桑，沒有發燒，拿著棉巾讓林語擦拭了一下眼睛，然後對林語說：「林語，先叫醒哥哥吃點飯，然後再給他喝藥吧。」

藥是林福按林語的吩咐揀來的，主要是鎮痛消炎去瘀的藥，這裡沒有點滴可打，只有喝藥才能消炎。

服侍好林桑吃飯服藥後，肖正軒把飯遞給她說：「吃點，今天晚上妳還得累。」

林語搖搖頭說：「我吃不下。」

「聽話，吃點，妳一定得吃點，不能讓自己倒下。」肖正軒堅持著讓她吃。

林語強行吃了半碗飯，實在沒了胃口，把碗遞給肖正軒，搖頭說：「我真的吃不下了。」

肖正軒默默地看了她兩眼，那小臉上的擔憂與仇恨讓他很是心疼。他眼中閃現一絲狠厲的光芒，暗中嘆了口氣，終於不再勸她，把飯拿走了。

吃過飯，林語讓肖正軒去洗漱休息。這男人走了十幾天，進門後到現在還沒休息。肖正軒沒有多說，他知道林語心疼自己，於是起身去洗漱。

林語靜靜坐在林桑的床前。今天晚上他肯定會高燒，必須要有人守著。

「去床上睡，這裡我來。」

林語沒發現自己靠一靠就睡著了，她挪動身子讓肖正軒坐下，把頭依偎在他的肩膀上。

「不用，你借我靠一會兒就行了。一會兒我給你修一下鬍子。」

自己這幾天一直在趕路，一心想著回來，哪裡還會記得修鬍子？

肖正軒看她確實很累，伸手摟她在胸前。

林語輕輕搖搖頭。「男人的價值不在於容貌，而在於他的能力。長相又不能當飯吃，有什麼用呢？你很好，真的……」

懷中的小身子傳來了均勻的呼吸。這些日子，他從不敢仔細打量她，怕的就是自己會迷失。可今天，他再也忍不住。

肖正軒藉著燈火，貪婪地盯著胸前的容顏。她真的好漂亮，長長的睫毛、瓷白的膚色、尖挺的鼻、紅潤的雙唇……

突然一股熱浪從肖正軒的體內升起，內心也湧起一股躁動，他立即全身僵硬……一個小小的聲音在心底喊叫：親她！

咬咬牙甩甩頭，肖正軒讓自己清醒一下。

可是再清醒也抵不過心中的魔音。他見林桑並未醒來，於是起身抱起胸前的人去了隔間，把小小的身子放在炕上，輕輕把嘴唇印了下去……

林語醒來的時候，天色已大亮，小然兒還睡得香。她以為肖正軒還在林桑床前，立即爬了起來。走近林桑床前，她發現哥哥睡得很好，再轉出門來，原來昨天捂好的豆芽已不在。

林語知道肯定是肖正軒去送豆芽了，正準備去做早飯，敲門聲卻響了起來——

「姑奶奶請饒命呀！」

一開門，林語看著地上幾個衣衫不整、鼻青臉腫、哭爹喊娘的男子，心中立即明白是什麼人。

「你們是誰，一一給我報上名來。為什麼要我饒命？如果說得不清楚，一個個都給我斷了雙腿再走。」

地上的幾人被林語陰森狠厲的話嚇得發抖，還是那個為首的男子對她說：「小的叫劉三，來找林公子請罪。昨天都是小的有眼不識泰山，得罪了林爺，小人等都知錯了，求林爺和姑奶奶高抬貴手，饒了我等小命！」

見林語看著他們冷笑，劉三嚇得連忙一巴掌打在自己臉上。「求求姑奶奶，大人不記小人過，以後小的再也不敢得罪林爺了！」他身後的幾個人也噼噼啪啪地打起了自己的耳光。

林語見附近有人走過來，她陰沈沈地說：「這麼說，我哥哥的腿是你們打斷的了？饒了你們？沒這麼容易。我哥哥的腿是怎麼斷的，我也要讓你們的腿怎麼斷……」

劉三聽了林語的威脅，立即磕起了頭。「姑奶奶，是小的們瞎了眼！您高抬貴手饒了我等小命，以後我等任您差遣！」說著從懷裡掏出五十兩銀子奉上說：「這是小人兄弟孝敬給林爺看傷的，要是不夠，我們再送來！」

林語本沒打算就這麼放過他們，可是有人圍過來了，近來林家的熱鬧太多了，她沒打算再讓別人看場戲。她接過銀子，咬牙切齒地說：「滾！要是再惹到你姑奶奶我，小心你們的狗命！不信你可以試試看。」

劉三聽了林語的話，心中的害怕又多了一層。自己這是怎麼了？怎麼會惹上這麼難纏的人？昨天晚上的那人實在是太可怕了，他聽到滾，什麼話也不敢說了，帶頭連滾帶爬地跑了。

關上院門，林語把銀子放好，做起了早飯，正準備發麵做幾個餅，肖正軒回來了。「我買了包子。」

看著這個一臉青色的男子，林語知道他恐怕昨天一晚上都沒睡。

接過肖正軒手中的包子放在桌上，把飯盛好，見他洗好了臉，無聲地按著他坐下。「一會兒什麼事也不許做，好好睡上一覺。」

知道那幾個傢伙已經來過了，肖正軒不問結果，點頭說：「嗯，一會兒妳先幫我修鬍子。」

兩人正吃著飯時，林桑醒了。

林語知道他現在應該已經餓了，立即打了水，又把飯送進去，直到他吃過後才輕輕地問：「哥哥，昨天怎麼回事？」

林桑覺得很憤怒。「妹妹，我根本不知道怎麼回事。昨天突然來了幾個人買豆芽和豆腐乾，撿了這塊扔那塊，把豆芽扒得亂七八糟。我就問他們到底要什麼，他們手一摔，就把我的豆芽盆摔在地上；我找他們論理，哪知他們擁上來就把我一陣亂踢亂打。」

果然如她所想，他們家的生意惹人眼紅了。

覺得自己真是沒用，林桑難過地說：「語兒，哥哥真沒用，連點小生意都做不好，以後我們的日子要怎麼過？」

靠山屯雖說是鄉鎮，可是有著幾百戶人家，三教九流無一不缺。自己哥哥這麼一個老實人，哪裡應付得來？

林語怕林桑失去信心，於是說：「哥哥，這不是你沒用，是因為我們沒後臺。你別擔心以後的事，一會兒我就去找族爺爺，再拿一個辦法來。」

知道妹妹是個有主見的人，而且這事他目前確實沒辦法解決，族爺爺是一族之長，這鎮裡的衙門也熟悉，如果有他出面，以後就不會有事了。因此林桑放心地睡了。

肖正軒知道剛才林語不把事情跟林桑說明白，是怕他問得太多。見林桑睡了，他讓林語把自己的鬍子修了後，也上床睡覺去了。

肖正軒醒來的時候，林語正在煎藥，看到他起來了，立即給他打水洗臉。「我把飯熱在鍋裡。你先洗臉，我給你端來。」

見她要起身，肖正軒按住了她。「林語，我們是一家人，不要這麼客氣。」

一家人？

林語知道，這個家也不知道哪天就沒有這個人的身影了。

他不是個普通人。林語心裡肯定了。

半年已過去了三個多月，僅有的時間不多了，就讓她好好享受有家有男人有孩子的日子吧……

林語轉頭看著肖正軒。「我不知道能不能問。」

肖正軒知道她是個聰慧的女子，自己突然出去，她定是起了疑心。遲疑一下，他還是點了頭。「問吧。」

林語輕輕地問：「是不是你半年後要走？」

肖正軒點點頭。

「我可以問問你要去哪兒嗎？」

肖正軒不知如何回答她。「很遠的地方。」

很遠的地方？那是哪裡？他既然不說，就是不能說。

林語突然覺得心裡空了。他是要走的，而且是要去很遠的地方。以這時代的交通條件，也許窮此一生，他們再也不會相見了。

林語的表情讓肖正軒看得很難過。「對不起，林語，我不能告訴妳太多，我有責任在身。當初回靠山屯之前就約定過，沒有事情發生，我會在這裡待三年，如果有事發生，也許明天就得離開。」

林語雙手緊緊攥在一起，裝作無事。「沒關係，反正我們本來就說好半年期限的。」

林語那要強的樣子，讓肖正軒心疼了。

他上前抱住想要哭的林語，抱歉地說：「對不起，林語。當時我真的沒有準備成親的，可是遇到妳，我發現我有了成親的念頭。雖然總告訴自己，我這是在幫助妳，可我心裡更明白，是我自私了。」

肖正軒的真心話讓林語淚水滾落而下。「是我為難你的。我不怪你，你沒有承諾我什麼。一直以來確實都是你在幫我，你這一點自私，真的算不了什麼。」

肖正軒輕拭去掉落的淚珠。「林語，妳是個好女孩，是我沒有這個福氣。其實我更怕自己不能給妳好的生活，所以才對妳說這些。」

對於一個一直幫助自己的恩人，他說他有責任，沒法陪著，還能再要求什麼？

林語擦去淚，迅速抬起頭，強裝笑臉。「呆子，你沒有對不起我。這段時間，我一直覺得生活得很快樂，有關心我的哥哥和你，還有小然兒這個開心果，我是多麼感謝你對我的幫助。如果有一天你要走了，你記得告訴我一聲就行了。

「要是你也喜歡現在這種生活，那我們就好好過著，過一天是一天。要是你覺得這樣生活有負擔，那我們可以立即解除夫妻關係，我還你自由——」

第三十七章

喜歡這種生活嗎？太喜歡了。

還他自由？他早已不是自由身。

肖正軒沈默不語，倒是一旁在玩的小然兒急忙說：「娘，然兒最喜歡娘！」

為了打破沈悶，林語故意朝然兒翻翻白眼，哼了一聲。「小騙子。現在妮兒姊姊不在，妳就說最喜歡娘；她一來，妳就把娘扔到天外去了。這小嘴怎麼就越來越甜了呢？難道是我給妳吃太多糖了？」

「格格格……娘，然兒要吃糖。」

林語假裝凶惡地瞪了她一眼說：「再吃糖，牙齒就會被蟲子吃光了，到時候妳就變成了一個沒牙的老太婆，看妳還吃不吃糖。」

說著，林語做了一個無牙老太婆的樣子，對著然兒說：「我沒牙了，我想吃飯，可是吃不下去，因為我沒牙……啊，我要吃肉、我要吃包子，嗚嗚，可是我吃不動……」

然兒被林語的樣子嚇著了。「啊，我不要吃糖了。我不要沒牙齒。」

看著這兩個大小孩子的玩鬧，肖正軒有一種做爹的感覺，彷彿這一大一小都成了自己的女兒，難道二十三歲的自己是真的老了？

既然相處的日子不長，林語決定要好好過。就算不是相愛的兩個人，但她覺得她與他之間，有一種惺惺相惜的感覺。她想給彼此留下一個美好的回憶，也不枉費有過這麼一段夢想般的生活。

由於林桑受了傷，他們就不回老屋去住。肖正軒把家中值錢的東西都搬了過來，每天幫著林語做豆芽打豆腐，彷彿小夫妻一樣過起了日子。

林語知道他一直在當兵，對於這種家長裡短的活兒，像自己一樣不在行。每天看他那無怨尤的樣子，林語非常感動。「謝謝你，呆子。」

肖正軒朝她笑笑。「現在妳是我媳婦，可不能與我說謝謝。」

林語笑了。「是，我是你媳婦，你得管我吃管我喝管我穿，還得服侍我哥。」

肖正軒輕輕地說：「那是我的責任。」

肖正軒一句實誠的話讓林語心中有了一種幸福的感覺，她的心裡一時暖洋洋的。她想，有這樣的男人陪著過一輩子，也許不錯，可惜，他最終還是得離開。

一個月後，馬上就要過年了。林桑的腿在林語的護理之下，基本上能扶著凳子下床解決基本的生活問題，他也不同意晚上再由肖正軒陪同了。

林語知道林桑也是個固執的人，只得告訴他。「哥哥，你的腿真的還不能下床，最少也要兩個月才能動來動去的。」

林桑解釋說：「我不會常下床的，反正白天你們都在，什麼事都有你們做好，晚上就我自己起來好了，拄著肖二哥做的這楞杖，移動一下還是可以的。老是住在這兒，肖家人一定要說話的。雖然妳只是在肖家過半年，可肖二哥以後還得在肖家過日子，妳沒聽到前幾天肖大娘隔著牆在罵人嗎？」

其實是林桑發現，肖二哥每天都跟他一起睡，他有了想法，心中不想讓妹妹與妹夫這樣走下去。

林語無奈地笑笑說：「哥哥，肖大娘那中氣也不知從哪兒練來的，我看沒有幾十年工夫，怕是練不出這水平來的。那這樣吧，我們晚上吃過飯再走，以後早飯我會過來做，你晚上可得小心。」

林桑不樂意地說：「哥哥又不是個孩子，這些小事還值得妳操心？今晚就回家，我們還是少給肖二哥惹麻煩。」

林桑的固執讓林語只得無奈地說：「那好吧，晚上你可得小心點。」

三人回到肖家冰冷的屋裡，肖正軒立即說：「妳們先進去被窩裡坐著，我去燒炕。」

林語不好意思地問：「那你怎麼辦？」

肖正軒一愣。「我什麼怎麼辦？」

林語指指廳子裡那張木板床。「你那兒不能燒炕，會不會太冷？」

肖正軒搖搖頭說：「不會的，我大男人怕什麼冷？睏的時候，雪地裡都得睡。」

林語知道他說的是戰場上的事，可那不是沒辦法嗎？現在在家裡，睡在那沒燒炕的木板上還是冷的，於是她把一床最厚的被子換到了廳裡，然後弄了個火盆放在床上，拍拍手說：「這樣總會好點。」

肖正軒皺皺眉說：「妳和然兒會著涼的。」

林語指著炕上說：「你看，我們墊兩床蓋兩床還會冷？我還怕半夜踢被子呢。」

知道這小女子是真心疼他了，肖正軒寵溺地摟了摟她。「林語，我是個男子漢，這點冷真的算不得什麼。可妳跟然兒都還是個孩子，天快亮的時候炕會冷，這點被子不夠的，快上床去吧，地上冷，別讓我擔心。」

自從那天林桑受傷之後，林語便喜歡依在肖正軒的身邊，她覺得他給了她安定感，特別是她知道肖正軒要走後，她就與他們父女兩人更親密。

今天這是肖正軒第二次主動摟她，林語知道他是真的擔心自己和然兒，雖然不想換回被子，可是在肖正軒的堅持下，只能讓她無奈地看著他又把厚被子抱回炕上。最後，她只好再找個火盆，弄好火，放在他床下。

林語躺在溫暖的炕上，小然兒依在她的懷裡睡得香香的，房外也傳來了肖正軒的呼吸聲，在這寂靜的夜裡，她發現他的呼吸聲成了一首安心的催眠曲。

入睡之前，林語腦子裡想的最後一件事，是明天她要去置辦一床新棉被。

隔天一大早，林語就出了門。

當肖正軒看著那床嶄新的被子時，一句話也沒有說，只是早早洗漱好鑽進了被子裡，沒有人看到他臉上閃現的一絲幸福。

天氣越來越冷，早上出門，肖正軒總是把林語和小然兒抱上馬背，自己牽著馬回林家小院。

第一次，林語覺得自己一個大人被一個男人這樣抱來抱去，總是會臉紅的，於是肖正軒伸手抱她時，她掙扎著說：「別。我又不是然兒，我自己上得去的。」

肖正軒怔怔看著她問：「妳是不是不喜歡我抱？」

這教她怎麼回答？難道說她喜歡極了？林語窘了。

聽出他話中的不開心，林語只得低下頭，紅著臉張開雙手，任他從大門口抱著她上了馬背。她沒看到，身後男人的臉上，是一種詭計得逞的表情。

軟香在懷，肖正軒發覺有一股熱血上湧的感覺。明明是個小女孩，他怎麼會有這種奇怪的反應？

低頭偷偷聞了聞林語的頭髮，一股清香沁入鼻間，肖正軒的雙手不由得抱得更緊了。

這種軟香在懷的滋味讓肖正軒奇怪又喜歡。後來他總是把馬放在院子外，這樣抱的時間就多了好幾步。

林語覺得奇怪。「呆子，為什麼不把馬牽進來？」

肖正軒認真回答。「省得牠一不小心把馬糞拉在院子裡。」

「喔，這樣呀？」林語發現他真的很細心。

近年關，路上行人不少，三人一馬的風景還是有些特別。這世界以男性為尊，像肖正軒這樣明目張膽給妻兒拉馬的人，還真的是很少。

進鎮趕集的一些媳婦子們很是羨慕。「這是肖家的那個呆子？」

「是呀。妳還別說，現在這樣子看起來雖然嚴厲，比以前感覺要好不少呢！那馬背上的是他媳婦和孩子？」

「是呀，就是被王家退了親的那姑娘。聽說當初是她自己求這個呆子娶親的，還別說，這女子還真有眼光，雖然這男人長得不怎麼樣，可他對媳婦這麼疼愛，這鎮上能有幾個這樣的男子？」

一些媳婦不斷說著肖正軒與林語的八卦，眼中投向林語的是真正羨慕的目光。成過親的女人沒有什麼幻想，她們最羨慕的就是有個能讓家人吃飽穿暖、疼愛自己的男人。

聽到別人的議論，林語悄悄地問：「呆子，你看別人看你的眼光，你很搶手呢！」

肖正軒狀似無意地打趣。「妳是否也很中意？」

林語被逗得笑了。「當然中意。你可是我自己選的，跟你求了兩次婚才搶來的，怎麼會不中意？」

肖正軒眼角都是笑意。「一會兒我帶妳們去趕集。」

確實要置辦東西，林語高興地說：「好欸，把豆腐送好了我們就去，看看今天有沒有鄉下送來的各色蔬菜。」

雪後初晴的日子沒讓人覺得冷，林語和小然兒一人手中拿著一根糖葫蘆，一口咬到酸酸的山棗，都不禁皺起了眉頭，看得拎著一大包東西跟在後頭的肖正軒直搖頭。

古代沒有專門的菜市場，只是設在一塊寬闊的空地上，做生意的人搭起不少的棚子。

林語看到一個老人身邊有一堆芋頭，一看就是地窖裡取出來的。她蹲下來問：「大娘，妳這芋頭怎麼賣？」

老人抬起一雙混濁的雙眼，欣喜地問：「小娘子是不是想要一些？」

肖正軒看那東西並不新鮮，正想說再看看，可老人的神情讓他止住了話，改口說：「林語，要不給大娘買幾斤？」

林語看著明明不想要這東西，又同情這老人的肖呆子，應了。「大娘，妳把這芋頭收起來，我全要了。」

老人那滿是皺紋的臉，頓時笑成了一朵鮮花。

回到家裡，林桑坐在床上問：「然兒，你們買什麼好吃的回來了？」

然兒舉著手中還沒吃完的糖葫蘆跑了進去。「舅舅，糖葫蘆。」

肖正軒看著地上那堆芋頭，問：「林語，這個怎麼辦？」

林語笑嘻嘻地問：「剛才你是不想要的吧？」

肖正軒訕訕地說：「我看它太乾了，賣相也不大好，可是那老人看起來怕也是難過，才在大冬天的把家中的雜糧拿出來賣。不過妳想怎麼弄來吃？」

看看快大中午了，林語指揮著肖正軒。「你把它們埋在那火堆裡，一會兒我們吃醬沾芋頭。」

肖正軒把烤熟的芋頭照林語的指示，剝好皮後放在碗中，又在另一個小碗中加了醬油、薑、蒜末，送給炕上的林桑和然兒。回到廚房後，他發現林語手中還在縫著衣服。「林語，先吃點東西休息一下。妳眼睛一直盯著這東西縫，小心眼睛疼。」

手中是林語給小然兒縫的棉襪子，眼見沒幾針就快完了，她揮揮手說：「你先吃，我這馬上就好。」

話音剛落，一個熱氣騰騰、沾著薑蒜的芋頭送到了嘴邊。「來，張口。」

眼見芋頭送到嘴邊，林語張口就咬住，三兩下就嚥下了肚。「好吃。呆子，你自己也吃。」

剛出爐、烤得香噴噴的芋頭，味道確實不錯。

這個芋頭有點大，肖正軒吹了兩口再送到她嘴邊。「咬一半，小心燙著。」等林語咬完，一半進了他的大嘴。

林語臉一紅。這人是故意的吧？

北方的雪是乾燥的，但是有了熱氣仍會融化。每天來來往往，林語就發現肖正軒的鞋子走上兩趟，腳底下全濕了。

想起肖正軒的細心，林語覺得很難為情。她好像覺得自己距離「賢妻」還很遠。原來要做好媳婦，真的好難。

吃過早飯，趁著肖正軒去送豆腐的時候，她抱著然兒進了金家院子。

金大嫂看她這麼冷的天氣還出來，立即笑問：「語兒妹妹，天這麼冷也過來了，是不是有什麼事？」

林語靦覥地問：「嫂子會做靴子嗎？」

金大嫂笑著說：「做靴子不就跟做鞋子一樣嗎？只是樣式不同罷了，這有什麼不會做的？語兒妹妹想給哪個做？」

林語放下然兒，再把背上的皮毛和布料放下說：「我想給每人都做一雙，最先想做的是肖二哥的。」

金大嫂打趣她。「你們都成親好幾個月了，怎麼還叫肖二哥？語兒妹妹，妳可得叫他相公了。說實話，以前覺得這肖家二哥有點呆呆的，可現在妳把他這一打扮，可不輸給一般的男人。要是他臉上沒有這麼道疤，可有個好樣子呢。」

林語把然兒交給金妮之後，她坐下來難為情地說：「他哪有什麼好樣子？臉一板，可嚇人呢。嫂子，我這兒有他的尺寸大小，能不能幫我裁兩雙靴子的樣式？」

金大嫂端過一杯熱茶對林語說：「來吧，我們到房間裡炕上坐著幹活，外面太冷，哪裡坐得住？」

三天後，肖正軒正要出門牽馬，林語拎著新做的靴子遞給他。「今天穿這個。」

肖正軒看著這雙不大一樣的靴子。「這是妳這幾天埋頭苦做的新靴子？用毛皮做的？」

林語點點頭。「嗯，我讓金大嫂教我做的，靴子底本來就有一些早弄好的，我後來加了一層皮，用釘子釘上去了。這樣你每天出門回來，腳底就不會濕了。你試試看？」

肖正軒伸出一隻手接過靴子，用另一隻手握了握林語的小手，轉身坐在凳子上換了起來。他站起來走了又走，雖然沒有說話，可那高高揚起的嘴角、一臉的欣喜顯露無遺。

林語看出了這個男人對靴子的喜歡，只是問：「合適嗎？」

「很舒服。妳不只心靈，而且手更巧。」

林語「格格格」地笑了。「原來你也會誇人的？舒服就好，你要是喜歡，我那裡還有一雙裁好的，做好哥哥和然兒的，我再給你做。」

「好。」說什麼也表達不了自己的喜歡，肖正軒乾脆什麼也不說了。

穿著新靴走了兩圈，肖正軒才戀戀不捨、小心翼翼地脫了下來。林語看他那小心的樣子，禁不住笑了。「又不是什麼珍寶，反正是用來穿的，用得著這麼小心？」

肖正軒抬起頭，靜靜看著她說：「這是我人生中收到的第一雙靴子，而且是獨一無二的靴子。」

看著自己那只能說得上馬馬虎虎的手藝，被肖正軒這麼一稱讚，林語臉都紅了。「其實、其實我做的算不得好，等我手藝練熟了再給你做。今天就穿它吧，省得你的腳底每天都濕濕的，那樣容易得風濕病。」

「只要是林語做的，就是世上最好的。」肖正軒淡淡表達了心中所想，拿起一邊放得整齊的靴子，重新穿上。

這相互關心的日子，兩人相處得越發自然。林語有時候還會暗暗嘆息，如果這個呆子不走的話，她真的想跟他過日子了，可惜……

第三十八章

還有十來天就要過年了，這天早上，肖正軒送好豆腐回來之後說：「林語，我還得出門一趟。」

林語看看天色，擔憂地說：「這麼冷也非得出去？」

肖正軒嗯了一聲。「對不起，林語。這事很重要，非得親自去一趟不可。我儘量年前趕回來。妳好好在家，不用擔心我。」

既然非得去，那肯定是有重要的事。林語只得答應說：「你去吧，然兒你放心好了，我會管好的。」

肖正軒不捨地看了林語好一會兒，才牽著馬說：「妳這幾天就住在這兒，不要回老屋去了。」

林語點頭說：「我知道了，你放心去吧。什麼時候出發？」

肖正軒看看天色說：「馬上就得走，晚上才能趕到蒼州府過夜。」

林語轉身回到屋內，拿出剛做好的新棉袍說：「你把這個換上，我給你做了頂風雪帽還差幾針，你等我一刻鐘。」

肖正軒溫柔地看著她。「好，我等妳。」

林桑坐在床上，聽到了他們的對話，他狐疑地問：「語兒，肖二哥要出遠門？」

林語進來對他解釋。「哥哥，肖二哥好像真的有非要出門的事呢，他沒說什麼，我想一定是不能跟我們說的事。」

林桑點點頭。「嗯，語兒，他不說我們就不要問好了。不過，我相信他不是去做壞事。」

林語笑笑說：「這不快過年了嗎？不是他以前在戰場上有什麼戰友要幫忙的急事吧？也許是他不想我們擔心呢。別管他了，哥哥，你幫我揀豆子吧？我去叫四叔下午來幫我磨豆腐。」

送肖正軒出門，林語給他繫緊了帽子上的風帶，交代說：「呆子，這帽子是皮的，不怕雨雪；這帶子繫緊點，就不會讓耳朵凍僵。還有那手套有點舊了，下次你回來，我再重新給你做過。要是路上爛了，就到成衣鋪子裡買對手筒先應付著，可別凍著了。」

看著眼前念叨著的小女子，肖正軒有種錯覺，眼前這個女子不再是那個林家小女孩了，而是他多年的老妻一樣，讓他的心在這冰雪的冬天裡溫暖如春。

他死死盯著眼前紅潤的容顏，心中暗自有了想法。他知道自己開始貪心了，如果以後有辦法能解決好一切，他想一生都不會捨得放開她，不管她是真的嫁還是假成親。

看肖正軒那直視她的模樣，林語發現自己的動作過於親密了，她不自然地說：「我怕你不知道怎麼繫才能緊一些。」

突然，肖正軒有了想親吻那小嘴的衝動。他想那張紅豔豔的小嘴，一定也是甜甜的。兄弟們在一起常說，女人的小嘴最甜，他真的好想試試……

可是肖正軒更明白，在一切都沒有成定局之前，他不能害了她，因為她是這世上比親爹娘還要對他好的人。

強行克制自己的衝動，他輕輕地說：「我喜歡妳幫我繫。」

看著飛身上馬的背影，林語的臉更紅了，像個初嫁的新娘子那般。

還有三天就過年了，林語躺在炕上，有一下沒一下地撫著熟睡了的然兒。

昏暗的燈光映出小然兒長長的睫毛，越來越白淨的小臉，看得出她將來一定是個美人胚子。她長得與肖呆子沒有一點點相像的地方，那她一定是肖娘了。林語暗想，小然兒的娘是個怎樣的人呢？

炕燒得熱呼呼的，把小傢伙的臉映得紅彤彤的，林語伸手捏了一下，暗笑。這手感太好了，經過這幾個月當小豬似地餵養，小傢伙長得越來越有肉了，捏捏真舒服。

炕燒得很熱，那還是肖呆子砍回來的柴火燒的。只是這大雪夜，呆子在哪兒呢？有沒有被凍著？手套有沒有破掉？要是知道他這大雪天還得出遠門，她應該早點給他做好兩雙手套，看來她離賢妻的差距還不是一點點呢……

想著那個男人的溫柔，林語的臉比蘋果還要紅，一時之間沒了睡意。

忽然，「撲通」一聲，雖然不大，可在寂靜的夜裡特別清晰。

林語的房間靠院子，以她的聽力，她立即察覺院子裡有動靜。難道是老鼠？可這麼冷的天，老鼠會在雪地裡跑？

不對。林語警覺起來。

「嗯……哼……」接著又是兩聲輕哼。可仔細一聽，那哼聲是壓抑的粗重氣息，不可能是老鼠，是有人進院子裡來了。

林語豎起耳朵，屏氣凝神，她要確定這個人在哪個位置。

「哼……」又是一聲長哼，林語迅速翻身而起，把窗子推開半條縫，對著窗外問：「誰？說話，要不然我刀來了。」

又是一時寂靜，沒人回答，只傳來林桑吃過藥後沈睡的呼嚕聲。

林語迅速穿好棉衣，站在窗前打開窗子，再次沈著聲問：「誰？不說話我的刀子真要來了。」

她站在窗前沒有動，當第三聲悶哼傳進林語的耳朵時，她立即確定人就在大門外。

穿好大棉襖和鞋子，林語把手術刀握在手中。她如今已恢復了前世的靈活，雖然力氣有所欠缺，可是有刀在手，一、兩個人她不害怕。

輕輕打開門，藉著雪光，發現老馬正站在雪地上，不斷拖著地上的身影。林語的心快速跳動，聲音顫抖起來。「呆子？是不是你？」

「哼……」又是一聲哼唧，林語聽出來了，正是肖正軒的聲音。她快步跑了過去，只見肖正軒不斷在雪地上翻滾著。

「呆子，你怎麼了？」林語走近他身邊輕問，可是地上的人並沒有回答。衣衫凌亂、鬍子拉碴……這個男人出事了。

眼見地上的男人難受至極，林語伸手摸他額頭，心中驚叫起來。好燙！她害怕地拍打著肖正軒。「呆子，你清醒清醒，你這到底是怎麼了？你怎麼了？」肖正軒那狼狽的樣子，讓林語又有點六神無主了。

如果是別人，也許她還能冷靜思考，可一遇上這個在她心目中如神一樣堅強的男人倒下，她慌了。

冰冷的寒風終於讓林語恢復了正常，她看到肖正軒在雪地裡翻滾，立即明白這樣不行，就是發燒也不能這樣躺在雪地上，否則明天早上一定會凍成冰人。

定下心神，林語吃力地把肖正軒扶起。她拍了一下肖正軒的臉說：「呆子，你醒醒，光靠我扶你不夠的。」

肖正軒似乎聽到了林語的話，睜開眼睛，可隨即又閉上了。他無力地靠在林語的肩上。沒辦法，這人走不動了。咬咬牙，林語終於吃力地把他扶進了房間。

讓他躺在房間的躺椅上，林語端了幾盆雪進來，又去把院門關好。等她回到房間，肖正軒已經躺在地上翻滾。

看來要幫他只得讓他先上床。林語立即把小然兒移到最角落，再把肖正軒的外衣脫去，扶他躺在床上，用冰水給他擦洗。

剛剛放下棉巾準備再擰，突然，林語被床上的人抱著，一個勁兒地把她摟在胸前。「我要……給我……好難受……」

聽到肖正軒口中斷斷續續吐出的幾個字，林語恍然大悟。肖正軒不是傷風發高燒了，而是中了傳說中的媚藥？

現在怎麼辦？自己不救他，在這月黑風高的雪夜，她能到哪兒去幫他找個女人回來？

沒容得林語多想，也許是女人的馨香刺激了肖正軒，他開始撕扯林語身上的衣服，不容她後退。

其實林語知道，就算是有個女人在眼前，她也不會容許別人用這種方式來救肖正軒。

扔下手中的棉巾，林語迅速上了床。為了不讓自己和肖正軒的衣服被扯壞，她自己把衣服脫下。在她幫他的過程中，他已急不可耐地撕扯著自己的衣服，三兩下間已裸裎相見。

正當林語準備讓肖正軒壓倒時，熟悉的女人味讓他有了一絲清明。他紅著眼把她往外推。「林語，快走……」

說著，他倒在炕上，不斷抓著前胸，似乎要把心從胸膛裡挖出來一樣。林語貼在他身上，一雙小手撫上了他後背……

肌膚碰觸的那種快感，讓肖正軒發出悶哼。再度恢復了一點意識的肖正軒盡力睜開眼睛，當他發現胸前的女人是自己每晚會回想的人時，他強忍著，用力推開她。「林語，不要……妳走，快走……」

林語沒有想到，肖正軒已到了這個地步，還能推開自己。看來他的毅力真的驚人。

但她怎麼能讓他有事？不行。

極快地打量著赤身的肖正軒，這男人有一身小麥皮膚，胸膛寬闊，隆起的肌肉，健碩的身軀，有一種讓人無比心安的感覺，是不折不扣的優質身材，她真的好喜歡。

林語緊緊摟著肖正軒說：「讓我救你。呆子，別推開我。」

「不要，林語妳走，放我在雪……地……裡，打幾桶水……來……」肖正軒咬著牙，斷斷續續地說著，同時還不忘記用力推開她。

可是被強烈的藥性迷糊了的大腦，縱然有心也是無力了。

看著眼前這即將發狂的男人情願自己受罪也不要自己，林語俯下頭，吻了他。燒糊塗的他一個翻身，把身上的林語按在身下，立即將身子置身於她的雙腿之間，憑著本能急切地亂撞亂衝，似乎終於找到了入口，腰身一挺，全根沒入……

「啊！痛死我了！呆子，你輕點……」林語緊咬牙關，輕聲嘟囔，可肖正軒已完全沒了理智，哪裡聽得到她的請求？體內的火熱似乎找到了發洩之處，極速動作起來……

林語完全痛呆了。太痛了，前世的她沒有過這樣的經歷，原來第一次真的會痛。

林語很想推開他龐大的身軀，可已被媚藥迷得理智盡失的肖正軒，卻巴不得讓自己全部埋入她體內。

身上的男人哪裡知道自己在做什麼？只有憑著本能不斷地動著，沈重深長的呼吸可以聽得出他舒暢了，可身下這個被摧殘的女子，似被暴風雨襲擊的花朵……

終於一波退去，林語以為他已解毒，心中正鬆了口氣，可是還沒來得及轉身，身上的人又俯了下來。滾燙的嘴落在了她的臉上，繼而一路向下，先是她的唇，再吻向她柔美的頸，酥軟的胸……

那不像是吻，倒像是啃。如嬰孩般的吸吮好似火種，點燃了她體內的慾望，那股熱再也無法控制，在林語體內亂竄。

突然間，林語害怕了。她發現她已無法控制身子，嬌軀輕顫著，好像一枝帶露的清荷，一瓣瓣地綻開……

窗外的光透進窗臺，落入炕上。媚藥已解的肖正軒心思複雜地盯著眼前沈睡的容顏。嬌嫩的小臉、粉嫩的小嘴，微挺的鼻梁……什麼時候，這個小姑娘已長成了個嫵媚誘人的女子？

在客棧中了師妹媚藥的剎那，肖正軒心中只有一個念頭：回家。

為什麼要回家？他沒想得太多，只當那是內心的呼喊。

現在他終於知道了，心要回家，是因為家裡有她。

看著眼前嫣紅的小臉，肖正軒心疼地親了親。

林語，以後我要怎麼對待妳才好？

想起以後，肖正軒又深深後悔。他不應該回來的。問題沒有解決，就這樣要了她，以後她該怎麼辦？

肖正軒的心沈了下來。

林語晚上不知被壓了幾回，兩人糾纏了大半夜，才把肖正軒的藥性完全解開，此時的她睡得死沈。

肖正軒狠狠甩了自己一個巴掌。林語真的還是個小姑娘，這麼稚嫩的身子，竟然讓他給糟蹋了。

無限內疚的肖正軒打來了爐子上的熱水，一時心疼得無法原諒自己。

他太自私了。

林語告訴過自己，她把他當成另外一個兄長，而自己呢？藉口貪戀她的溫情，最終對她造了孽。

自己終是不可原諒的。

林語醒來的時候，覺得氣氛有點怪異。屋內安靜得連針掉地上都能聽見，她側身要看向炕內的然兒，發現早已沒了身影。她掀開被子想要起床，但全身痠痛得像是從十樓掉下來似的，毫無力氣。一動，雙腿間的火辣頓時讓她憶起昨夜。

雙頰似染上了朝霞，林語不禁暗暗咒罵肖正軒。還說你不是個真呆子呢。原來你真的是個呆子！明明女兒都有了的人，昨天晚上怎麼野蠻得像個毛頭小夥子一樣，只會橫衝直撞？小然兒難道就是你這樣製造出來的？莫不是你那個媳婦被撞跑了吧？

聽到動靜，肖正軒立即進了房間。他雙眼炯炯有神地看著坐在炕上的林語，彷彿想一口把她吞入腹中。

林語頓時臉色酡紅，難為情地說：「幹什麼這樣看著人家？」

肖正軒站在床邊，深深看著她。「林語，謝謝妳。」

那臉上的內疚讓林語心裡不捨。「呆子，我是你媳婦。」

肖正軒走上前抱著林語。「對不起。」

林語知道他心裡想什麼。「別說對不起。你要記得你說過的話，我現在是你媳婦，我可不會讓別人來救你的。」

一股暖流湧上肖正軒的心頭，讓他低沈的嗓音顯得性感。「我要拿什麼來報答妳？林語，我怕窮我這一生都報不了妳的恩情。」

林語伸手摟著他的腰，臉埋在他胸前。「一家人，哪來什麼報答不報答的？呆子，你要是老想著報答，那你就是沒把我和哥哥當成一家人。」

感謝無須多言，記在心中便好。

濕潤盈上眼眶。這是多少年沒有的感覺？

肖正軒深深地長吸一口氣，認真地說：「林語，我知道我不應該回來。因為我不知道，以後我有沒有能力對妳負責。但請妳相信，我會盡自己最大的努力來承擔我的責任。」

聽到肖正軒的話，林語頓時覺得有點不舒服，原本羞赧的心情，被這呆子一句話打入谷底。她救他是自願的，又沒有人強迫，是自己要救他，他要負責什麼？

她是個要人負責的人嗎？一絲苦澀湧上林語的心。難道他對她真的只有責任？

如果是這樣，她更不要他負責了。

第三十九章

「負責」二字讓林語感受到了侮辱，她再也不承認自己心動過了。她推開他，淡淡地說：「不用。呆子，真的不用你負什麼責，這不是你強迫我的事，一切都是我自願的，你不要放在心上。」

肖正軒知道自己傷了林語，但他還是要把心中想的說出來。他深深盯著她，一字一句地說：「林語，我不管妳要不要，可我會朝著這個方向做。我要告訴妳，得到妳，我並不後悔。很早，我就貪戀上了妳的美好、喜歡上妳的堅強和樂觀，但我知道，現在的我確實沒資格擁有妳，所以我很內疚。在這種情況下跑回來，我知道我很自私，但是我控制不了自己，因為我心中只有一個願望，那就是我要回到有妳的家裡。林語，我一直真的把妳當成我的媳婦。」

她願意當他的媳婦，可為什麼要談到責任的問題呢？

她知道他要離開，她也是真心想救他的。

如果什麼都不說，只是以現在的能力，盡力給予對方最好的，那樣會不會更美？

林語實在不想繼續這麼沈重的話題。她認為兩個人喜歡就在一起，什麼責任不責任，只要你說你喜歡我，不就行了嗎？為什麼要提讓人心裡不舒服的兩字？

算了，這男人有的地方聰明得不行，有的地方就有點遲鈍了。半年的日子也不久了，何必為這事難過？

放下心結的林語真心地說：「呆子，我們不說那麼沈重的話好不好？我是真心願意把自己給你的，你是我相公，我是你媳婦，這一切都正常，你別再糾結了。呆子，我覺得似乎有點不大舒服。」

聽林語說自己不大舒服，肖正軒想起昨晚，立即從懷裡掏出一盒藥遞給林語說：「我幫妳搽了第一次，一會兒妳覺得不舒服，再搽一次。大夫說過兩天才能好。」

什麼？林語一激動就口吃起來。「天呀！你、你真呆子啊！這種事也能去問大夫？」

肖正軒紅著臉，喃喃地說：「昨晚我傷得妳太厲害了。」

無語問蒼天。

聽到林語的聲音，小然兒邁著小短腿，穿得像個娃娃似地跑進來了。「娘，羞羞！舅舅說太陽曬屁股了，妳還在睡懶覺。羞羞。」

正下不了臺的林語翻了翻白眼，故意生氣地睨了然兒一眼，暗道：妳不知道我昨晚在做救人命的事嗎？救了妳老爹一命，差點累斷妳老娘的腰，還敢笑我？

肖正軒看林語這副孩子氣的臉，頓時暗笑著，抱起然兒放在床邊說：「然兒，告訴妳娘，爹爹買了什麼好吃的回來了？」

小然兒雙手摟著林語的脖子，趴在她耳邊說：「娘，然兒告訴妳，灶上有好吃的喔，是爹爹特意去鎮上買回來的蒸餃。妳快起來，然兒都流口水了。」

貼心的小傢伙讓林語心情好起來，她親了然兒一口，撒嬌說：「我不要吃蒸餃，我要吃咱們小然兒的小臉蛋。」

「格格格……娘，臉蛋不能吃，然兒的臉蛋上抹了香香的。」然兒使命往後縮。

「啊？原來是偷了娘的香香呀？那麼得聞回來不可。」林語假裝用勁要親小傢伙的臉，逗得她前仰後合，看得肖正軒心頭一熱。

林桑拄著枴杖從豆芽棚裡進來，看到林語醒了，立即問：「語兒是不是不舒服？」

林語慌忙掩飾。「沒有。昨天肖二哥半夜回來，我起來了一會兒就睏了，到天亮才睡著，所以就睡過頭了。」

林桑安慰說：「沒關係的，這麼些天都是妳一個人在操辦，妳大概是見肖二哥回來，才放下心睡了個好覺。」

林語尷尬地訕笑著。「可能就是這樣。這不，一下子就睡過頭了。哥哥，今天的豆芽送出去了？」

林桑聽到妹妹關心生意的事，立即點頭。「一大早，肖二哥把豆腐和豆芽都送去了，還買回了妳最喜歡的蒸餃，妳快起來吧，小然兒還在等著妳起來吃呢。」

林語小臉一紅。「嗯，我馬上就起來。」

小然兒跟著林桑去了廚房，林語爬起來穿好衣服要下炕，肖正軒伸出雙手，說：「來，我抱妳下來。」

雖然抱過很多次，可真的從炕上下來也要一個男人抱，林語還是放不下彆扭。「別，要讓哥哥看到了，他肯定要懷疑什麼。」

肖正軒正色地說：「我抱自己的媳婦，哥哥看到才會開心呢。」

林語無話了。難道男人是善變的動物？那個常常只有呆呆表情的男人，瞬間就變了？

林語知道拗不過這男人，只得伸手摟著他的脖子，讓他抱著坐在凳子上穿鞋，聽到小然兒在叫，他才放她下地。

既然回來了，一家人當然就得回自己家去。這古代的臭規矩真的有點令人討厭，可她又怕肖家來說三道四，弄得大家都不開心。吃過飯，肖正軒把林語抱上了不知從哪兒弄來的馬車。

林語詫異地問：「呆子，這馬車從哪兒來的？」

肖正軒輕輕回答。「今天早上我買的。」

「呆子，你這次發大財了？竟然買馬車？怕花了不少銀子吧？」她驚訝地問，心中已放下，準備好好過日子的林語，在這男人的細心和體貼之中又開朗起來。

肖正軒坐在前面駕車，揚起皮鞭輕輕一甩，老馬立即往前走，這才回答她。「沒花多少銀子，這只是輛舊馬車，用八兩銀子就買回來了。妳身子不舒服，我不能讓妳在這冷天坐在馬背上回家，以前是我粗心了。」

林語聽說肖正軒是當兵的，就算現在有事在身，她也不認為他會亂花錢。為什麼？因為他連穿著吃喝也很差。

她刮刮然兒的小臉蛋，說：「小傢伙，妳爹財大氣粗呀，八兩銀子還說少呢。窮人家一年都沒有這點花用喔，妳長大了可不能學著他這麼大手大腳地亂花銀子。」

曾經從不缺錢用的她，到了古代才知道真的是無銀寸步難行。多次因為銀子被林家長輩逼到窘境，還因為銀子而被王慶拋棄，林語的特長在這兒又一無是處，所以她才重視起銀子。

然兒老氣橫秋地說：「爹爹，你要學會節約。」

林語噗哧一笑。「妳倒會用詞語了。不過然兒說的對，妳爹爹確實要學會節約，這樣才能留得住銀子。都說掙錢不如省錢快，要是像妳爹這樣大手大腳的，哪一天沒銀子了，他就得帶著我們去討飯了。」

肖正軒聽了林語的話，真心地說：「媳婦，妳永遠不用愁銀子的事，這一切以後都有我。雖然我不能保證掙座金山銀山，可是要吃吃喝喝，妳只管說出口就行。」

林語故意睜著眼睛，看著然兒說：「啊！然兒，原來妳娘我一不小心就傍了座大山啊，哈哈哈，我可太有才了。」

「娘，大山是哪個？」

「妳爹唄。」

母女兩個開心大笑，讓一直內疚的肖正軒也開心起來。

回到家，肖正軒把炕燒熱了，再次清洗之後，抱著被子放在林語的身邊，驚得她張大眼睛問：「你要睡這兒？」

肖正軒低頭脫靴子，說：「嗯，我們是夫妻，就應該睡一起的。」

畢竟是真正的第一次與一個清醒的大男人睡同一個被窩，林語紅著臉說：「這、這不好……我說過我不用你負責，咱們還是按以前一樣的過好了。」

肖正軒理也沒有理她，脫下外衣，只留一條短褲衩就掀開被子鑽了進來。「不，我是妳相公，我要跟我的媳婦一起睡。」

肖正軒不再說話，閉上眼睛睡了。對於古板的古代人，林語無奈地搖搖頭，自言自語地說：「真是個自以為是的人。你說要跟我睡，我就讓你跟我睡了？小心半夜我把你踢下床去。」

突然，原本已閉上眼睛的肖正軒眼光一閃。「那天是妳！」

林語莫名其妙看著發瘋似地盯著自己的肖正軒。「呆子，你作惡夢了？什麼是我？沒頭沒尾的，不是我是哪個？你自己強行睡到我這炕上，可不是我拉來的。」

肖正軒側身，抓住她的手問：「媳婦，有一次在山上我中了陷阱受了傷，是妳救了我？」

林語這才對他的激動恍然大悟。可對她來說，救人只是件小事，算不得什麼大恩大德，因此她輕描淡寫地說：「是我救你的。怎麼了？出了什麼事？難道你那傷還沒好嗎？」

肖正軒一言不發地抱緊她。「我一直在找妳。」

林語要推開他，更是不解地問：「幹麼找我？想謝謝我不成？那不用謝了，反正也是舉手之勞，再說你也幫我太多了。不過說實話，當時你的情況可真危險。後來你的手沒發炎吧？」

肖正軒沒有回答她的話，而是用重重的鼻音回答。「我每天都漱口的，也早就準備好了賠妳那件中衣的面料。」

噗哧。林語笑了。當時的戲謔話竟然被他聽到了。她笑著問：「當時你沒燒糊塗呀？我以為你人事不知了呢，弄得我還守在你身邊半天，看來你也會裝樣子。」

肖正軒怔怔看著眼前笑語如花的女子，鄭重地說：「當時我只清醒了一會兒就人事不知了。謝謝妳，媳婦，妳給了我兩次生命。」

搞得這麼鄭重，紅著臉的林語有點窘迫地說：「呆子，不用說謝謝的，哪有你說的這麼嚴重？都說是舉手之勞的事，可別再說什麼責任了，一家人不說兩家話。」

肖正軒心情複雜地說：「媳婦，如果妳不喜歡我說責任，那我就不說。我真想就這麼跟妳們過一輩子，可是我真的沒有把握。」

林語不解地問：「呆子，你在擔心什麼？」

肖正軒沒有回答她，因為他有太多的事不能說。他悶不吭聲地緊緊把她摟在懷中，似乎要把她揉進自己的身體裡。

聞著男人氣味，林語的臉開始發燙……

既然不能說，她也就不問。她知道肖正軒有不得已的地方，可是初次被一個男人摟在懷裡睡，還真有點不習慣。

她來回扭動，肖正軒按住她說：「別動，妳那兒受傷了。」

這沒頭沒尾的話讓經歷昨夜纏綿的林語大窘。「你說什麼呢！人家熱不行嗎？」

看著她嬌嗔的小臉，肖正軒的心快要跳出胸膛。昨夜要了她，那是他無意識之間，現在一個活色生香的女子躺在懷裡，除非不是男人才會無動於衷……

林語一轉身，小手碰上了他，他腿間的東西立即雄壯起來。

林語紅著臉，訕訕地解釋。「我不是故意的……」

肖正軒感受到胸前的不安，他平靜了一下自己的心情，才輕輕鬆開她說：「沒事的，我鬆開點。妳好好睡吧，昨天晚上累壞妳了。」

「哼，那還不是你！」

「嗯，是我。妳知道嗎？我真的很高興是我。」那種從心底發出的肯定，透露了肖正軒心中的得意。在得意的背後，更堅定了他的打算。

林語並不知道這句話裡的意思，就為了能給自己和媳婦一個安定的未來，後來肖正軒多次在生死邊緣徘徊，也是這句話支撐著他。

也許是兩人突破了最親密的那一層，這兩天，肖正軒基本上是把林語當成然兒在對待。每天早上，等林語和小然兒醒來的時候，肖正軒已早早燒好了熱水、熱好了襖子，等著兩人起床。

現在不僅是抱她們兩個上馬，不管上炕還是下炕，他非得親自抱兩人。這突來的溫柔讓林語有點手足無措，可這男人一本正經的樣子，讓她又不知從哪兒說起，她心底一陣陣地發毛。這男人不是把她當女兒在養吧？

突然變得過分溫柔的男人好可怕。想要避開他，可他用那雙深邃的黑眼盯著她，一句話也不說，弄得林語感覺自己像犯了多大錯誤似的，只好雙眼一閉，什麼也沒看到，任其抱上抱下。

這可是她前世今生都沒有享受過的待遇。

轉眼間就是大年三十。

這天上午，林語與肖正軒留在家裡除塵。本來要去林家小院準備過年吃食的，林桑硬是讓他們昨天把高處打掃好之後，今天要自己來，說是讓他們打掃了自己的老屋再過來。

林語有點臉紅。她知道也許林桑看出了什麼，故意讓他們多相處。

天一亮，肖正軒就準備起床。林語醒來，也準備起來，肖正軒急忙按住她說：「媳婦，妳再睡會兒，等我燒著火、做好早飯再叫妳。」

林語真覺得這兩天過得如皇后似的，他什麼事也不讓她動手，只有做菜，他覺得自己手藝確實太差，只得洗好切好了才叫林語來燒。其實她並不知道，肖正軒沒什麼心思，就是想要寵她們。

但今天是大年三十，林語想早點起來幫他，家裡總有要收拾的地方。

肖正軒見林語不聽話，立即板起臉問：「是不是相公的話不聽了？」

明知道他是裝的，林語還是想笑又不敢笑地順著他的意思說：「是。相公大人，為妻我錯了，求相公原諒。」

肖正軒把林語摟在胸前，看著她問：「知道錯了就好。妳說我怎麼罰妳？」

那赤裸裸的威脅和清晰的男人氣息讓林語臉紅了。「要不，一會兒罰我掃廁所？」

「噗。咱家的廁所一天都上不了兩趟，相公我早就掃了。妳不聽話，晚上罰妳不許睡。」肖正軒那曖昧的眼神，是白癡都知道他在想什麼。晚上兩個熟男熟女不睡覺，還能做什麼？

小媳婦臉紅了，肖正軒心裡樂得不行，好想這會兒摟著她再親熱一下，不過他怕自己捨不得起來，於是低下頭在她小嘴上親了一口，才站起來說：「我先收一點好處，其他的就記在晚上了。聽話，外面很冷，再睡一會兒，等飯熟了妳再起來。」

第四十章

看到肖正軒出了房門，那無可置疑的話語還留在耳邊，林語只得又回到了溫暖的被窩。被窩裡還留著肖正軒的氣息。漸漸的，在男人的氣息中，林語腦子又開始迷糊了。

「……你竟然有錢買馬車，都不知道給你娘多買幾斤米過年？還有，你能不能有點出息？這廚房是男人能進的地方？哼，我就知道這林家的女子沒個好東西，一個沒成親就弄大了肚子，一個好吃懶做，趕緊給我休了她！」

林語抬抬眼皮看看窗外，看著漫天的大雪，冷冷瞥了眼聲音傳來的方向，轉身摟著小然兒香香的身子，繼續睡覺。

兒子只管做著自己的事不理她，再看看那毫無動靜的屋內，肖李氏火氣更大了。「老二，你有沒有聽到我說的話?!這樣的懶女子你給我休了。竟然還花銀子給她買馬車坐，你是不是腦子被驢踢了？不要臉的東西，連個呆子都賴上，這麼喜歡男人，就去怡紅樓好了！」

「砰」的一聲，肖李氏嚇得跳了起來。

低沈的喝聲顯示了男人的憤怒。「拿了銀子給我滾出去。我再說一次，我的媳婦是我求來的，她是天下至寶，以後要敢再侮辱她一句，這銀子妳永遠別想了。」

聽著肖李氏罵罵咧咧地走了，林語起身，看到一臉低沈的男人，走到他身邊，雙手摟著他送上了一個親吻。「相公，早上好。」

肖正軒眼中有了溫度，摟著胸前的人狠狠親了一下。「早上好，然兒醒了沒？可以吃早飯了。」

林語甜甜地笑笑。「還像頭小豬一樣地睡著呢。」

看到這張笑臉，肖正軒心中的沈悶立即煙消雲散。中午過後，三人回到了林家，林語開始弄起了年夜飯。

想著早上的事，她準備四個人一起過個開開心心的大年。

晚上，香噴噴的四菜一湯——紅燒麞子肉、紅燒五花肉夾菜乾、醋溜大白菜、家常紅燒豆腐、大骨蘿蔔湯漂水餃便端上桌了。

聞著香氣，小然兒第一個爬上桌，手裡擺放著碗筷，唸唸有詞。「娘一雙、爹一雙、舅舅一雙、然兒一雙……娘，妳快來看，然兒擺得對不對？」

人還沒到，林語先笑了。「對了對了，過了年，咱們家然兒就是個五歲的大姑娘了，現在都學會數數了。」

「娘，然兒長大了，福子舅舅說，我可以帶弟弟妹妹了。」

林語頓時一頭黑線。這林福果然是個混的，跟小孩子亂說，下次等他兒子大了，看她怎麼帶歪他。

肖正軒欣慰地看著然兒笑了。這幾個月來，孩子的變化太大了，原來正常的孩子應該是這樣的。他剛擺好然兒的椅子，林桑就拿來米酒，四個人圍著林桑房裡的炕坐好，三個大人倒上一碗，小然兒倒上一口，舉起碗同聲說：「大家過年好！」

這是一餐歡樂的團圓飯，林桑笑中有淚地說：「這是自娘親走後，我吃得最開心的團圓飯。」

林語舉起酒杯說：「哥哥，我們一塊兒來碰一杯，祝我們大家新的一年裡萬事如意。」

「乾杯。」

「乾杯。我也要來，娘親乾杯，爹爹乾杯，舅舅乾杯。」小然兒舉著茶碗，非得每人碰過之後才甘休。

看著寵溺妹妹的肖正軒，林桑已改變了過去的看法。他再也不覺得這肖家二哥配不上自己的妹妹了，有了這樣的妹夫，他覺得自己能跟地下的娘親交代了。

有了酒意的林桑舉著酒杯對肖正軒說：「肖二哥，你對語兒的好，林桑我看在眼裡。我妹妹是個好的，你也是個好的，以後我們一家人一起好好過日子行不？」

肖正軒雖然沒有醉意，可林桑願意把他當成真正的親人，心中很是感動。而且林桑所說的，也是他心中想要的日子，只是他一直擔心著他能做得到嗎？

此時此刻，應該是快樂的時刻，把無法預知的事先放一邊，肖正軒舉著酒杯，真心實意地說：「這段日子是我一生中過得最幸福的日子，如果能有這個命，我願意跟你們做親人！」

等林家小院裡收拾好，三人回到家中時，然兒早已睡得香噴噴了。

洗漱好，林語上了床，肖正軒卻端著兩杯酒進來了。

林語詫異地問：「呆子，晚上沒喝夠嗎？」

肖正軒笑笑，無言地上了床，拉著林語坐好，他一手拿出一杯酒，遞給林語說：「媳婦，我們成親後還沒喝過交杯酒呢。今天我想跟妳把這杯酒喝了。」

林語側過臉，微仰著頭望著披著棉衣的肖正軒，他精壯的胸脯就在眼前，霎時，黑白分明的雙眸浮上了羞赧。「喝什麼交杯呀，又沒說不喝這酒就不算成親。」

肖正軒直直看著她問：「媳婦是不是不想喝這交杯酒？可是我想跟妳喝。」

執著的男人最動情。林語羞紅著臉，張開了嘴等他將酒倒進來，哪知肖正軒說：「交杯酒不是這麼喝的，我來餵妳。」

說著，一杯酒仰頭而乾，再托起林語的下巴，吻了上去。

半口辣酒就入了喉嚨。

林語正想說話，只見肖正軒嚥下口中的酒後，又拿起另一杯倒入口中，再次餵了她半口酒。

肖正軒舔著林語嘴邊的酒。「這樣妳的酒中有我，我的酒中有妳，我們就真的喝了交杯酒了。林語，我的好媳婦，一切都謝謝妳。」

林語伸手摟上了肖正軒的脖子。「呆子，不說謝好不好？」

肖正軒的大手撫上了她胸前的柔軟，他鼻音沈重地回答她。「好，不說謝謝。」

「嗯，不說謝謝。呆子，你知道嗎？我發現自己喜歡上你了……」

一句喜歡，讓肖正軒的胸膛塞滿了幸福。他把林語越摟越緊，像要把她揉進胸膛一般，低下頭，深深吻上了那期待已久的紅唇……

天剛亮，肖正軒就醒來，摸摸身邊柔軟的身子，內心填滿了微笑。他這才睜開眼，晨光照在林語長長的睫毛上，真是可愛至極。

嬌嫩櫻紅的小嘴微張著，幾絲黑髮散落在臉側，肖正軒伸出大手輕輕拂著，把這幾縷調皮的髮攏在林語的耳後，癡癡盯著胸前的粉嫩小臉，彷彿怕自己一眨眼就會消失。

也許還在夢裡，懷中的小嘴裡發出哼唧聲，隨即一隻小手伸出來，拍在他大手上，嘟囔著一句。「呆子，有蒼蠅……」

肖正軒啞然失笑。這小傢伙夢中都要叫他呆子。不過她呆子呆子地叫他，他的心裡是真的很喜歡。

肖正軒心裡默默地問：小傢伙，我以後要怎麼安排妳？其實我真的不想走到這一步，可是妳這麼美好，教我如何能控制得了自己？我發誓要對妳負責，可我更擔心，自己能做到嗎？但不管如何，相信我，我會跟大師兄一樣，也會為妳做盡一切——

伸手、呵欠、大大的懶腰，這是林語睡醒前的三步驟。

她雙手一伸，這才發現伸展不開，還沒來得及把三步驟完成，她就張開了雙眼。

一雙漆黑有神的眸子正寵溺地盯著自己，林語嚇了一跳。「呆子，你這樣看著我做什麼？我又不是一碗紅燒肉。」

肖正軒的臉皮扯動了幾下，終究是沒讓自己笑出來。這小傢伙一開口就讓人發笑，腦子裡也不知從哪兒冒出這麼多詞彙和想像。

「醒了？要不要喝水？」肖正軒沙啞著聲音問她。

「嗯，真好睡。我發現我一整晚都沒作一個夢。我不要喝水，我想要……」林語感覺到了小肚子的急漲。

肖正軒大喜。「媳婦，妳是說妳想要？」

那一臉的曖昧讓林語差點爆發。「你想什麼呀？我想去尿尿！」

肖正軒的臉色轉成墨黑色。他慌忙掀開被子下了床，急忙說：「我去給妳提桶子來，妳先別下床，小心凍著。」

林語紅著臉制止他。「不要，我自己來。」

暈。新年第一天，兩個人問好的方式還真特別。

肖正軒看著小臉通紅的嬌妻，終於笑出了聲。「不用害羞，妳是我媳婦呢。今天正月初一我幫妳提桶子，這樣今年一整年我都會幫妳提。」

林語欲哭無淚。「呆子，你別提桶子行不？今天是正月初一呢，你能不能提點金子銀子的？那樣天天有金子銀子進帳，總比提個桶子好吧！」

不過林語也實在沒精力糾結吉利不吉利的事了，因為她確實快憋壞了。

林語上了廁所、回到炕前，肖正軒立即掀開被子說：「快上來，相公給妳暖暖。」

天氣確實冷，外面冰雪封地，如果以現代溫度來測試的話，最少也有零下十度。

快手快腳地爬進被窩，林語趴在肖正軒胸前說：「呆子，還是你身上熱。」

柔軟的雙峰隔著薄薄的睡衣蹭在肖正軒的前胸，他不由自主地悶哼了一聲。「媳婦……」

林語一看肖正軒臉色，嚇了一跳。「呆子，你怎麼了？」

肖正軒鬱悶地盯著林語的胸前不語，林語臉一紅，凌亂的睡衣已抖落半胸。

林語難為情，立即雙手一攏。「呆子，我真不是故意的……」

肖正軒把她蹬來蹬去的雙腿緊緊夾在自己的腿間，將她的臉按在胸前。如猛虎咆哮的心跳聲震得她小臉發燒，肖正軒在她耳邊癡迷地喊了聲。「媳婦，我又想要妳了……要妳要不夠，怎麼辦？」

肖正軒牽著嫩滑的小手握住了自己的灼熱，嚇得林語就要撒手。

肖正軒不讓她的手拿開。「媳婦，它要妳。」

林語的小臉燒得燙手。身邊男人的需求，不求天長地久，只求現在的擁有，她知道自己是真的喜歡上了他的勇猛，那種欲生欲死的感覺，讓她真的回味……

一場暢快淋漓的大戰讓兩人筋疲力盡，可是這種身體緊密契合、擁有彼此的感覺是如此清晰真實，教他們願意沈淪。

看著一臉倦意的小女人，肖正軒心疼地起身擰了棉巾，把兩人清理乾淨，這才摟著睏得眼睛再也睜不開的林語，酣然入夢。

第四十一章

一大早的勞累讓林語睡得很沈。

她的臉在早晨溫暖的日光中，呈現一種可愛的粉紅色。肖正軒愛不釋手地輕撫著，但聽到然兒的大叫後，又咻地收了回來。

小然兒睜開眼，左看看右摸摸都沒人，突然哇哇大叫。「娘親，妳跑哪兒去了？」

林語被驚得立即張開眼，她紅著臉，趕緊伸出手握住小然兒的手說：「娘親在這兒呢，我沒跑。小寶貝，新年快樂。」

看著娘親，小然兒不高興地嘛著嘴，還是說了。「娘親新年快樂。爹爹新年快樂。」

肖正軒越過林語，也握住然兒的小手說：「小寶貝新年快樂。」

小然兒翻身起來，忽然大叫。「爹爹你真壞！你搶了然兒的位置了，娘親是抱然兒睡的！」

小然兒的指責讓林語更加窘迫，她回頭狠狠瞪了肖正軒一眼。說了讓他放了她，非得說他摟著她睡才心裡踏實，這下好了，她倒成壞人了。

在被子裡套好自己的衣服，林語趕緊爬進然兒的被窩說：「寶貝，不是娘親壞，是爹爹睡在外面害怕，娘親給他作伴呢。」

然兒不信地問：「爹爹，你為什麼害怕？」

肖正軒憋住笑，裝出一副可憐樣。「寶貝，爹爹一個人睡，老鼠會爬上來。」

原來是這樣。然兒立即爬過來，仗義地說：「爹爹不用怕，以後然兒陪你睡。」

林語得意地朝那個呆了的男人翻翻白眼，笑了。誰教他不讓自己離開他的胸膛的？這下有人磨了，看他還強詞奪理不？林語趕緊誇讚起小傢伙。「然兒真是個好女兒。以後妳陪爹爹睡，他一定不會害怕了。」

肖正軒在她背後苦著一張臉。「媳婦，妳不能這樣殘忍……」

俗話說：初一崽初二郎。

為了做個面子給族人看，等肖正軒把昨天帶回來的「年年有餘」熱好後，才把一大一小拖起來吃過飯，到肖家大院拜年。

一進門，肖老爹坐在大門邊捂著個爐子，肖正軒立即帶著林語與然兒問好，小然兒在他懷裡朝肖老爹甜甜地說：「爺爺過年好。」

肖老爹內心對這個兒子還是很愧疚的，只是跟自己的老妻沒法硬著來罷了。今天看到兒子一家沒計較年夜飯的事，高高興興來給他拜年，心中更是難為情了。

聽到孫女問候，他立即笑咪咪對然兒說：「乖然兒，過年好，你們都過年好。來，去屋裡炕上坐坐，讓你娘給你們泡杯茶、熱杯酒來。他娘，老二一家過來了。」

肖正軒難得享受這種親情，他不安地說：「爹，您老別客氣了。我們喝茶就好了。」

肖李氏正坐在屋內的炕上陪隔壁的鄰居話家常，聽說老二一家回來了，想著昨天的事，她滿心不高興，不過當著別人的面，又是大過年的，總算沒有板起臉來，只是毫不在意地說了句。「又不是什麼貴親到了，回來了就回來了唄，叫喚什麼？進來喝茶吧。」

林語本想立即拉著肖正軒就走的，可一看到屋裡有鄰居，她伴著肖正軒笑吟吟地走了進去說：「婆婆過年好，劉嬸過年好，端明嫂子過年好。」

被滋潤後的女人就像一朵花，炕上的兩人見一臉微笑的林語，也立即笑著應答。「剛才我們還在說自妳嫁進肖家，二呆那個舊院子還真收拾得不錯呢。」

林語把然兒放在炕上，自己也爬了上去，讓肖正軒伴著她坐在炕邊。聽到別人表揚，她難為情地朝劉嬸說：「嬸子，哪有妳說的那麼好？妳這是明著誇我呢，我這能力跟端明嫂子比起來，可就一個天上一個地下了。」

端明媳婦見林語當著婆婆的面誇她，也開心地裝出一臉難為情的樣子。「林語妹子，妳這樣誇我，嫂子我可得翹尾巴了。」

坐在一旁的然兒突然爬到端明媳婦身旁左摸右摸，端明媳婦不解地問：「然兒，妳在大娘身後找什麼？」

然兒天真地說：「大娘，然兒在找妳的小尾巴呀！」

眾人一愣，隨即放聲大笑。「哈哈哈，妳這小傢伙真讓人開心！」

劉嬸從懷裡摸出一個小紅包遞給然兒。「小乖乖，拿著劉嬤嬤給妳的紅包買糖吃，明年妳也就會長個小尾巴了。」

林語慌忙攔住說：「嬸子，這可使不得，哪能接妳的紅包。」

劉嬸笑笑說：「肖二家的，這可是嬸子給小然兒的新年紅包，沒幾個大錢，就圖個吉利。」

林語知道這地方規矩，長輩新年第一天都會給小輩一個小紅包，裡面就三到八個銅錢，雖然少，可也是長輩的心意。她感激地說：「謝謝嬸子。然兒快快給嬤嬤再拜一個年。」

然兒拿著紅包正在左看右看的，她從來沒有接過這樣的紅包，這會兒新鮮得厲害，不過娘親的話，她歷來是聽的，因為這個娘親從來不把她關在門角落。

她爬了起來，恭恭敬敬地朝劉嬸行了個大禮。「劉嬤嬤過年好。」

「好好好，然兒過年好。過年越長越聽話，越長越好看。」劉嬸笑咪咪看著然兒笑。

肖李氏從來都沒想過給然兒什麼紅包的，她的紅包只給孫子，可這會兒劉氏給了孩子紅包，她也不得不在懷裡揣摸了半天，才摸出一個小紅包說：「拿著，這是嬤嬤給妳的。」

林語看看那捏得皺皺的小紅包，心裡對肖李氏真的極度鄙視。剛才她摸索了半天才拿出來，是把紅包裡原本就裝好的銅錢分出一半吧？

她故意裝出一副不小心的樣子，把然兒手上的小紅包撞了一下，「噹」一聲，小紅包掉在炕上，三個大錢滾了出來。

肖李氏一看，臉色大變，狠狠瞪了林語一眼，恨不得一口把她給吃了。

劉嬸發現氛圍不對，立即哈哈大笑。「掉得好掉得好，初一銅錢響叮噹，今天添一對，明年添一雙。老嫂子，恭喜妳家今年要添丁了。」

肖李氏在新年第一天也不好意思發作媳婦，聽劉嬸打圓場，只得訕笑著說：「託劉嬸吉言，要真的能添丁弄瓦的，少不得請妳喝喜酒。」

「應該的、應該的。老二媳婦，有空到嬸子家坐坐，今天我得回去了，那大大小小的出去拜年怕是要回來了，這中午沒吃，晚上可得早點。有空都來坐會兒啊！」劉嬸拍拍衣服下炕穿鞋，她大兒媳婦也跟著下了炕。

臨出門前，端明媳婦笑著拉林語的手說：「林語妹子，正月裡妳家要是秧了豆芽，可記得通知嫂子我去換一點。我娘說這大冷天的，炒盤脆脆的豆芽吃著，很爽口呢。」

林語立即笑著說：「成，要是嫂子想要吃，只管來換。初五起，我哥就會開始每天秧一點，他說這樣大家新年飯也好多個菜。」

端明媳婦高興地說：「那太好了。到時記得給我說一聲啊！」

林語含笑點頭。「行，嫂子就準備好豆子吧，我會讓我哥先備好。」

劉嬸感興趣地問：「二呆媳婦，妳哥秧這豆芽，一個大冬天的掙得可不少吧？過了年再秧兩個月，這一年的花用就不缺了吧？」

林語知道發財的事世上沒有人不嫉妒的，笑著含糊地說：「這個我就不大清楚了。我是出嫁的妹妹，總不好過問得太清楚，天天回娘家也是因為我哥還沒成親，家裡沒個女人不行，所以我才回家去幫襯幫襯。」

劉嬸一臉相信的樣子。「妳倒也是個守規矩的女子。不過妳那娘家確實得去幫幫，要不妳哥一個大男人，又要做生意又要顧家，那還真不行。」

她送了人，看看天色確實已是快下午了。這時代的人都窮，天冷也沒什麼活計，都是睡到要上午了才起床，家家都吃兩餐。

林語拉拉肖正軒的衣服示意，然後朝肖李氏笑笑說：「婆婆，那我們也回去，不耽擱妳忙了。」

肖李氏心裡記恨著林語剛才把紅包打落的事，拉長臉說：「按理說今天新年初一，我這個做娘的應該留你們吃個飯，可是你們也知道，我們這麼一大家子，本來糧食也不多，再要是你也來蹭一頓她也來蹭一頓的，這一家子人就得餓肚子了，所以我也不留了，你們趁早回去吧。」

肖正軒聽了肖李氏的話，雙手顫抖得厲害。林語知道肖李氏這不把肖正軒當家人的話，深深傷了這個老實的男人。她緊緊握著肖正軒的手，淡笑著誇讚起肖李氏。「婆婆妳可是個理家能手，這個家在妳的打理下，怕家底沒有一千也有八百，兒媳婦以後真得跟婆婆好好學。」

肖李氏一聽林語說她留私房錢，不高興地說：「老二家的，妳怎麼說話的呢？是故意諷刺是不是？這一大家子人要吃要喝，哪裡還能留得住銀子？」

林語不解地問：「婆婆，兒媳婦哪裡說錯了嗎？一大家的人要吃要喝，哪個一個月不交十兩八兩的銀子給妳？妳看看，一家交個幾兩，妳一個月入帳還不小於二十兩？」

「什麼？不小於二十兩？我去搶呀！除了老二一個月交個五兩銀子來，哪個還交什麼十兩八兩的？妳可別亂去說，別人還以為我們家裡真的是個富人家呢！」肖李氏沒好氣地說。

林語再次裝傻。「婆婆這話說的，兒媳婦哪裡亂說？我相公每月交五兩白銀孝敬您二老，大年初一吃一餐，妳都說怕一大家子不夠吃，那他們那幾家不交銀子給妳，妳從哪裡去給他們弄吃弄喝的？」

肖李氏這才知道兒媳婦正等著這句話呢！她老臉就算再厚也要紅了。

她指著林語說：「原來是個這麼刁鑽的女子，我道王家怎麼會退親呢？原來人家早就知道妳不是個好東西。」

肖正軒一聽肖李氏開始侮辱林語了，雙眼圓睜，眼中寫滿的傷痛比剛才更難堪。本來他對林語心中有愧，肖李氏的侮辱讓他的心更疼。

肖正軒紅著眼深深地看了肖李氏一眼，一句話也沒有說，只是轉身拉著林語說：「媳婦，咱們回家。」

就算是長輩、就算是新年第一天，肖李氏說話這麼難聽，林語心中還是忍不住要說幾句。

等肖李氏說完後，林語冷笑著說：「我嫁肖家可不是看中妳這個家、妳這個婆婆，我是衝著二哥這個實在人。我從來沒有指望被妳看得起，妳怎麼說我都沒關係，可是二哥好歹也是妳親兒子，可我就想不明白，妳為什麼對他這樣狠，我真的懷疑他是妳撿來的。二哥，我們走，就當每月五兩銀子還了個生身債。」

林語輕蔑地看了肖李氏一眼，拉著被肖李氏嚇住的然兒往外走。

走到門口時，她回頭對肖李氏說：「以後每個月的銀子我們會準時送過來，沒什麼事，妳不用來老屋了。爹爹有事要找我們，就到林家院子裡來找吧。對於有些人，還是少見面多高興。」

被一個一直看不起的兒媳婦輕視了，肖李氏氣得不行。「我自己生的兒子，難道不能想怎樣就怎樣嗎？關妳一個外人什麼事！」

肖老爹看著這發瘋的老太婆，嫌棄地說了句。「大過年的就開始發瘋。妳這麼對待老二一家，總有一天要後悔的。」再也不理她，就轉身進了內屋。

兒子不聽話，老頭子還來說她？

肖李氏朝肖老爹的背影怒吼起來。「我後悔什麼？他是我兒子，是我生是我養的，現在讓他還點生養恩不行嗎？別人出去十幾年哪個不發財回來了？可他呢？除了給了那麼一點銀子，最大的就是帶回來一個賠錢貨！我才不信他會有什麼出息，要出息早就出息了，我要是再不逼他，這麼一家子人的銀子花用從哪兒來？」

肖李氏就不相信了，這麼個笨兒子還會有什麼出息，還不如趁著他能掙銀子的時候，從他手中弄點老本回來。

肖大嫂與肖三嫂帶著孩子到相好的各家去拜年了，幾人還沒來得及進院子，就遠遠看到肖正軒夫婦往回走的背影。肖大嫂問肖三嫂。「弟妹，那是不是老二一家？」

肖三嫂眨了一下眼才說：「應該是的。二哥、二嫂是來給爹娘拜年的吧？」

肖大嫂哼了一聲。「弟妹，妳知道娘為什麼不讓他們回來過年嗎？」

肖三嫂感興趣地問：「為什麼？」

肖大嫂嘴一撇。「妳道這老二真是個呆的嗎？」

肖三嫂這下不解了。「大嫂，也沒有人說他真的呆呀？只是二哥不愛說話，有點呆呆的樣子罷了，哪裡就真的呆了？」

肖大嫂諷刺地說：「不僅不呆，還很聰明呢。」

肖三嫂笑笑沒答。這人不聰明，怎麼知道私藏銀子？

兩人邊說邊走就進了院子，肖大嫂還沒來得及回答肖三嫂，就見肖李氏一臉難看地站在門口，她上前問：「娘，這大年初一，哪個敢惹妳不高興了？」

肖李氏見兩個媳婦口袋裡塞得滿滿的吃食，也沒掏出來給她一把，沒好氣地說：「妳們哪個不惹我生氣？」

肖大嫂莫名其妙被婆婆埋怨，立即討好說：「娘，我們可不敢惹妳生氣，那可是要遭雷打的。到底是哪個不長眼的，大年初一就讓娘不高興了，我去幫妳罵他去。」

肖李氏訕訕地說：「妳就是說得好聽。」

肖大嫂知道自家相公是個木頭似的男人，除了會種田外，掙銀子的本事比起二弟差得太遠了，在婆婆手裡，二弟交的銀子可不少。

「娘，妳要是哪裡不開心，就罵我幾句好了，您老可別氣著了。今天我和弟妹到叔叔嬸子家去拜年，可兜了不少好吃的回來呢，一會兒我掏出來給娘嚐嚐？」

肖李氏看著大兒媳婦一臉的討好，很是得意。「妳心裡還有我這個婆婆呀？總比老二那兩個沒良心的傢伙好多了，空手回來不說，還讓妳爹給我氣受。真是個死沒良心的傢伙，算是我白生他了！」

肖三嫂是不敢得罪也不想討好肖李氏的。肖李氏對他們夫妻雖然不像對二哥那樣苛刻，可也沒有好到哪裡去，從二哥手中刮來的銀子，不是貼給兩個小叔進學堂，就是貼給大嫂家的兩個兒子進學堂，反正他們一家也沒落到個好的。

隨著肖大嫂扶婆婆進了屋子，肖大嫂掏出兜裡的一把果子放進肖李氏的手裡，狀似無意地問：「娘，二弟與弟妹回來，是來孝敬您老的吧？」

肖李氏剛嗑一個瓜子進嘴裡，聽到大兒媳婦這句話，氣哼一聲。「孝敬？他還會記得來孝敬我？就算是有好東西也都孝敬他媳婦去了！」

肖大嫂故意睜大眼睛，不相信地說：「娘，不會吧？聽說這二弟妹可是個有能耐的人呢，年前與林家族長一起做豆芽生意，可掙下了不少銀子呢，哪裡還用得著二弟那幾個銀子？」

肖李氏聽了肖大嫂的話，雙眼差不多要掉下來了。「妳是說，這豆芽生意妳二弟妹也有份的？」

第四十二章

她就知道自己婆婆會眼紅。

想到自己心中的計劃，肖大嫂故作驚訝。「啊？難道娘還不知道這事不成？這街頭巷尾的都知道林家的豆芽是弟妹弄出來的呢。」

一聽大兒媳婦的話，肖李氏怒色立即上臉。「好個小蹄子！剛才劉嬸還問起她這豆芽的事，她倒好，怕我肖家去分銀子，乾脆說是她兄長的法子呢。」

肖三嫂小心地說：「娘，其實這法子就算是二嫂的，她要不承認，那也沒法子的。要是這法子是二哥的，那還差不多。」

肖李氏略有深意地看了三兒媳婦一眼。「妳這說的怕是對的。她一個大門不出的女子，哪來秧豆芽的法子？林家就更不用說了，要是有這法子，這林家哥兒不早就用它掙銀子了？要不然王家退親時，他也不會沒話可說。」

肖大嫂、肖三嫂一聽。「娘，妳說會不會是老二在外學回來的法子，為了討好他媳婦才給她的？」

肖李氏一聽覺得有理，再也坐不住了。「走，大家都跟我到老二家去！」

肖老爹剛從後屋進來，看到氣勢洶洶的肖李氏，立即攔住她。「妳又跑到老二家去做什麼？」

肖李氏雙眼一瞪。「去做什麼？去要肖家掙銀子的法子。」

肖老爹皺著眉頭問：「什麼肖家掙銀子的法子？」

肖大嫂立即三言兩語、掐頭掐尾地把剛才的事說了一下。肖老爹大怒。「妳個死老太婆，今天是正月初一呢！妳是不是想家裡一年都不順？從剛才到這會兒，妳就一直不斷找碴，我看妳這是不想好好過日子了！都給我進屋去，哪個在大年初一要鬧事，就給我滾回娘家去！」

肖老爹真發了火，肖李氏也害怕。確實，今天是正月初一，可不能鬧事，自己剛才是被氣著了才衝動起來。她瞪了肖老爹一眼說：「不去就不去。你以為我掙了銀子拿回了李家不成？我李家可不差這麼幾兩銀子。」

肖李氏娘家兩位兄弟的孩子在外面跑動，家裡過得還算不錯，當時肖家窮得沒米下鍋的時候，沒少回李家借錢借糧，這也是李氏在肖家囂張的另一個原因。

肖老爹覺得老太婆是想銀子想瘋了，連自己的兒子媳婦都要算計進去。「妳早就知道老二家的是個大門不出的姑娘，妳覺得這法子可能是她的嗎？我看妳還是少去給他們倆添堵吧！」

肖老爹的一番話一時打消了肖李氏去找肖正軒夫婦的念頭。肖大嫂等肖老爹出去後，嘟囔了一句。「娘，以後妳可得想法子，這法子不是二弟妹的，那就是二弟從哪兒得來的。就算不是二弟得來的，那弟妹已是肖家人了，也得讓她把那秧豆芽的法子學回來教給肖家人，她畢竟嫁進了肖家，總得為肖家多想想。」

肖李氏聽了不由自主地點點頭。「嗯，妳這才算說了句人話。看來我以前還看走眼了，林家丫頭還能有點用處。既然她已是肖家人，那這法子就一定要它成為肖家的。」

肖大嫂聽了肖李氏的話，頓時雙眼發亮，彷彿白花花的銀子就堆在她眼前一樣。

不說肖家一屋子人惦著林語的掙錢方法，就說他們三人回到肖家老屋之後，看著破敗的另一邊屋子，肖正軒站在院子裡發呆。

自己是不是太沒用了？現在這樣過，是不是太委屈媳婦和孩子了？

黑髮絳衣的他如一尊雕塑，靜靜地站在院子裡，雙眸凝視著牆，一眨也不眨。林語出來看到他這樣子，以為他還在為剛才的事不開心，牽著然兒站在他身邊說：「呆子，你說晚上我給你和然兒烙香蔥大餅吃怎麼樣？煮點小米粥、燒上一盤肉絲香乾，你會不會流口水？」

林語親切輕鬆的語氣，讓那張臉瞬間撤下了陰鬱的表情，呆滯的目光頓時如繁星點點，甚至還露出了微微笑容。

肖正軒伸出手摟住林語的肩，輕輕地說：「媳婦，我更想吃妳做的泡菜肉絲麵，那酸酸辣辣的，滋味更好。」

然兒也在一邊拍手說：「娘，我也要吃泡菜肉絲麵。」

林語側仰起小臉，翻了翻白眼瞪著父女倆，故意狠狠地說：「哼！有吃的給你們吃就很好了，竟然還敢點菜？去揉麵去，要不然讓你們喝麵湯。」

看著眼前那張生動的小臉，肖正軒心中的不快頓時消失了，他窩心地說：「媳婦，跟著妳在一塊兒，就是喝麵湯也覺得美味。」

林語得意地扭過頭，看著他說：「你不看看是誰的手藝？我這聰明的腦子和靈巧的雙手，做出的麵湯當然也比人家的山珍海味強。」

有個這麼得意的小女人在眼前，肖正軒把剛才不開心的事全部扔下心頭。有如此佳人相陪，還有什麼值得不開心的？一抹笑意不禁重新浮現在他的臉上……

雖然是寒冷的天氣，可肖家老屋的廚房裡卻熱火朝天。

灶膛裡的火映紅了牆壁，大鍋裡的食物熱氣騰騰。

「爹爹，然兒要吃寬寬的、長長的麵！」

小然兒搬了把小凳子站在案板前，指揮著正在煮麵條的肖正軒。

林語捧著酸菜罈子，掏了一小把放在飯碗裡，聽到然兒的要求，禁不住笑出聲來。「然兒，小心妳爹的手撞著妳。麵條不都是長長的？難道還有短短的？」

放下手中的碗，林語又拿了條濕棉巾，伸手幫他擦拭。「看你們父女，這哪是在揉麵？我看是在唱大戲。面上、額上、頭髮上都是粉，你們這是去了粉裡打滾呀？」

肖正軒看著她不停嘮叨的小嘴，傻笑了起來。「這可不怪我，要怪就怪然兒，讓她不要拿麵玩，她就說是妳同意她玩的。」

林語搖搖頭，捏了小然兒鼻子一把。「小毛丫頭，我哪裡同意妳玩麵粉了？我是說等妳爹揉好後，讓他給妳一團，妳自己做著玩。就會拿著雞毛當令箭，臭傢伙。」

然兒舉起手中的小麵團，得意地說：「娘，然兒做一個狗。」

「傻丫頭，妳做了一隻狗，不是妳做一個狗。好了，妳下來玩，別擋著妳爹爹煮麵條。」

煮好了麵，一家人圍坐著吃了，小然兒嘩啦啦飛快把最後一點麵湯也喝完了，舉著小碗得意地叫。「爹爹、娘親，小然兒第一個吃完了！」

林語拿起棉巾擦了下滿是麵湯的小臉。「然兒吃飽了沒有？」

小然兒卻問放下碗筷的肖正軒。「爹爹吃飽了沒有？」

肖正軒曖昧地看了林語一眼才回答。「爹爹還沒吃飽。」

小然兒好心地說：「那爹爹把那鍋裡的湯喝了，就會飽了。」

肖正軒盯著林語紅嫩嫩的臉，眨眨眼說：「嗯，一會兒妳娘親會給爹爹喝湯……」

這天，肖正軒一早就出去了，說是回肖家一趟，可不久就回到林家院子。

林語看到他這麼早回來，詫異地問：「咦，怎麼這一會兒就回來了？不是說讓你陪你舅舅們嗎？難道他們已經走了？」

肖正軒走近，抱著她說：「媳婦，還是妳最好，別問那幫鬧心的親戚。」

林語察覺肖正軒情緒低落，伸手摟著他的脖子說：「呆子你真好，是不是你怕我一會兒忙不過來，特意回來幫我的？」說著，湊在他臉上親了一口。

林語的撒嬌讓肖正軒的心頓時柔了。「媳婦，他們叫我回去，原來是打算著算計妳這秧豆芽的法子，好到省城裡去發財呢。」

肖正軒冰冷的口氣、凜冽的眼神，讓林語看了心中感慨萬千。肖大娘這麼個厲害的人，為了一點銀子，真是把這個兒子給棄了。

林語聽出了肖正軒心中的不舒服，故意呵呵笑了。「你還真是個呆子，他們打算就讓他們去打算，這又不是他們打算就能得到的，你難過什麼？是不是他們逼你來問我要法子了？」

肖正軒搖搖頭。「我沒等他們開口就走了。這種親人，真的讓人心寒。」

林語安慰他說：「好了，別為這種人讓自己難受，太不值了，咱們不生氣啊。一會兒有人要來換豆芽，你幫我去把這小刀磨一下行不？」

這麼善解人意的女子，讓肖正軒眼中的冷冽暫時轉化成溫柔，黑眸中盈滿溫馨，癡癡盯著眼前嫣然的小臉，不捨得移開，可又想到這還是大白天的，一會兒真的有人要來換豆芽，他只得接過刀子去了後屋。

林語出得棚子，看向肖家，冷笑幾聲。這林家極品還沒找上門來，肖家倒是反應快，看來以後豆芽棚還得看緊些。

想從她口中搶食?那也要看他們有沒有這能耐!

晚上吃飯時，林語跟林桑說：「哥哥，你找找熟人，看哪家有沒有厲害一點的小狗賣?」

林桑不解地問：「語兒怎麼突然想要買小狗，還要厲害的?」

林語笑笑說：「有隻狗好，有賊防賊，無賊添趣。小然兒還是孩子呢，狗兒養得好，就是一個好看護。」

肖正軒看著笑語如花的林語，暗中稱讚。她這是想要防賊呢，這個女子真的太聰明了。

聽妹妹這麼一解釋，林桑認為確實如此。「嗯，過幾天我找人問問，不過要買多大的小狗?」

林語想了想說：「三、四個月大的吧，這樣容易養熟。哥哥，最好要帶點獵性的，這樣的狗養起來用處比較大。」

「好，那我去尋尋。」

晚上回去的路上，肖正軒問林語。「媳婦，妳買小狗是怕肖家人來打豆芽的主意吧?」

林語抱著然兒坐在他身邊，依著他笑著問：「是不是覺得我有點壞?」

肖正軒用空著的手摟了摟她。「妳能這樣保護自己，我就放心了。」

林語知道他在說什麼，心中湧上一股難捨。「呆子，到時候非得走嗎？」
肖正軒實誠地說：「對不起，我是肯定要走的，但就是不知能不能很快回來。」
「別說對不起，我想，也許你很快就會回來的。」
說到沈重的話題，兩人沈默了。
不能說的她絕對不問，林語把臉埋在他肩窩，享受著有限的溫情。

正月初八，林福跑進了院子叫道：「語妹、語妹，妳在不在？」
林桑去了族長爺爺家陪客，林語與肖正軒帶著然兒坐在炕上揀豆子，聽到他的叫喊，立即回應。「福子哥，我在裡屋。有啥事呀，是不是森伯娘想吃豆芽了？」
林福跑了進來，看到肖正軒立即朝他笑笑算是打招呼，然後朝林語暗示。「語妹，妳出來一下。」
見他神神秘秘的樣子，林語立即下炕，穿好鞋子就出來了。「福子哥，什麼事這麼神秘呀？」
林福的臉微紅。「語妹，福子哥的親事定了！」
「啊？你跟王珍妹子的親事？王珍她娘已經同意了？」林語驚訝地問。
看來她那桂花油還真管用呀？
林福紅著臉說：「語妹不是說，把種子種下了、發了芽，總不能不讓它長大吧？珍兒她娘是沒辦法了，她怕出林柔那事，因此什麼聘禮也不講，只要二十兩銀子就成了。」
林語開心地問：「福子哥是不是手頭銀子緊了？」
林福慌忙說：「不不不，語妹，桑哥這腿一直都沒好，妳家也過得不容易，雖然妳既是賣豆腐，又是秧豆芽，也不見得手頭就有餘銀。銀子幾個哥們湊了湊，我家裡出了十兩，就夠了，就是成親那天妳幫哥秧點豆芽、弄點乾豆腐添幾個菜成不？」
林語立即滿口答應。「成，這點事妹妹總幫得上的。福子哥你說吧，你準備多少桌，要多少豆芽、多少豆腐乾，就算我兄妹給你賀喜，送你了。」
「不用不用，我不缺這點。」
既然他堅持不要，林語想著，還是隨禮的時候重一點好了。
兩人說定豆子的數量後，林語裝作無意地問：「福子哥，林柔他們過得好嗎？」
林福搖搖頭說：「我聽珍兒話裡的意思，兩人似乎並不是很親的樣子。自林柔流了身子後，性子變得疑神疑鬼，總懷疑王慶心裡有別人，兩人時常鬧彆扭呢。唉，語妹，妳沒嫁進王家可真是妳的福氣，王慶那娘可真不好侍候。」
林語噗哧地笑了。「福子哥，你說我這性子真的嫁進王家了，還能跟以往一樣忍了？怕是早就翻天了。我看我還是嫁我的呆子好，他可從來不會氣我的。」
林福看著她，無奈地笑著說：「語妹，我可從來都不敢想，原來妳是這性子。不過，哥還是欣賞妳這性子的，直爽大方，是個好相處的人，跟珍兒一樣既懂事又乖巧。」

林語語重心長地提醒他。「福子哥，女人可沒有一個真正大方，時時又懂事乖巧的人。以後你娶了媳婦進門，你就會知道，女人有時很不講理的。不過福子哥是個大男子，不管什麼時候，你都得像個男人。」

林福被林語的話說得豪氣十足。「語妹，妳這話倒說對了。男人一定要寵女人，但是女人絕對不能管束男人。男人在什麼時候也得像個大男人，否則還不如閹了去做太監呢！」

聽了林福的豪言壯語，林語內心樂了。

王珍，這是我報答妳的禮物，好好收著吧！

第四十三章

肖正軒看著一臉喜色進門的林語。「這麼開心？是不是報仇了？」

林語得意地說：「當然。有仇不報非君子，君子報仇、三年不晚，我這才花一年就成功了一半，你說我能不開心嗎？哼，我是誰？我是大名鼎鼎的林語，敢惹我，那就惹上大事了。」

肖正軒寵溺地看著這張神采飛揚的小臉說：「以後還有要出氣的事讓我來。妳是個女子，還是不要出頭的好，小心給自己惹麻煩。」

知道這是肖正軒關心她的方式，林語故意歡喜地點點頭。「是。相公，我聽從命令、服從指揮，以後我就當個幕後老闆。」

立時，肖正軒的臉上浮現出了淡淡笑意。這麼個活潑可愛、聰明懂事的女子，真的就成了他這個遊子的媳婦了？

想到此，他心中融化成一潭溫泉。

初十這天，天氣極好，在肖家院子裡，林語正指揮著肖正軒。「呆子，這院子一時也用不著堆起來，等我們真正有錢了，咱們把這兩間破屋子推了，造一幢比現在肖家院子更大的房子，看你娘還瞧不瞧得起我們。」

她完全忘了肖正軒得離開了。

肖正軒心中一動，想說什麼，可最後沒有說出口。當他看著倒在地上的泥巴，問：「那這兒現在要做什麼？」

林語想了想，說：「現在還常下雪，也做不了什麼用，要不這樣，呆子你等著，我去拿把鋤頭來，我們把它們改成菜土，種一些早蔬菜，紮幾個小麥稈蓋起來，等天氣好就露出來曬曬，晚上再蓋上，有可能我們會有新鮮菜吃。」

肖正軒看著興奮得指手畫腳的林語，立即說：「好，我會弄。妳就在一邊指揮好了。」想不到多年沒拿過鋤頭的他，為了這個小女子的興趣，又拾起了它。

要是兄弟們看著他那雙拿大槍的手竟然種起地，會不會驚訝得眼珠子都掉出來？

按著林語的規劃，肖正軒幹了起來。這時，小然兒也拿了個小鋤頭過來，說：「爹爹、娘親，然兒也來種菜。」

看著小不點也來湊熱鬧，林語打趣地問她。「然兒想種什麼菜？」

然兒撲閃著大眼睛，想了一會兒才說：「種黃瓜。」

林語啞然失笑。「為什麼種黃瓜？」

然兒看著她，認真地說：「給娘親漂亮。」

「什麼？給娘親漂亮？妳是說給娘親美容？妳嫌娘不漂亮？嗚嗚嗚，娘親要哭了……」

林語睜大眼睛。這是嫌她不漂亮了？

一連串的問題把小然兒問暈了。她舉起小鋤頭在地上挖了起來，一邊安慰她說：「不哭，不哭，娘親漂亮，然兒不漂亮。」

林語哈哈大笑。「好吧，馬屁精，算妳厲害。我們一起來種黃瓜，等黃瓜長出來了，我們天天吃黃瓜貼黃瓜，養出一對天下無敵的大美女。」

正賣力挖泥土的肖正軒聽了母女的對話，嘴角微微翹起。他真希望這樣的日子會長長久久。

林語發現肖正軒微翹的嘴角，故意說：「呆子，你在笑話我？然兒，妳看妳爹爹在笑話娘親，幫我報仇。」

小然兒也不理她，依然挖著泥土朝肖正軒說：「爹爹，你抱下娘親，她就不會生氣了。她現在吵得我們都不能挖地了。」

一句話把林語的臉說紅了。

肖正軒寵愛地看著她說：「我哪敢笑話妳們，妳娘親和然兒就是爹爹心中最好看的大美女。」

林語故意撇撇嘴，掩飾心中的難為情，埋怨地說：「我以前怎麼會誤以為你是個呆子呢？原來你這麼會說話，我上當了。」

肖正軒聽著她這段看似哀怨的話，笑了。

這個可愛的女子，能與她成為夫妻，是他肖正軒前世積的福。回去之後，他一定要盡最大努力解開如今的僵局，只要有辦法立上三次功勞，也許他就能回到她身邊，陪伴她一生。

林語看到肖正軒一臉笑容，故意糗他。「笑什麼？我這青春無敵的大美女嫁給你這個呆子，是不是得意了？」

肖正軒看著她那似喜似嬌的小臉，心中無限複雜。他附和著她的話，說出了心中所想。「嗯，我是真正的得意，更是真正的幸福。林語，要是這樣的日子能過一輩子，那該多好。」

林語知道他有許多秘密，不禁問：「呆子，你是不是有什麼為難的事？要不你說出來，我們一塊兒解決？」

肖正軒無奈地搖搖頭。「語兒，自從那天妳幫我解毒開始，我就想著要對妳的一輩子負責，可是我真的沒把握。我的事，說來話太長，也不是一時能解決的。」

林語真心地說：「呆子，我是真心想幫你的。都說一人計短、兩人計長，要是能說你就說出來，也許我們還真能找到解決的法子。」

真的能解決嗎？還是自欺欺人？想起年前出去的那次得來的消息，肖正軒眼中的憂慮加深了。

他在心中暗自搖頭。在這亂世中，他的命並不全是自己的，要想一生自由，他用什麼來換呢？

如果可以，只要不要他的性命，用手用腳用銀子、地位等一切來換，他都捨得。

因為他已捨不下她了，他要跟她生兒育女，他想要陪她到老。

現在的他還沒有這個能力，已經害她沒了清白身，不能再把她扯入自己的生活，要不然後果難測。

再說自己已經夠煩了，何苦再讓她來愁？

想到此，肖正軒搖搖頭說：「不要擔心，我會盡最大的努力去解決。」

林語知道這肖呆子的心裡一定有什麼事，而且還不是小事。不過他不說也就算了，逼得他說出來，也許會壞了現在這和睦相處的氛圍，她也不再問。

「呆子，不管未來會怎麼樣，我們過好現在，才是最值得的。以後的事，以後再說。不是說兵來將擋、水來土掩嗎？現在再憂心也沒用是不是？還是等那一天來了再說。」

林語的話鼓勵了肖正軒，他終於放下心中的沈重，覺得自己擁有這樣的女子，就算老天注定他們只有一天，勝過什麼也沒有的一生。

趁著還有時間，他要好好地寵她愛她。

看父女兩人挖得頭上出了汗，林語覺得與其站在這裡曬太陽，不如也做點事，於是回屋裡找了把鏟子，幫著挖起地來。

肖正軒看林語用鏟子挖，不禁笑了。「媳婦，那傢伙可不是這樣使的。」

「喔？這不是用來挖土的，那你買回來做什麼？」林語不解地問。前世今生也沒有真正種過菜，林家後院裡的那些田地，都是林桑的功勞。

肖正軒把自己手中的鋤頭遞給她。「來，妳用這個，那個交給我，我來平地。」等看到肖正軒用那傢伙平土時，林語才知道那工具是怎麼用的，臉色微紅著說：「原來是這功用啊……」

肖正軒暗自笑了。這哪像個農家姑娘？看來這林桑疼妹妹是事實。

奮鬥了大半天，整齊有序地開出了四畦菜地，林語覺得非常有成就感，指著它們說：「我要種四季豆、種白菜、種韭菜，還要種——」

「種黃瓜。」小然兒清脆的聲音打斷了林語的思考。

「噗，小傢伙，就知道妳的黃瓜。行，咱們種黃瓜，多種點，咱們想吃就來摘，讓咱家的小然兒，長大後成了一個大美人，迷死全鎮的小夥子。」林語笑嘻嘻地打趣小然兒。

小然兒格格笑著。「娘親是個大美人。」

「哈哈哈，小馬屁精，我真要是算得上大美人，這世上的男人都要哭了。」林語大笑起來。

三人回到屋裡，肖正軒急忙生火。他想早點吃完飯，然後再燒一大桶的水讓林語泡個澡。今天，林語也跟著幹了半天的活兒，他總叫她帶著然兒去休息，可是這兩人故意跟他作對似的，額頭冒出了汗還不願意放下鋤頭。

林語脫下衣服，跳入肖正軒給她準備好的浴桶裡。恰到好處的水溫讓她覺得全身舒服，不一會兒，她就開始有點昏昏欲睡了。

突然身上一涼，林語睜開眼一看，肖正軒一雙大手把她從桶裡撈了起來，忙說：「可不能睡著了，回炕上去，我把炕燒熱了。」

林語微紅著臉。「放下我，我自己來。」

肖正軒把她包在胸前的棉巾裡，邁開大步就往屋裡走，一腳把門踢上，轉身，一隻手閂了門。「這麼冷的天竟敢在桶裡睡著，真是個不聽話的小傢伙。」

林語難為情地狡辯。「反正在桶裡又不冷。」

「不冷也不行，泡久了對身子也不好。原本就沒幾兩肉，要是再病了，就只剩下幾根骨頭了。」

「什麼？你嫌我瘦？別人想瘦還得不到呢，我才不要發胖呢！」林語噘著嘴撒起嬌來。

一把將她扔在炕上，讓她躲進被窩裡，肖正軒拿著棉巾，一邊幫她擦頭髮一邊說：「不行，女子還是要有點肉的好。這麼冷的天，太瘦了哪裡抵擋得了寒天？以後要多吃飯，每天最少吃一頓肉，等春暖之後，有人家孵了雞子，到時多換幾隻回來養養，最少十天殺一隻來吃，這樣身子才能跟得上。」

每天大魚大肉還有雞？

林語愁眉苦臉地問：「就我這小矮子還不到你肩膀高，要是再長了一身肉，你不覺得是水桶滾到了你面前？」

這身子已經十幾歲了，要長高是不大可能，如果長成一百多斤的肉，那她還不死了算了？

「噗！」肖正軒被林語逗笑的本事打倒了。「妳能長成水桶？妳不長成一枝竹竿就很好了。不過妳能長成水桶的話，我也樂見。」

那樣，他就是離開這裡多幾年，她也不一定嫁得出去吧？不是說沒人娶，只是她這性子，她不會瞧得上一般人……嗯，養肥她是個好法子。

林語不知道，有人為了自己自私的打算，準備把她養成一個大肥婆了。

第四十四章

肖正軒已去洗漱了，林語躲進被窩，側身一看，小然兒睡得香噴噴的，一臉酡紅，可愛極了，她禁不住俯下頭親了親。

肖正軒回到床上，看媳婦只管女兒不理自己，他伸出手把側著身子的女人拉進自己的懷裡。「小心風漏進來，把妳吹得著了涼。」

林語轉過身子，朝他擠眉弄眼地問：「真的只怕我著涼？哼，我才不相信呢。」頂在她身後的東西已硬得似鐵棒一樣。

被媳婦打趣了，肖正軒脹紅著臉，愛憐地在她小臉上咬了一口。「小壞蛋。我真想把妳吞下肚……」

林語故意歪曲他的意思，一臉擔心地說：「呆子，我提醒你，我今天沒去找產婆，明天你生孩子來不來得及去找呀？」

不理她的胡言亂語，肖正軒輕輕地摸摸她的小腹說：「妳從哪兒來的這麼多古怪精靈的想法？男人生孩子？虧妳想得出來。不過，語兒，妳說這裡會不會有了我們的孩子？」

掙扎著要逃離，林語羞紅著臉說：「你以為你是神射手呀？百發百中。」

「那今天晚上讓相公好好再射一次，保證這次百發百中。」

「不害羞。」

林語大窘。她以為這個男人就算不呆，但也是個嘴笨的，現在她才知道，她真是大錯特錯，原來男人油腔滑調是天生的本事。

肖正軒癡癡看著這張宜嗔宜嬌的小臉，手指輕撫著她的臉頰。「媳婦，我很想讓妳生一個我們的孩子，可我又不想妳生孩子，我怕我終有一天一去不回……」

林語伸手摟著他。「不會的，不會有那麼一天的。就算你終有一天要離開，我相信你一定會回來的，不要怕，相信自己，凡事都會解決。」

林語是個成年人，並不是個少女，肖正軒的為難，她理解也寬容，現在兩個人相處得這麼融洽，她不大想追究未來。

不是說她沒有考慮過未來，但是當未來不可預知時，她覺得想得太多是讓自己受罪。過那種患得患失的日子，就算再久又有什麼意思？

所以她坦然接受現在的生活，既然這個男人此時能真心真意對她，她也想讓他幸福。乖乖趴在他懷裡，林語伸手摸了摸肖正軒的臉。「呆子，車到山前必有路，也許以後真的會柳暗花明又一村。別想太多好不好？只要是幸福的，就算只有一天又如何？」

一席話讓肖正軒心中無限澎湃起來。他無言，緊緊摟著林語，感覺到她的美好，想要把她的氣味記在心間，揉入骨血，再也不分開。

這個男人，是動真情了嗎？

林語咬上了他的唇，一瞬間，清雅的女人香味穿透鼻間，讓男人發出一聲悶哼。

一時間，兩人倒轉，濃郁霸道的男人氣息充滿了林語的大腦，讓她渾身燃燒起來……

有了男人的疼愛，林語覺得自己好似掉進了蜜窩裡，幾乎每天都睡到自然醒。

這天一醒來，肖正軒又燒好了早飯，焐好了火盆等著她起床。林語禁不住嗔怪地說：「呆子，你會寵壞我的。」

肖正軒從炕角找出她的棉衣給她穿上，偷偷親了她一下。「我就是想寵妳。」

「那以後寵壞了，可別怪我不講理。」

「不怪。要是我們有一輩子的話，一輩子都不怪。只要我媳婦開心，我就快樂。」

「呆子，那你得做好準備，我可是個寵不得的人。」

「我很樂意。但願老天能成全我。」

「老天一定會庇佑我們這些善良的人。」

甜蜜的日子總是過得很快，今天是正月不開門做生意的最後一天了，肖正軒也跟著睡了個懶覺。

這是他二十幾年來從沒有過過的日子。

看看睡在身邊的小小身子，肖正軒突然發現，然兒這小傢伙越睡越過分，如果不是小被子隔著，就是完全依在林語懷裡了。

他輕輕掀開被子一角，發現林語隔著被窩把手伸進然兒的被子，小傢伙抓住她的手，睡得香甜。肖正軒心頭泛酸，眼睛一熱。見兩人如此的親熱，他不知道這樣好不好，更不知道這樣的日子會有多久。他能嗎？能讓這一切變成一生的事實嗎？

他是不是太自私了？

林語醒來時，看到的就是肖正軒那張溫柔的臉。她從然兒懷裡抽出手，轉身看著他問：「呆子，你不好好睡覺，光看著我做什麼？」

肖正軒移動身子，摟她在懷。「我就是想看，想把妳印在心底。」

林語被他這煽情的話弄得難為情。「我又不是什麼大美人，有什麼好看的。」

肖正軒伸出手撫摸著林語的小臉。「我覺得我媳婦是世上最好看的女子。」

林語故意白了他一眼。「比然兒親娘還好看？」

肖正軒身軀一顫，目光變得深沈。林語的心往下沈，暗自苦笑。

我終究是個俗人，問這麼無聊的問題，不是說了不去多想嗎？

感覺懷裡的身子變僵，肖正軒的心難受起來。「媳婦，我不想拿妳跟她比，妳才是我的媳婦，她不是。」

林語聽了這莫名其妙的話，更加不解。「你為什麼這樣說？難道然兒是你們的非婚生子？」

非婚生子？她怎麼會有這種可怕的想法？

肖正軒歉意地說：「媳婦，不是妳想的那樣。」

林語靜靜依在他胸前不再問。這個男人，故事太多。

知道懷裡的人心裡有隔閡了，可是這些事牽扯太多，雖然林語很聰明，可是一旦扯上了小然兒的娘，他還是怕她吃虧的。

如果知道自己會遇到這麼一個可人兒，當時還會答應師妹的要求嗎？

內疚的肖正軒緊緊摟著林語，喃喃自語。「我多想我就只是現在的肖二呆，可是這畢竟是夢想……媳婦，不過我要告訴妳，我從來就只有妳這個媳婦，而且我們是拜過堂的夫妻，如果有一天有什麼事發生，妳一定要等我。」

林語見他這麼為難，理解地抱著他說：「呆子，既然你真心把我當媳婦，那我不問了，我相信你。我知道你心裡有事，如果你不想說，我不會強求你說出來。但不管有什麼事，都要學著想辦法去解決。就算一時解決不了，也一定會找到機會解決的，不用太擔心。」

肖正軒把頭埋在林語的脖間。「好，我會想辦法去解決。等我把所有的事都處理好了，我會陪妳一輩子，我喜歡吃妳做的豬油炒鹹菜。」

林語不禁笑了。「原來你就這麼點出息啊？一碗豬油炒鹹菜就把你給收買了。」

一種叫做幸福的滋味湧上心頭。肖正軒輕輕推開貼在胸口的小臉，雙眸深深凝視著林語說：「媳婦，妳做的豬油炒鹹菜是我吃過最好吃的菜。」

林語心疼這個大男人。「真是個傻瓜。」

「我就是想做妳一個人的呆子。」

是嗎？古代有出息的男人，有哪個不是一妻多妾的？他說的是真的？如果老天成全，他只做她一個人的呆子？

林語忽然希望老天能眷顧她一回。

正月十八宜嫁娶。

林語倒是早早就帶著小然兒去了林福家裡。

新人拜完天地後，新娘子進了洞房，林福滿臉喜色地從新房裡揭了蓋頭出來，一看到林語，立即喊：「語妹，妳幫我去屋裡陪陪珍兒。豔兒跟她不熟，妳去跟她說說話，一會兒我得陪酒去。」

林語笑著恭喜。「福子哥，妹子恭喜你心想事成，更祝你和嫂子早生貴子。」

林福紅著臉說：「語妹，妳還要打趣福子哥嗎？快進去吧，妳跟珍兒從小玩到大，一定說得到一塊兒去。」

林語笑著點頭說：「行，福子哥，我一定幫你陪好。」

客人都去前廳喝茶了，林語走進去的時候，林福的親妹林豔陪著王珍正無聊得要命。她跟王珍不熟悉，以前王珍覺得自己家裡條件好，很少跟窮人家的孩子來往，所以更沒話講。

一看到林語進來，林豔急忙高興地說：「三姊，妳快進來。」

然兒認識林豔，看見她立即叫了聲。「小姨好。」

林豔歡喜地抱起她問：「然兒，想不想吃新娘果子？」

然兒一聽有果子吃，立即高興地點了點頭。「小姨，我要吃新娘果子。」

林豔指指王珍說：「那小然兒叫聲舅母，這是福子舅舅的媳婦，這新舅母可有很多的新娘果子吃喔。」

然兒認識王珍，上次在布店裡的事，讓她有點怕王珍。她怯怯地看了王珍一眼，轉頭又看著林語，不願意叫人。

林語笑笑說：「然兒不是說最喜歡福子舅舅嗎？快快叫聲珍舅母，馬上就會有好吃的。」

然兒再三看了看王珍，才輕輕叫了聲。「珍舅母。」

王珍剛嫁進林家，孩子叫她舅母還有點難為情，她訕訕地應了聲。「然兒乖，讓妳小姨帶妳到後屋的嫁妝檯子上找吃的去。」

林豔還是個十一歲的小姑娘，對這新嫂子的嫁妝稀奇著呢，聽新嫂子吩咐，立即抱著然兒說：「嫂子，那我帶小然兒進去找果子吃了。」

等兩個孩子進了內屋，王珍看林語笑咪咪地看著自己，她不解地問：「林語，妳這樣看著我做什麼？」

林語笑笑說：「我看我這新嫂子這麼漂亮，吃醋了。今天我是特意來恭喜妳的，妳嫁給了自己的心上人，開心吧？」

被林語看得紅了臉的王珍，低下頭訕訕地說：「林語，我哥沒娶妳，我可沒有說過什麼壞話。」

妳沒說過什麼壞話？鬼才相信呢。林語心中一陣冷笑。不過，鬼才要嫁給妳哥呢。畢竟以後是親戚，林福與她又比較好，以後少不了來往，林語聽了王珍的話，笑了。「新嫂子，哪個說我林語非要進王家的門？」

王珍抬起頭，詫異地問：「妳不是說妳喜歡我哥哥嗎？」

林語淡淡看著她說：「也許以前的我喜歡過他，可自從我活過來後，他還入不了我的眼。」

王珍認為林語只是在說大話。「我看妳前不久還對我哥依依不捨的……」

林語直笑。「我要是不表現出對妳哥喜歡得要命，妳哥怎麼會與我那拖油瓶妹妹過得風起雲湧呢？」

王珍一臉錯愕。「原來妳是故意使壞的？就是為了讓他們兩人不和？」

「要是他們兩人真有感情，我再使壞也沒用。他們之間會有問題，那就說明他們兩人本就是不信任。再說，我使壞怎麼了？當年還不是妳和她使壞，我才被王家退親了嗎？」林語一臉不屑。

王珍似乎明白了。「妳還是喜歡我哥哥的，不然妳不會這樣恨他們兩個。」

林語立即正色地說：「妳錯了。妳哥哥那個人渣，就是送我也不要。有仇不報非君子，我林語可不是菩薩，被人欺負也不哼不哈的。」

王珍看著突然變得完全不一樣的林語，嚇得愣了，但她還是認為林語是故意這麼說的，為的是在她面前掙個面子，於是底氣足了起來。「妳說是報仇，我才不相信呢。我哥哥再不好，可總比妳嫁個呆子的好，妳不看看現在住了個什麼破院子？可我家呢？那是一幢三進深的大院，這鎮上不是人人都住得起的。」

眼見王珍氣焰囂張，林語笑著問：「妳是認為我家呆子不好？」

「有什麼好的？年紀又大，又窮又難看，怎麼能比得過我哥哥？」王珍驕傲地說。

被王珍看不起，林語並不動怒，她冷笑一聲說：「年紀大長得醜又怎樣？重要的是妳的男人會疼妳愛妳關心妳，還會時時聽從妳尊敬妳。我家呆子是長得不好，可是他把我捧在手心裡，這就夠了。妳家哥哥是不是也把林柔捧在手裡當成寶貝？以後妳就會知道，一個男人重要的不是容貌、不是家產。」

王珍還是覺得林語愛說大話，她也不屑地說：「這是因為妳求不得才這麼說。這世上女子有哪個不愛俏郎君，去愛魯莽夫的？那妳說說，男人不講容貌、不講家產，哪講什麼？」

林語瞧了王珍好幾眼，才瞇起眼睛說：「真是幼稚。男人之於女人來講，講究的是責任和疼愛。男人對於家來說，講究的是本事。」

「本事？妳家那個呆子還會有什麼本事？大不了打幾隻野物給妳打個牙祭罷了。」

聽了王珍這句話，林語哈哈笑了。「新嫂子，上次我福子哥送給妳的桂花油可好用？」

這突如其來改變話題，讓王珍懵了。「什麼桂花油？」

「就是年前福子哥從我這兒要去的香油。感覺如何？香吧？」林語一臉惡趣地看著她。

想起那盒香油，王珍臉紅了。

自從用了它，王珍發現自己越來越喜歡跟林福做那種事了，有時一天還想做兩次。

林語暗暗直笑，裝作不了解內情的樣子說：「那盒香油就是我家呆子給我弄的。搽在手上臉上，皮膚香香的不說，還白嫩了許多。要是以後他專門做出來賣的話，我想咱們鎮上那些個有銀子的夫人，一定會搶著買的。」

王珍鬆了一口氣。「鎮上能有多少有錢人？真正的有錢人可是在縣城裡呢！我哥哥說了，那兒的夫人全身都是綾羅綢緞、穿金戴銀，妳家呆子怕是看都沒看過呢。」

林語懶得跟王珍多說，她來的目的已經達到了。

臨走前，她恭喜王珍。「喔，新嫂子，我還忘記恭喜妳成了一個名正言順的村婦。不過，作為我福子哥的好妹妹，祝你們早生貴子呀！」

剎那間，王珍小臉上又紅又白，精彩紛呈。她看著遠去的林語，恨不得吃了她。

看來林語看出了她有身子的事了。她會不會到處亂說？

王珍有點坐立不安了。

第四十五章

看著王珍臉色又變，林語開心極了，輕笑地抱著然兒出了新房。

林王氏看她一臉的興奮，驚訝地問：「語兒，什麼事這麼開心？是不是搶到新娘果子吃了？」

常請林四叔來幫忙，過年前，林語讓林桑給了林王氏二兩銀子過年，讓林王氏開心得掉了眼淚，所以今天看到林語高興的樣子，她也很是開心。

林語笑嘻嘻地說：「四嬸，今天福子哥娶新媳婦呢，我能不開心嗎？他娶到的可是他的心上人，我當然替他開心呀。」

林王氏拉著她進了內屋，抓了一把果子給然兒，才問林語。「語兒，過來這兒吃果子。妳伯娘家這果子可還不錯呢，除了過年，也就這大紅喜事能吃到了。年前你們兄妹給那麼多銀子，四嬸我還沒有謝過妳呢。今年若是要妳四叔幫忙，可記得來吱一聲，我可沒算計著妳的銀子的。」

林語拍拍她的手說：「四嬸，我知道妳心地是個好的，一直在暗中幫著我，要不是妳，好幾次我都要吃嬤嬤的虧，所以我不會跟妳說客套話，要是妳有空就來幫我揀豆子吧，也許掙得不多，一家人的油鹽銀子總會有的。」

林王氏興奮地看向林語，眼神亮了許多。「語兒，這話可當真？」

林語認真地說：「四嬸，姪女兒從不說大話。哥哥的豆腐生意越來越好，天一熱，我還想在屋前擺個攤子，還想再煮點涼茶，給鎮上常來買豆腐的大爺大娘們喝，得有一個人來幫幫才行。要是妳不怕嬤嬤眾人說閒話，四嬸只管來。」

林王氏搖搖頭說：「我算是看明白，妳嬤嬤那個人根本就不會管子女兒孫的死活，她看中的也只有大伯，以後要跟他們過日子；對於我們一家，她才不會管呢。所以，我也沒準備看她的臉色過日子。妳弟弟妹妹們都大了起來，以後家裡要用銀子的地方多了去了，看她的臉色能過上好日子嗎？」

林語安慰她說：「四嬸不要擔心，等弟弟們大起來，妳的日子就會好過起來了。」

林王氏突然想起什麼似的。「語兒，我聽說有一次芝兒與那柔丫頭去找妳事了，我狠狠罵了她一陣，妳可別記在心裡呀。」

林語笑笑說：「四嬸，芝妹還小，我沒有怪她的，妳放心好了。」

林王氏又試探著問：「語兒，那要是妳忙的話，我帶她來妳這兒幫忙可好？我不要妳的工錢，妳幫著我帶帶她就好了。」

想起那個小堂妹，林語無奈地說：「四嬸，要是她願意來的話，妳就帶她來吧。」

林王氏一分心事落下了，感激地說：「語兒，謝謝妳。我們到前邊去吧，怕是要開飯了。」

林語抱著然兒邊走邊說：「四嬸，家裡還有事，我就不吃飯了，一會兒妳幫我跟森伯娘說一聲，這會兒她太忙，我就不去煩她了。」

其實林語是想回去跟肖正軒講笑話呢。

見林語早早就回家，肖正軒不解地問：「妳不是說沒看過鬧洞房嗎？今天怎麼這麼早就回來了？」

林語曖昧地睨了肖正軒一眼。「因為我家福子哥是神射手，這晚上的洞房怕是鬧不起來。」

「什麼？」肖正軒見鬼似地瞪著林語問：「妳是說王家姑娘……」

「早八百年前就不是什麼姑娘了。」

肖正軒有感而發。「這王氏兄妹可真不是常人呀。好在妳沒嫁進王家，這樣家教的人家，定不會是好待的地方。」

林語無所謂地說：「我從來就沒有想著要嫁進王家。他們好也罷壞也罷，與我無關。」

肖正軒轉眼間又想起自家，心疼地說：「其實妳嫁給我，受的委屈沒有更少，是我讓妳受罪了。」

林語見肖正軒為自己抱不平，安慰他說：「呆子，嫁給什麼人家都沒事，關鍵是看嫁的這個男人。你很好，不用內疚什麼。」

她的話給了肖正軒信心。「妳可喜歡現在這樣的生活？」

林語點點頭。「我很喜歡。」

「妳不覺得現在的生活太苦了點嗎？」

「不，我覺得現在的我很幸福。」

幸福嗎？如果我回不來了，妳是不是能夠重新找到幸福？

一時，肖正軒看著林語那張明媚的小臉發呆。

新年正式結束後，鎮上各家酒樓的生意也正常了，林家小院又忙碌起來。

林家的豆腐生意因為品種多又實在，生意好了不少，而豆芽生意又是獨家，在這時常還有冰雪出沒的時節，那就是稀罕物。

林桑的腳既然不能負重，便堅持搬個椅子天天守在攤子前，笑呵呵地做生意。

肖正軒則負擔起了體力勞動，送到市場、幾家酒店的貨物，都由他趕馬車去送。

而林王氏則每天午飯過後，只要有空就過來。雖然林芝來得有點勉強，可娘親讓她來幹活，她不敢不來，幾天之後，她與然兒混得熟了，漸漸對林語也有了笑臉。

這天上午，林語正帶著然兒在暖棚裡揭箱子上的油布。這裡沒有溫度計，只得時時進來注意溫度，突然聽得院門「砰」的一聲開了。

「我說這院裡有沒有個喘氣的？怎麼人都看不到一個？」一個尖酸蒼老的聲音在門邊響起。

林語皺皺眉，抱著然兒從暖棚裡出來，順帶把門給鎖上了。

她繞過屋簷，直到聽門口才應答。「林老太太，妳來這兒有什麼事？」

林張氏一聽林語的稱號，跳了起來。「妳這個死丫頭，妳叫我什麼？林老太太？妳見到嬤嬤都不會叫了？是不是嫁個呆子，自己也變成呆子啦？」

林語冷冷回話。「妳是我的嬤嬤？看來妳老人家真是年紀大，記性差了。我記得我出嫁前，妳讓林家的大孫女來告誡過，以後我林語嫁了，就不用再回來認親了。難道是我聽錯了，這話不是妳講的，是有人在放屁不成？」

這次婆婆在市場上看到林桑在賣豆芽，才知道這是林家兄妹弄出來的。這可是掙銀子的路子，去年一個冬天，就這菜食賣得最好。

林姜氏見婆婆說要來找他們兄妹倆，一定是提要分成的事，所以她積極地鼓勵婆婆來了。

可聽林語冰冷的口氣，看來光憑婆婆一個人是搞不定這牙尖嘴利的姪女，她故意裝糊塗，做起了和事佬。「語丫頭，這是說的什麼話？妳是林家嫁出去的女兒，怎麼能說一嫁人就不認娘家人了呢？今天妳嬤嬤特意來看你們呢，妳哥哥呢？」

「我哥哥？大伯娘在市場上沒看到嗎？我可憐的大哥，為了生活，身子也顧不得了，被人打斷了腳，也沒見個長輩送點銀子來看看他，更不要說大過年的，也沒有哪個親人說接他回去過年，想想真的是窮在鬧世也無人問呀！」

林語這番連諷帶刺的話，把前來的婆媳三人說得個啞口無言。不過她們可不是什麼要臉面的人，臉面哪有銀子來得有用？

三嬸林江氏訕笑著開了口。「哎呀，語丫頭，妳可能是真的誤會了。這過年時雪又大路又滑，桑哥兒腿又不好，妳嬸嬸說是想來接回去過年的，可一想到他那樣子，這才甘休。」

林語看了一眼林江氏，輕蔑地說：「他是腿腳不方便，無法給你們諸位拜年，可也沒見到過一個腿腳方便的人送點吃食過來，或是來人關心過一聲，莫不是大家都腿腳不方便？」

林張氏煩躁地說：「妳們跟她一個嫁出去的人在這裡磨嘰什麼？老大家的，讓敏哥兒去把桑哥兒叫回來，妳有沒有叫他去？」

林姜氏立即說：「娘，敏哥兒在我們還沒出門前就去了，這會兒怕是到了吧？要不妳進去妳大孫子家坐一會兒，等桑哥兒回來了再說？」

眾人正要進屋，突然肖李氏的大嗓門又在門口響起。「老二家的、老二家的，妳在不在？」

聽到門外的鬼叫聲，林語實在有點厭煩這個女人，可是在林張氏面前，她還不大想自己出面。林張氏對這肖李氏脾氣大著呢，這下可有好戲看了。

沒等林語出聲，林張氏立即回擊。「這是哪家沒有規矩的女人，跑到別人家來鬼叫？難道沒有受過教養嗎？」

還是正月，林張氏就說肖李氏是個有人生沒有教的貨，可把她氣得跑進院子破口大罵。

「我還以為是哪裡來的貴婦人呢？原來是養個破落貨的林家孀子呢！哎喲，妳到這小院來做什麼？難道是再想教出一個破落貨出嫁不成？不過，這院子裡可沒得閨女讓妳費心了。」

一句話把林張氏罵得狗血淋頭。林張氏也不是好惹的人，她威風凜凜地指揮著兩個兒媳，說：「把這隻到處亂吠的狗趕出林家小院。」

兩個媳婦看著高大結實的肖李氏，有點怯。可林姜氏知道要是被肖李氏一摻和，那銀子就要飛了。

於是林姜氏看了林江氏一眼，兩人不約而同地撲上肖李氏。

肖李氏手上拿著一個正在納的鞋底，見林家兩個女人靠近，立即揮著手中的繡花針說：「誰要過來，我就扎誰。我也年紀不小了，妳們要是把我推倒受傷了，小心我家老二找妳們麻煩。」

眼見幾個女人真要打起來了，可林語不能讓幾隻狗在自家院子裡打架，那樣對林桑有影響。

於是她大喝一聲。「妳們到底要做什麼？要是想打架，滾出我哥哥家裡再打。一上午的，哪來這麼多野狗煩人。」

這一下，院子裡的女人不再自相殘殺了，而是不約而同地怪說：「妳說什麼？妳這個沒教養的女子，竟然叫長輩滾？還敢說我們是畜生？我打妳這個有人生沒人教的東西！」

林張氏與肖李氏正要撲上去打林語，突然門口一聲大喝。「住手！誰要碰我媳婦一根寒毛，哪隻手碰的，我就斷她哪隻手！」

肖李氏一聽兒子的聲音，立即質問：「老二，你說要斷你老娘的手？」

肖正軒幾步越過眾人，站在林語的前面，冷冷地說：「誰動我媳婦，我就斷誰的手。」

肖李氏一聽可不依了，揚手打了肖正軒一巴掌。「你這沒良心黑心肝的傢伙，反天了啊?!有了媳婦就不要娘了？你們夫婦做起了鎮上的獨家生意，竟敢不讓你老娘分成？你還是不是我生的？」

肖正軒抓住肖李氏的手，冷冷地看著她，對她的追問，一句話也不說。

林語見肖李氏打了肖正軒，氣得手悄悄一揚，一顆石子打在肖李氏手上。「哎喲！」肖李氏立即嚎叫起來。

林張氏可不管肖李氏的嚎叫，她一聽她的話，急了。「肖家的，你可得弄清楚。這豆芽生意是我林家的，可不是你們肖家的！哪輪得上妳來插手？不要只要銀子不要臉了！」

肖李氏一聽，也不哭了，立即呸了她一聲。「你們林家的？妳問問，這豆芽是哪個秧出來的？是我肖家的媳婦。剛才我就聽妳家孫子說的，他說是他妹妹秧的。妳才是要銀子不要臉呢！」

林張氏、肖李氏兩人就在院子裡開始搶人了。這下子，再也沒有人提她是被人退親、沒人要的女子了。

第四十六章

林語拉過肖正軒站在一邊，撫摸著他被打的臉。她理解他的心情，對於娘親，就算再有不是，他也不能真的不過問。

林語冷笑著看著那兩人妳來我往地辯論起來。讓她們去狗咬狗好了。她轉過身，溫柔地笑看著眼前高大的男子。「呆子，貨都送齊了？」

肖正軒握住她的手，窩心地點了頭。「都送齊了。」

林語拉著然兒，對他說：「呆子，外面很冷呢，你把女兒抱進去炕上幫我揀豆子吧，我給你們拿點心來吃。」

肖正軒彎下腰抱起嚇得躲在林語身後的然兒。「小傢伙，我們回房間，一會兒妳娘弄好吃的來。」說著轉身進了屋。

林語瞄了院子裡的幾人一眼，把門口凳子都拎了進去，再也不管她們戰況如何。

三人坐在炕上，林語遞給肖正軒一碗菊花茶。「這炕上燥熱，喝點菊花茶清清火。」

然兒手上拿著過年時炸的油角子，吃得津津有味。聽林語說菊花茶清火，小傢伙立即告訴肖正軒說：「爹爹，然兒喝菊花茶，小屁屁不痛。」

林語在她臉上親了一口。「就妳聰明，小機靈鬼。好好吃，別把油角子掉在舅舅炕上，要是引來了老鼠，就讓牠們咬妳的小屁屁。」

看著親暱的母女倆，肖正軒試探著問：「媳婦，如果有一天，我有能力帶妳們離開這裡的話，妳願不願意去？」

林語愣然地看著他問：「到哪裡去？你不是說你有責任在身嗎？」

肖正軒認真地說：「去哪裡，我還不能確定。靠山屯這裡地勢較高，到城鎮都有不少路程。這裡偏遠落後，可是戰亂波及不大，又相對安全。不過這裡有這麼一幫人，哪能讓人清靜？外面比這裡大得多、人也要多很多，可是萬一發生什麼大事，也不能讓人安居樂業，所以我一時心裡還很矛盾。至於我身上的責任，我會想盡辦法卸下。」

林語其實也想去外面走走。來這個世界之後，她一直忙於生活，從來沒有離開過這小地方，要是真能到外面看看也未嘗不可。

她抬起臉笑著問：「能把我哥帶著不？」

肖正軒一愣，看著林語的笑臉，他知道他們兄妹雖然父母雙全，可其實是兩人相依為命，也許說要帶林桑，怕不是玩笑。他認真地點點頭。「只要大哥願意跟我們走。」

「別人我不管，可我哥，我還是不捨得把他扔下。」

「我知道，相依為命的哥哥如果都能隨便捨下，那妳就不是林語了。」

林語看著院子裡還在爭論的兩個老人。「你捨得下你的爹娘？」

肖正軒心灰意冷地說：「有我沒我都不會有差別，只要我多給些銀子，我想她眉頭都不會皺一下。」

林語沒想到一句打趣讓肖正軒變得不開心，她安撫說：「人老了，總是看透了。這世上沒有銀子，命都活不了，有兒子又怎麼樣？難道把兒子煮來吃？既然他們喜歡銀子，那盡你的能力給他們一點，讓他們安然度過晚年。」

肖正軒感激地看著林語說：「謝謝媳婦。這世間做媳婦的，沒有哪個真的大方願意儘量多給父母銀子的。只有妳，才真的把這些身外之物不放在心上。」

林語聽了肖正軒的稱讚，怕這個呆子誤會她太高尚。她明白自己並不是聖母，也不是不把銀子放在眼中，只是該出的，她不會不捨得。

於是她看著肖正軒認真地說：「呆子，我可不是不喜歡銀子，而是喜歡得很。只是怎麼賺銀子，倒是還有講究的。搶與偷我是絕對不做的，可是只要是憑自己的能力和勞動所來的，我一分也不會讓給別人。」

肖正軒聽了林語的話，深深看了她兩眼。「這就是我心目中的語兒。」

「你太會說話了。你這樣誇我，真的會讓我很得意的。」

兩人正說著話，突然房門「砰」地被撞開。林語皺皺眉頭，還沒來得及說話，肖李氏立即指著林語問肖正軒。「老二，你說說林語是不是你媳婦？」

林張氏也不落後。「語丫頭，妳說說妳還是不是林家人。」

肖李氏恨恨地問道：「林語是妳林家人又怎麼樣？現在嫁到肖家了，就是肖家的人了，現在應該叫肖林氏了。」

林張氏呸了一口。「難道妳嫁進肖家，你們李家就不是妳娘家了？妳是石頭縫裡蹦出來的？妳個沒良心的婦人，嫁了人就忘記娘家養育之恩的小人！」

肖李氏不屑地說：「妳倒是沒說錯。林家人只是娘家人，可是肖家才是她的家人。林語妳說說，妳到底是林家的還是肖家的。」

感覺真是可笑，林語悠然地說：「要說我是林家人也說得過去，畢竟我是林家的骨血。」

林張氏一聽，立即得意洋洋地朝肖李氏說：「我就知道我孫女是被精心教育出來的孩子，知道什麼叫根。」

林張氏話音剛落，肖李氏剛要質問，林語又開口了。「不過要說我是肖家人，那更說得過去，畢竟我相公姓肖，以後我的子孫後代都姓肖。」

「哈哈，這才是我們肖家的好媳婦呢！她的子女姓肖，知道不？老太婆。」肖李氏得意地大笑起來。

林張氏氣得發狂。這個孫女是越來越不受教，也越來越不聽話了，沒娘教的孩子就不是個好東西！

兩個老的還沒來得及發話，又聽林語自言自語。「不過我現在真的很迷惑，我自己都不知道自己是哪家人。按理說，我是肖家人，可我婆婆過年那天就說了，她可沒承認我是她媳婦，而且也沒讓我上族譜。」

「什麼？肖李氏妳這個潑婦！我林家好好的閨女嫁給你們家，竟然成親這都快半年了，你們竟然族譜都沒上？林語，回娘家來吧，跟肖家這個呆子和離，嬤嬤再給妳找一戶好人家！」林張氏義憤填膺，像極了一個愛孫女愛到骨子裡的好嬤嬤。

林語冷笑兩聲。「嬤嬤，我要是和離了，去哪兒呀？您老可早就說明了，自我出嫁之日起，就不要回林家認親了。所謂三朝回門，妳也沒讓我回林家，我是姓林，可跟妳不再是一家人。」

林張氏訕笑著。「語丫頭，嬤嬤不是一時糊塗嗎？年紀大的人有時總要犯糊塗的，妳就別計較啊，林家永遠是妳的娘家，還有林桑可是我的親嫡孫呢。」

林語冷眼看著林張氏與肖李氏說：「是嗎？是妳年紀大犯了糊塗？我看妳是精明過頭了。以前怕我們窮，拖累妳，現在看到我家有銀子，眼紅了吧？妳們按說是我的長輩，可惜妳們太為老不尊了，在我的眼裡，狗屎都不如。滾吧，有銀子我情願餵狗也不會給妳們的。」

林語的話把兩個老女人氣得手腳發抖，林張氏與肖李氏這下倒是齊心協力了。「妳這個沒良心的東西，妳不會有好下場的！」

「我肖家永遠不會認妳當媳婦的！」

肖正軒被這幾個長輩弄得實在火了，冷冷地說：「林語只是我媳婦，不是哪家人。有沒有好下場，妳們是看不到的了。至於肖家認不認她為媳婦，我再次說，妳作不了主。沒事的話請回了，我們得幹活了。」

肖正軒那冰冷的臉色顯得猙獰可怕，林姜氏、林江氏兩個都是無膽的小人，看肖正軒真要生氣了，她們可怕這個呆子發火，要是呆子發火傷了人，可沒地方伸冤。

林姜氏小心地上前扶著林張氏說：「娘，林語姓林，永遠都是林家的女兒，她就是不想承認也不行。今天她有事忙，我們過幾天再來看她好了。」

林語笑這個大伯母會說話，於是淡淡地說：「請走不送。肖二哥，一會兒把門給門上，不要把阿貓阿狗都弄進來了，省得打掃院子。」

林姜氏臉上一黑。「死丫頭，妳畢竟是林家人，要是我們是阿貓阿狗的話，那妳是什麼？」

林語淡淡地說：「我嫁給肖家，應該就是肖林氏了，當然只是我肖二哥的肖林氏，與別人無關。看來林大娘還一天到晚想著自己是姜家人了，心還留在姜家呢。可我呢？要說林家，那也只是娘家，這點規矩我還是弄得明白的。對於誰是阿貓阿狗，我可沒點名，妳們非要自己往身上套，我也沒辦法。」

四人氣得差點吐血，林張氏本想再發作，林語突然哎呀一聲。「呆子，族長爺爺說一會兒要來跟我們商量豆芽的事呢，這茶水都忘記燒了。族長爺爺真是個好人，看我們兄妹倆孤苦伶仃，總想著法子來幫幫我們，說要幫我們把豆芽銷到縣城裡去呢。肖二哥，你快去打點酒買點肉來，可別怠慢了他老人家。」

想起前不久被老頭子威脅說要休妻，林張氏一聽族長二字，臉色立即變了。她狠狠瞪了林語一眼，默然出了門。

終於把四個厚臉皮的女人送走了。肖正軒關上院子門，看著遠處的天空，打定主意。不管能不能，等機會來的時候，他都要試著把事情了結。等他放下了身上事，再來陪她過平凡的日子。

為了以後不再讓這些人來煩，這天晚上，林語讓林桑把族長請來了，也把今天院子裡的事說了一下。

「族長爺爺，我們兄妹也是靠著你的庇佑，才不在族裡受欺負，所以我們是真心想感謝你。這豆芽生意時間並不長，也掙不了多少銀子，這林家和肖家要是真來插一足的話，怕這利潤……」

族長放下筷子，撫撫鬍鬚，裝模作樣地說：「是兩位姪孫看得起老漢。確實如語丫頭所說，這生意也不是個大生意，既然你們不想讓人摻和太多，這事就包在我身上，以後他們不會再來找你們麻煩了。」

「族長爺爺，你真是我們兄妹的大恩人。」

馬屁不穿，聽著就爽。吃飽喝足的族長笑呵呵地出了門。

果然過了兩天，就聽林王氏說：「語兒，聽說前兩天妳嬤嬤又來鬧過了？這下妳不用擔心了，昨天晚上公公大發雷霆，說嬤嬤還要來煩你們，他就真的要休了她。」

「啊？沒這麼嚴重吧？四嬸，爺爺真的發這麼大的火了？真要休了嬤嬤？我以為他只是應付著說說呢。」林語驚訝地問。

林王氏神秘地說：「語兒，聽妳四叔說，昨天晚上公公又被族長伯叫走了，回來後就狠狠罵了婆婆一晚上，比上次罵得更凶。」

林語假裝一臉感激地說：「四嬸，族長爺爺真是好人。前天晚上來跟哥哥說，我們兄妹不容易，他說山外的縣城裡有熟人，想把我們這豆芽銷到山外去呢。看來他也是聽說嬤嬤跟我婆婆來這裡吵的事，心中憐憫我們呢。」

林王氏同情地看了看林語，說：「語兒，以後她們再來，妳可千萬不要讓她們進門，她們都不是好人。」

林語知道林王氏是真心對她好，感激地說：「嗯，我聽四嬸的。要是她們真的總是來鬧，我哥哥的媳婦可就難找了。」

林王氏有心地問了一句。「語兒，桑兒有沒有說他要找什麼樣的姑娘？」

林語甜甜地說：「我要給我哥找一個溫柔敦厚、大方知禮、漂亮善良的好姑娘。」

林王氏愕然地說：「這樣的姑娘可不容易找。」

林語自信地說：「有緣就會相識，四嬸，我相信哥哥一定會找到這樣的好姑娘的。」

這孩子的要求也太高了吧？雖然家裡條件好了點，可要找個大家閨秀進門，是不是也太那個了？想不明白的林王氏只好訕笑著說：「我想一定能找得到的。」

林語把林桑找姑娘的要求說得這麼高，也是故意的。她就怕這些親戚看著自己家中日子好起來，明明姑娘不如何，為了能結成這門親，把一朵喇叭花說成一朵谷中幽蘭。

她心裡確實是想給林桑找一個明事理、善良誠實的好姑娘，要是娶了肖家和林家這些個厲害的女人，她就慘了。

只是，這事急不得。

第四十七章

二月中旬一過，氣溫漸漸高了，豆腐不能多做了，秧豆芽的人也多了起來，林語乾脆就按年前的數量做豆腐，停止豆芽生意了。

吃過中飯，林語帶著然兒回老屋，把菜園裡的菜種上。

怎麼打窩、怎麼下種、怎麼蓋土，昨天下午，林桑在林家小菜園裡手把手地教了林語。

小然兒提著一小桶水，屁顛屁顛地跑過來說：「娘親，水來了，我們澆菜。」

菜園裡有一畦前幾天種的小青菜，那菜苗是林語把種子放在秧豆芽的箱子裡秧出來的，因為缺少肥料，幼苗很是瘦小，所以林語打理得比較仔細。

看著那張粉嫩嫩的小臉，林語歡喜地接過然兒手中的小桶說：「然兒真能幹。等小青菜長大了，娘就去林子裡採蘑菇，給妳燒一個蘑菇青菜芯，讓妳開心吃一頓。」

「然兒還要吃小雞燉蘑菇，那個湯香香。」

「噗，小傢伙，知道揀好的吃。行，今天要是妳爹打了野雞回來，明天晚上我就給妳燉，讓妳一次喝個夠。」林語既喜歡又無奈地應承下來。

煮好了飯、燒好了菜，給然兒洗過澡，自己也泡了個澡，林語帶著然兒站在院子外看著山腳下。「然兒，這天色馬上就要黑了，妳爹怎麼還沒回來？」

「娘親，爹爹打野雞去了。」

林語搖搖頭笑了。「真是個貪吃的小傢伙，今天妳爹要是沒打著野雞，咱們明天讓他專門打野雞去。」

昨天晚上，肖正軒告訴她，這天氣一熱，過冬的動物都要出來捕食了，是打獵的最佳時機，所以今天一大早就上了山。

其實肖正軒是考慮著，三年期限快到了，他要離開這兒好一陣子，所以想多打些獵物留下給林語兄妹吃。他發現，林語特別喜歡吃這些野味。

站在門口看了一會兒，林語見遠遠來了幾個人，等靠近一看，正是肖正軒，而且他身後還跟著兩個人、兩匹馬。兩人看起來年歲都不大，一個很是溫文爾雅，一個濃眉大眼、相貌周正。

看到林語和然兒，肖正軒立即簡單地介紹。「老五、老六，這是我媳婦，這是然兒。媳婦，這是我的師弟們，這是五弟張志明，這是六弟唐瑞。」

林語微笑著跟兩人打過招呼，可兩人只跟林語簡單地點頭示意後，眼光都集中到然兒身上。林語立即發現，這兩人對然兒的關心完全不一般。

張志明驚訝地看著然兒問：「二哥，這真的是然兒？」

唐瑞則是左看右看了半天才說：「應該是的，五哥，你看然兒跟師姊長得有八分像呢。」

林語一愣。師姊？原來肖呆子以前真的是師兄師姊戀。那麼他們應該是青梅竹馬吧？一時之間，心裡有一種酸酸的滋味。

沒等林語說什麼，肖正軒對林語說：「媳婦，兩位師弟老遠過來，已是又累又餓了，燒點吃的來。」

林語回過神說：「飯菜早好了，大家去洗洗來吃。饅頭可能不大夠，我再做點麵疙瘩好了。」

馬虎吃過晚飯，等大家都洗漱好之後，肖正軒已在廳裡搭起了他以前睡過的那張床。等兩個人睡下，他才進房來。

林語笑笑問：「他們睡下了？」

肖正軒點點頭。「嗯，睡下了。媳婦，兩位師弟是按師傅的吩咐來接我的，半夜我們就得出發了。」

突如其來的話驚得林語呆了。

看著眼前那張發呆的小臉，肖正軒沒說什麼，只是緊緊把林語摟在懷裡。他感覺到懷裡的人極力地控制自己。捧起她淚眼矇矓的臉，肖正軒細細地親了起來。

「寶貝不哭，我會儘早回來。當初，我有多矛盾，明知道會有這麼一天，可是我還是自私地逃了回來，對不起。」

林語也知道會有這麼一天，可是這一天真的到來時，她還是受不了。「帶著我去可好？」

肖正軒歉意地說：「對不起，我不能帶著妳。」

「為什麼？我不會給你添麻煩的。」

肖正軒內疚地搖搖頭。「那兒是軍事重地，除非是得到了認可，禁得起重重關卡考驗才可以進去。我師傅有六個嫡親徒弟，除了大師兄娶了親帶進去了之外，其餘的人都沒有成家。」

這就是說，因為娶了媳婦也帶不進去，所以乾脆都不成親了。

怪不得，當初他說他不成親，他沒騙她。

捨不下他，卻不得不放手，林語瘋狂吻著肖正軒的臉。

她想要把他記在骨子裡，也許此生再也見不到了，也許有了他的味道做回憶，她以後的生活也會幸福吧？

從沒有看過如此瘋狂的林語，肖正軒痛得心揪成一團，他緊緊摟著她，好似要把她揉進自己體內一般。

林語的唇從肖正軒的額前滑下眼睛，一路走過鼻子，吻上了那雙厚唇。肖正軒的氣息急促起來。「媳婦……讓我來愛妳。」

林語抬起紅腫的雙眼，盈盈淚水忍在雙眸中，不讓它流下來。今夜她要自己來，要讓這個男人永遠把她記著。

林語搖搖頭又俯下身子，她推倒他結實的身子，繼續往下。
此時，肖正軒再也無法忍耐了。「媳婦，不可以。」他一個翻身把身上的人兒壓下。
「讓我來……」
一場抵死的纏綿，在這個分離之夜唱響。
林語不知道自己什麼時候睡去的，無語的纏綿讓她筋疲力盡，可是到了半夜，她肚子漲急了，迷糊地伸手去推肖正軒，可閉上眼睛摸了半天也沒有摸到身邊人，她嚇了一跳，坐了起來。
難道他已經走了？是為了不要告別？
不對，呆子不是這樣的人。林語慌忙爬了起來。
正當她要叫人時，忽然從虛掩的門縫中發現客廳有光線，她心中疑慮：難道他與師弟們在商量出門的事不成？
林語摸索著下床，披起棉襖輕輕地去了後間。當她輕手輕腳地回到屋裡時，她還是禁不住把耳朵偷偷貼在門縫上。
雖然他們有秘密不對她說，可是她還是想聽聽他們三人到底在說些什麼。
她隱隱約約聽到唐瑞說：「二哥，你成親的事還是別讓師姊知道的好。」
張志明悶悶地說：「確實別讓師姊知道，否則她要發瘋的。她那性格大家都知道，自己不要的也不許別人搶。」

肖正軒故作明白地說：「我知道，要不是不想讓師妹知道，我回了幾次山寨怎麼會不跟你們講？」

唐瑞懷疑地又問：「二哥，真如你這樣所說？難道不是你做了三年農夫，真的把自己變成一個農夫，然後還愛上這個村姑？」

張志明急切地問：「二哥，不可能吧？你不是答應師姊你會好好帶然兒，三年內不會成親的嗎？」

想起那霸道蠻橫又自私的師妹，這兩人雖然嘴裡說容忍不了她，可對她的話卻無有不從。想到此，肖正軒不自覺地眉頭皺得老高。

見肖正軒那模樣，張志明不解，又問：「二哥，難道你是真的喜歡上了屋裡那個？」

眼見師弟疑慮，因為一切尚在未知，肖正軒可不能讓任何人知道林語在自己心中的地位。於是他搖搖頭說：「哪有你們想的那樣？去年回寨裡的時候，路上師妹給我下了藥，我跑回來之後是她幫我解的。一個女人把清白給了我，我怎能嫌棄她呢？我知道你們師姊的性子，所以才瞞著她，但畢竟我跟林語是真正成過親的，就算她再不出色也是我明媒正娶的媳婦，雖然不是捨不得，但內疚還是有的。你們放心，我會安排好她，不會讓她糾纏我。天一亮，我們就出發。」

唐瑞從晚飯間兩人互動的情景看出懷疑。「二哥，你對她真的沒感情？」

肖正軒避重就輕地說：「我與她成親，是因為她救過我，而她需要我的幫助，就這麼簡單。我們成親前就寫好了和離書，說了如果一方覺得過不下去就分開。」

肖正軒簡單地把他與林語之所以成親的事，輕描淡寫地告訴了兩位師弟。

張志明是個老實人。「二哥，這樣對那女子不公平吧？」

唐瑞覺得一個村姑根本配不上二師兄，又聽說是林語被逼親，拿二師兄來擋事的，心中更有不屑。「五哥，這有什麼不公平的？二哥幫了她，她應該感謝才對。一個被退了親的村姑，當時竟敢拉二哥當擋箭牌，那就說明她做好了打算，沒有什麼公平不公平的。」

張志明擔心地問：「二哥，要是她不願意呢？以死糾纏你怎麼辦？」

其實肖正軒的心早已揪在一起。不是她不願意，是他不願意罷了。他要離開的這段日子，一定是沒法顧及林語的安全，他不能讓師妹來找她麻煩。

肖正軒怕兩個師弟明天對林語說出什麼不敬的話，於是急忙安慰兩個師弟。「林語是個通情達理的人，她不會糾纏我的。到時我留點銀子給她，好讓她有條件再找一個好男人過日子。」

從那張剛剛還喊著她寶貝的嘴裡，這麼輕淡地說出他們成親的事情經過，然後馬上將她推入另一個男人的懷裡。就算早知道她與他沒有結果，林語還是忍不住一滴淚水……

林語苦澀地扶著門框，全身無力。什麼叫痛徹心腑，這下她真的感受到了，此時耳邊什麼也聽不到，只有那輕輕的聲音迴響——我與她成親，是因為她救過我，而她需要我的幫助，就這麼簡單。

她知道肖正軒的話並未說得過分，他沒有強求她，他明確地告訴過她，只能與她生活半年。如今時間快到了，和離是按自己當初提出的條件，他真的沒有做得過分。

可為什麼心還是好痛？是因為他心裡真正放的，只是他的師妹？

還是因為自己的心裡有了他？

不要。

她恨他嗎？

不可以的。

逼他娶的是她、愛上他的是她，他只是盡了自己的責任，給了她包容與寵愛罷了，她不能不知好歹。

可是他不知道，給盡溫柔，會讓她淪陷嗎？

艱難地移上床，林語木然地看向屋頂，幽幽閉上雙眼，一串眼淚滴在枕上……

第四十八章

肖正軒回到炕上時，見林語熟睡了，他小心地脫下棉衣，依偎著林語。他輕手輕腳的，生怕驚醒她，只是輕輕從身後親了親林語的脖子，滿足地摟著她睡下。

林語其實並沒有睡著，內心是一陣陣難過。

說好不去恨他，一切都是自己願意，但傷害還是造成了。就是因為他的寵愛，讓她把心門打開……她嘲笑自己一點也不像個現代人，一點灑脫都沒有，既然愛不起，就不要愛。

第二天天還沒亮，師兄弟三人早早起了床。林語強撐著爬了起來。「我給大家燒點早飯，吃了再走。」

肖正軒按著她說：「早飯不用燒了，一會兒到了下一個村鎮再吃也不遲。媳婦，記住我昨晚跟妳說的話，我會盡了力再回到這裡來。可是世事無常，前路我無法預料，為了妳的安全，一會兒我會當著師弟們的面把和離書給妳。不要問為什麼，以後我定會給妳一個解釋。」

解釋？她要嗎？

她只要他能明明白白告訴她，他只愛她一個，那一句話比什麼解釋都來得有分量。可是就這麼三個字，窮盡一生都難求吧？

林語強笑著搖搖頭。「好，我不問。你也別顧慮我，以後一切萬事小心。我沒什麼事的，莫把這種小事記在心上。你是成大事的人，這些小事不值得讓你擔心。」

林語的意思讓肖正軒感覺到了不安，正想再說什麼，門外響起了唐瑞的聲音。「二哥，可以出發了嗎？」

肖正軒立即回答。「嗯，馬上可以了，我在給小然兒穿衣服。」

然兒還在睡夢中就被抱起。當她發現自己已在肖正軒的馬背上，看到林語不上馬時，她哭了。「我要娘親……爹爹，我要娘親！娘親先上馬！」

林語聽到小然兒的哭鬧聲，立即走過去握著她的小手安撫。「小寶貝聽話，娘親一會兒再來，妳先跟著爹爹去，在前面買好吃的等娘親好不好？」

快五歲的孩子已經有了分辨能力，然兒不相信地問：「娘親，妳真的一會兒就會來？」

林語舉起右手說：「來，我們打勾，誰賴皮誰就是小狗。」

這個動作母女倆做過很多回，小然兒信了林語，她伸出手勾上了林語的小指。「娘親不許做小狗。」

朝她們走過來的張志明聽到母女倆的對話，心中暗暗稱奇。這個村姑還真不是一般的村姑，就這麼幾個月，已經把孩子收拾得服服貼貼。只是她配自己的二哥還是差太多了，要不然真讓她成為二嫂也不錯。

唐瑞心中可不是這麼想。他覺得師姊還會糾纏二師兄，那一定是後悔了，現在她已經悔悟過來，二師兄又把然兒帶得這麼好，要是他們能成親，師傅一定會開心。

所以他經過林語身邊，輕輕說了句。「以後別再想著我二哥了，他不是妳這個村姑能妄想得起的人，拿了銀子就好好去找個人嫁了吧。」

林語嘴角扯扯，斜視了他一眼，用只有兩人才聽得見的聲音問：「如果我說不呢？」

唐瑞臉色一變。「除非妳活膩了。」

心情很不好的林語冷笑兩聲。「蚊子打呵欠，好大的口氣。我嫁不嫁人關你屁事？」

「妳——」如果不是師兄們就站在一邊，唐瑞差點一掌劈了林語。肖正軒在他們這些個師弟的心中就是穩重的大哥，他們把他當作親兄弟。

而這個師姊，是師兄弟們心中特殊的存在，因為她是師傅唯一的後人。

唐瑞還想告誡林語兩句，這時，肖正軒拿著包袱走了過來，伸手把東西遞給林語，故意放大了聲音說：「林語，這是我們說好的和離書，妳拿好。以後好好找個人嫁了過日子吧。」

肖正軒把手中的和離書和銀票遞給林語，抱歉地說：「對不起，林語，我得走了。按我們當時說好的條件，我把和離書給妳。」

林語一臉愣然的表情，讓人看了可以想像她什麼也不了解。「難道你真的不回來了嗎？肖二哥，要是你以後還會回來的話，林語就在這村子裡等你，還做你的媳婦可好？」

肖正軒知道這是林語在配合自己，忍住心中那股要抱她入懷的衝動，說：「對不起，真的對不起，我怕是不會回來了。林語，這是二百兩銀票，到鎮上的銀樓裡可以兌換，算是我給妳的補償，不要再等我了。」

看著一邊那虎視眈眈的師弟倆，林語知道肖正軒這樣說也是無奈。她壓住心中的難過，強裝出笑臉。「肖二哥，別說對不起，我不會怪你的。和你生活的這段日子，我過得很開心。我說過了，我不會為難你的，我還感謝你幫我解決了一大難題。如果不是你，我可能被我嬸嬸逼著嫁給一個傻子了。」

見兩個師弟上了馬，肖正軒乘機輕聲說：「如果在我沒回來的幾年內，妳也沒有找到合意的男人，我回來之後，一定再娶妳一回。」

再娶一回？幾年之後是為什麼？為了責任嗎？林語苦澀地嚥下了口中的酸楚。

昨天晚上，林語多次聽到兩個師弟提起肖正軒的師妹與他有糾纏，是不是要她給他幾年時間爭取師妹？

也許是內心有歉意吧？因為在這個父權世界，就算是女人和離能再嫁，可有哪個有出息的男人，會要一個被離棄的女人？

他是想如果娶不了自己的初戀情人，再來對她這個前妻負責，心中就沒了內疚吧？

林語知道，肖呆子與他師妹是有恩怨的；可不管有什麼恩怨，他們之間有了個小然兒，既然那女人沒有再嫁，姓唐的還說肖正軒一直喜歡著師妹，這恩怨就什麼也不是了。

於是林語含糊地說：「謝謝你，肖二哥。安心去吧，如若有緣的話，再說這些。」

肖正軒跨上馬背，不捨地看著林語。「再見。」

林語見肖正軒要走了，就算有怨，可心中那分不捨越來越濃。其實她很想問他是不是愛過自己，還是這段時間給她的溫柔，只是感激。可是她有自己的驕傲和自尊，不容許她讓他為難。於是她淡笑著揮揮手。「一路順風。再見。」

不知為什麼，肖正軒心中惶恐不安。林語的臉上明明是微笑，可為什麼那笑容在他看來，卻有著說不出的悲涼和絕望？他傷了她了！

很想抱著她說，他會用盡一切換來自由，回來找她，可是戰場上風雲突變，萬一他回不來了呢？那不是叫她守一輩子？

硬起心腸咬緊牙關，肖正軒淡淡說了聲。「保重，再見。」

等肖正軒師兄弟走後，林語也沒再繼續睡。她把帶來的嫁妝收拾起來。雖然說好了不心痛，可那機械般的動作，還是暴露了自己的心情。

等收拾完東西，整理好自己的心情，此時天已大亮，林語回到林家小院。

她放下手中的東西之後，去了林福家。

林福家正在吃早飯，林福的娘李氏看到林語，驚訝地問：「語丫頭，今天怎麼這麼早來這兒了？還沒吃早飯吧，柱子家的，去給你語妹添副碗筷去。」

二堂嫂張氏立即拉開身邊的凳子說：「語妹，妳坐嫂嫂這兒吧。」

林語慌忙擺手。「森伯娘，語兒吃過早飯了，我這是來尋福子哥，讓他幫我辦點事。」

此時的心情，哪裡還吃得下早飯？

「喔？這麼早，有什麼急事不成？」聽她這麼一說，李氏也不再讓她坐下來了，只是看她一大早就過來，於是不解地問了起來。

「沒，沒什麼急事，森伯娘別擔心。我這是有事習慣找福子哥了，所以一想到福子哥，就來了。福子哥，一會兒你吃好飯，去我那兒行不？」林語淡笑著解釋。

等林語回到院子沒多久，林福就來了。他一進門就問：「語妹，妳有什麼事要找我？」

林語淡笑著說：「福子哥，我與肖二哥和離了，想請你幫我弄輛牛車去把嫁妝拉回來。」

等林語說完，看著她那笑比哭還難看的神情，林福的嘴一直張著。「語妹，為什麼會這樣？你們不是一直都相處得好好的嗎？」

林語故意朝他眨眨眼，撒嬌說：「福子哥，你不是知道當時就是權宜之計嗎？妹子哪是個說話不算數的人？當時說好的，今天娶明天休的，只不過是把時間拖長了點，而且我們還是和離的，是不是妹子占了便宜？」

明眼人都知道不是這麼一回事，可她不願意說，林福也不再打聽，只得嘆息一聲，問：

「語妹，那妳以後打算怎麼辦？」

林語笑著說：「暫時還沒有打算，走一步算一步吧。」

林福心疼地說：「妳一和離，要找個好男人就難了。」

林語可不是個要人同情的人，她刻意自信滿滿地說：「福子哥，你妹子可不是個弱女子，想娶我的男人，還得過我自己的眼才行。再說，碰得到好男人就嫁，碰不到就跟著我哥過唄。今年讓我哥娶個嫂子進來，生兩個姪子姪女給我玩玩，那多有趣？不過福子哥，咱們可說好了，在我哥還沒生孩子之前，你的孩子可得常借我玩玩喔。」

林福哭笑不得地說：「孩子又不是玩具，怎麼說借來玩玩呢？妳真是個奇怪的女子，別人和離了哭哭啼啼，妳倒好，一臉興奮，不知道的還以為妳撿到什麼寶了呢！」

林語在林福去叫車前再三交代。「福子哥，別人問你為什麼搬這些東西，就說我搬家。」

林福會意地說：「行，我知道了。」

林桑看著廳裡一大堆東西，不解地問：「語兒，妳這是從哪兒搬來這麼多東西？」

林語朝林桑笑笑，輕快地說：「哥哥，你說了要養我一輩子的，所以我搬回來了。」

林桑心中一沈。「語兒……」

林語故意裝出一臉高興，笑了兩聲。「哥哥，我和肖二哥和離了。說好的半年時限就要到了，他正好有事要走，我也就搬回來了。你看，這是和離書，他可是蓋了手印的。」

林桑難過地問：「你們是真的過不到一塊兒去了，還是怎麼了？」

「哥哥，肖二哥走了。」

林桑驚訝地瞪大眼睛問：「語兒，妳說肖二哥走了？他能去哪裡？」

林語搖搖頭。「我不知道，他只告訴我，他要與他兩個師弟走了，一陣子不會再回來了，所以我們說好了就此和離。」

林桑知道妹妹與肖二哥兩個處得很好，平時肖二哥對妹妹的寵也不是做出來的，可如今他就這樣走了，妹妹要怎麼辦？他心疼地問：「語兒，妳很難過吧？我知道妳心裡有他。」

林語淡淡地笑著說：「哥哥，他給了我一段作夢般的日子，可是在我還在夢中的時候，他又走了，我真的不知道，我應該恨他還是應該感激他。畢竟我們生活了這麼久，心中難過肯定是有的，不過我有哥哥，就什麼事也沒有了。」

林桑的心被妹妹這強裝笑臉的模樣揪得痛，可是再怎麼也沒辦法去埋怨肖二哥，畢竟當時確實是林家求他幫忙的。

林桑走近，接過她手中的東西說：「語兒，別難過了，以後有哥哥，我會養妳一輩子。」

林語鼻子酸酸的，可她見林桑跟著不開心了，於是故意臭屁地說：「哥哥，你看你這年輕又漂亮的妹子，真的要守著那個又呆又難看的人過一輩子？那還不如讓我一個人過一輩子呢。」

知道妹妹這是在安慰自己，無可奈何，林桑只得接受事實。他動手搬東西說：「既然妳回來了，那就安心住下，反正這是自己的家，也不用怕哪個說三道四的。」

林語雖然心裡是難過的，可林桑這句話又讓她感動了。她在心裡不斷說：這才是親哥呢……

「哥哥，謝謝你。」一個古代的男人要接受和離的妹妹，對他以後的親事，還是有一定影響的。

「傻妹妹，我是妳親哥哥。」

整理好屋內的東西，林語燒了一大缸水泡了個澡。昨天晚上，她其實一點都沒睡好。滿懷心事，哪個能睡得著？

白天用不著燒炕了，林語把幾床被子不是蓋著就是墊著，她睡在上面，嘿嘿一笑之後自言自語。「我也做一回豌豆公主。」

明明是想笑的，可眼淚卻翻滾而出，無聲地滴落在棉被中……

第四十九章

林語睡在一疊的棉被裡，終是睡過頭了。

醒來的時候，她覺得頭有點暈暈的，還想再睡一會兒，可是院子裡卻吵吵鬧鬧，讓人心煩。

林語不知道家裡發生了什麼事，靜下心來仔細一聽，只聽得林桑大聲地吼叫。「滾！你們都給我滾出去！再也不要到我家的院子裡來！」

林桑從來沒有發過這麼大的火，一定是有大事。嚇得她立刻下了床。

她慌忙披上衣服跑了出去，只見以肖李氏為主的幾個女人和男子，圍著林桑在唧唧喳喳。

林語站在三步遠處。「住口！誰准許你們來這兒吵的？」

肖李氏看到林語，立即掉頭衝過來問：「老二家的，老二到哪兒去了？是不是妳欺負他了，你們那屋子裡東西都沒有了！」

肖五也衝了過來。「林家小丫頭，我娘問妳話呢，妳啞巴了不成？」

肖五比林語還大幾個月，可他一直看不上林語，手不能提、肩不能挑不說，更不是個能種田的樣子。

林語冷冷看著母子倆不語。那冰冷的眼神，嚇得肖李氏一顫抖，可是那掙銀子的兒子不見了，家裡也空空蕩蕩的，今天要不是她收銀子的日子，她也不會發現情況不對。

肖五是初生牛犢不怕虎。「妳瞪什麼瞪？長輩是妳能瞪的嗎？」

林語冷冷地說：「看來你讀書還沒有讀到狗屁股眼裡去，還知道什麼是長輩。」

肖五氣極一問：「妳說什麼？妳個粗俗的丫頭，妳才讀書讀到狗屁不通呢！」

林語的袖裡滑出一把手術刀，在指間轉了轉，那熟練的動作讓肖五後退一步。「妳想幹什麼？難道想殺人不成？妳這個悍婦！」

被人罵作悍婦的林語毫不在乎地冷笑兩聲。「肖五，你說一個才成親半年就無緣無故被迫與相公和離的女子，變得瘋癲了殺人，官府會不會判她死罪？」

「和離？妳跟我二哥和離了？不可能！」肖五睜大眼，瞪著林語鬼叫起來。

「妳說什麼？你們真的和離了？那我家老二呢？」肖李氏關心的可不是什麼和離不和離的問題，要不是林語一個冬季賣豆芽掙了不少銀子，肖李氏還巴不得她和離呢！只是這兒子看不到了，就意味著銀子看不到了。

「妳家老二去哪兒了，妳問我，我問誰？今天一大早他就扔給了我和離書，收拾好東西，帶著然兒往鎮外走了。妳做娘的都不知道，還來問我這個被迫和離的可憐人？這世上還有這樣的世道嗎？」林語哼了一聲，冰冷地回她。

肖李氏差點跌坐地上。一旁的大兒媳婦趕緊扶住她安慰說：「娘，妳別聽二弟妹亂說，二弟不可能會寫和離書的，一定是他出門去辦事了，然後故意跟妳說他們和離了，好省了這個月的銀子。」

肖李氏一聽，指著林語問：「老二家的，妳大嫂說對了吧？我跟妳說，老二是我生的，不要以為他不在家妳就能昧了我的銀子，呸！我告訴妳，休想！等他回來了，以後一個月我讓他出十兩。」

林語冷眼旁觀肖家人自欺欺人的表演，懶得再跟這種不講道理的人囉嗦。她從袖裡拿出和離書，抖開在肖五面前。「聽說你是個讀過書的，不管你讀到哪兒去了，我想和離書三個字和你二哥的名字，你總認識吧？」

肖五想上前來取和離書，林語後退一步說：「你年紀輕輕總不至於老眼昏花，就站在那兒看吧。」

肖五差點氣得吐血。他怎麼不知道這個死丫頭嘴巴這麼毒呢？可是「和離書」三個大字和「肖二呆」三個小字，他還是看得清清楚楚。

可是肖五心中有疑問。他不知道這張和離書有什麼地方不對，可總覺得有不對的地方……

林語沒等肖五回神，指著大門強悍地說：「既然看清了就滾蛋，再不走，我要告你們擅闖民宅。大門在前面三十步，好走不送。」

肖李氏想再撒潑耍賴，可是小兒子告訴她，林家丫頭手上的確實是和離書，林語那凶狠的樣子，讓肖李氏不敢再罵了，只得邊走邊罵自己兒子。「二呆子，你這個黑心肝爛腸子的死小子！你既然敢走，就永遠別回來了！你就死在外面好了，當我肖家沒生過你這個兒子！」

就算肖正軒帶走了她的心，可林語也不覺得肖正軒是個壞人，肖李氏這樣的毒罵，她在心裡為他不平。這樣的親娘，世上還真是少見。

林語煩躁地說：「別吵了。要罵回肖家去罵。這裡是林家，不是妳能放肆的地方！」

肖李氏本想再罵幾句發洩心中的憤怒，可林語臉上的殺氣讓她頓時退卻，在肖老五的攙扶下，林家院子終於安靜了。

休息了幾天後，林語跟著林福從鎮衙門回來時，欲哭無淚。

這男人到底想做什麼？

和離書是他自己給的，可是衙門裡說，鎮上沒有一個叫肖二呆的人，婚書上登記的人叫肖正軒。

氣憤不已的林語突然覺得喉中湧出一口酸水，她急忙捂住嘴爬起來，剛把頭伸到炕邊，便嘩啦啦地吐了。

林語嚇了一跳。難道自己這兩天受涼了？

不對！林語跳了起來。這幾天變化太大，讓她忘記了一件最重要的事情——大姨媽遲了十來天沒報到。

林語有點心慌了，她忙搭上自己的脈搏，有力的跳動表示自己身體很健康。可是這滑脈在中醫上代表的意思，她太熟悉了。

三十幾天的身孕讓她在忙亂之中毫無察覺，林語只能苦笑。

倒在床上，她心情複雜地撫著肚子輕問：「寶貝你來了，可媽媽卻是用這種心情迎接你，你別生媽媽的氣可好？你來了，媽媽真的很喜歡，可是以後你如果沒有爸爸，會不會怨媽媽自私地把你生下？」

從小，她的家庭不和諧。單親媽媽不容易做，小時候自己生病的時候，總是看著媽媽偷偷落淚。

如今她也要成為單親媽媽了，可是她不後悔，肚子裡雖然還只是一個小小的受精卵，她卻感受到了骨肉親情。

這是她一個人的孩子，她一定要好好愛他，陪他長大、陪他做遊戲、與他做朋友，讓他快樂地成長。

至於孩子的父親，她不想去多想了。他給了她幫助、給盡了溫柔和責任，他沒欠她什麼。

只是自己太貪心，想要的不是責任，而是愛。

愛是什麼？愛是心與心的交融，愛是患難與共。

那個男人給了她責任和寵愛，可是沒有給她愛。

林桑回到家，看妹妹無神地睜著雙眼躺在床上，他走近探看臉色蒼白的林語，著急地問：「語兒，妳這是怎麼了？」

雖然想得明白，可是心受的傷一時還不能馬上痊癒。林語怕林桑擔心，只得騙他說：「哥哥，我頭有點暈暈的，可能是沒睡好，我想這會兒沒什麼事就再睡會兒，是不是天要黑了？」

林桑聽她說身子不大舒服，於是他立即說：「沒呢，天還早著，語兒再睡會兒，哥哥去外面忙了。」

林語幸福地躺在床上說：「哥哥，那一會兒要燒晚飯了，你再叫我起床好了。」

林桑點點頭說：「沒事，妳儘管睡吧，一會兒我做飯也行的。要是妳等會兒還是不舒服，哥幫妳去叫江大夫來看看。」

因為胃裡不舒服，實在是沒有胃口，林語更不想看什麼大夫。她見林桑是真的擔心，她露出了一個安慰的笑容。「哥哥，我真沒事呢，就是這幾天雜事太多了，讓人感覺疲累罷了。我睡一覺就會沒事的，你只管去忙吧。」

等晚飯燒好之後，林桑進來叫她。「語兒，妳起來吃點飯再睡吧。」

林語勉強爬了起來，用冷水洗了把臉，清醒了的她坐在桌前看著飯菜發呆。

林桑擔憂地問：「語兒，我看明天早上還是幫妳找個大夫來看看。妳這臉色不大好，人也沒精神，怕是真的哪裡不對勁。」

林語看著關心自己的林桑問：「哥哥，我真的沒什麼事。妹妹只是有句話想問，可不知道怎麼開口。哥哥，要是有一天我想離開這裡，你會和我一塊兒走嗎？」

「離開這裡？為什麼要離開這裡？是不是發生了什麼事？語兒，妳跟哥哥講，要是我解決不了，我找族長爺爺幫忙去。」一聽林語說想要離開這生長的地方，林桑急切地把想法一股腦兒地問了出來。

林語歉意地笑笑說：「哥哥，你不要著急，真的沒有什麼大事發生。我只是想告訴你，你要當舅舅了。」

林桑被林語弄得一驚一咋，聽明白自己要當舅舅之後，驚喜地問：「真的？我要當舅舅了？這是好事呀，可是語兒為什麼還要離開？」

林語苦笑地說：「哥哥，你也知道，我先是遭人退親，後又是與人和離。在這小小的靠山屯，已是眾女子的反面榜樣了。這些事，我自己倒是沒什麼，可是一旦孩子生下來，肖家要是為了銀子，藉著孩子再來鬧騰，有心人再把這些不公平的事翻出來，孩子長大後知道了，那樣的日子要如何過？」

林桑愣住了。之前肖家長輩、林家長輩大鬧家裡的事，他不是不知道，只是因為都是長輩，也沒鬧出什麼事來，他沒有過問太多。

聽林語這麼一說，林桑馬上想起這件事。他知道林語說的是事實，林家和肖家的女人都不是好惹的，不是怕了她們，只是太煩。

林桑為難地說：「妹妹，我們祖祖輩輩都生活在靠山屯，要是離開這裡，我們去哪兒呢？」

林語知道林桑是真正的故土難離，可她此時真想離開這個地方。她不想讓肖正軒再回來找她，那種為了責任和恩情的生活，她不想過了。

其實還有一個理由，林語不敢承認。讓她一個人帶著孩子在這鎮上被人恥笑、過日子還沒什麼，要是有一天肖正軒帶著他師妹回來，對她說：「林語，對不起，當時我太急了，把名字寫錯了。」

那她的面子何在？

不管是逃避還是什麼，林語知道自己不想再在這個地方生活了……這裡有她太多的回憶，也許只有離開，才能真正獲得新生。

就這樣吧。和離不和離只在於一張紙而已，反正也沒有人要告他停妻再娶，不再見他，她也可以少讓自己傷心。

只是林桑難捨故土的心，林語也理解。

她知道憑自己的能力，一個人離開也不是什麼難事，於是林語退一步說：「哥哥，你的為難妹妹理解，要不妹妹就自己走吧。等眾人淡忘了一些事，等孩子長大了，我再回來看你好了。」

聽林語說要獨自走，林桑勃然大怒。「語兒，妳說什麼？妳一個人走？哥哥能讓妳一個弱女子自己走？那我當初放棄林家的一切是為了什麼？難道就是為了今天讓妳孤身遠走他鄉？」

頓時，淚水模糊了林語的雙眼，她嗚咽著說：「哥哥，對不起……語兒錯了。可是，我真的不想再在這裡受人指點地過日子了……林家、肖家不斷上門來鬧，我們作為小輩，罵不得打不得，日子真的過得太煩了……

「還有，要是孩子生下來以後，肖家來搶怎麼辦？哥哥，我害怕，肖家那一大家子，沒有一個是吃素的人。就算他們搶不走，可三天來小鬧五天來大吵的，孩子還能快快樂樂地長大嗎？再要是有些不懂事的孩子，每天欺負這個無爹的孩子，又要怎麼辦？」

林桑聽了妹妹的話，抹了一把眼淚說：「我知道語兒考慮的是事實，哥哥沒有妳想得周全。妳說吧，不管妳想去哪兒，哥哥都陪著妳。我們這靠山屯也有很多是外來的逃荒戶，也一樣在這裡過日子。我就不相信，憑我的手藝到陌生地方就養不活妳。」

見林桑操心以後的生活，林語擦乾眼淚告訴他。「哥哥，銀子一時你不必擔心。肖二哥給了二百兩銀子的和離費，我們去年和今年掙的銀子也還有四十幾兩，就算一、兩年不幹活，我們也不會餓死。」

林桑驚訝地瞪大眼睛問：「語兒，肖二哥給了妳二百兩的銀子？他哪來的這麼多銀子？」

林語搖搖頭說：「我不知道他這銀子是從哪兒來的，昨天晚上，他的兩個師弟來找他了，我想會不會是他們帶來的？這是二百兩通寶銀樓的銀票，是流清國最大的銀號，不管在哪家州縣都有分號，都能取得到現銀。」

林桑認真地問：「語兒，那妳是真心想走了？」

林語點點頭說：「哥哥，語兒打定主意要走了。」

林桑又擔憂。「可我們這個院子和良田怎麼辦？」

林語想了想，問：「哥哥，要不我們把田賣了行不行？這一走，我想暫時不會回來了，田留著會荒廢，可佃給別人種，也沒法收租子。至於院子，託給金大哥吧，我們放十兩銀子在他那兒，讓他每年來幫我們整理檢查，你看行不行？」

林桑沈默了半天。他呆呆坐在炕邊沒吱聲。林語理解林桑的心情，一個古人沒有動不動就走四方的情懷。她也不催他，只有他自己真心願意離開了，日後才會過得舒心。

對於賺錢，林語真的沒放在心上。林桑會做豆腐，不管在哪兒，基本生活都不成問題，何況還有她這個有著千年先進知識的人。

聽到他們要走的消息，四嬸林王氏急急忙忙進了門。「語兒，聽說你們要去京城？怎麼這突然就要走了？是不是出了什麼大事？」

正在收拾家中細軟的林語見林王氏進來了，高興地說：「四嬸，我還正想讓人叫妳到家來一趟呢。家裡的地窖裡還有不少雜糧，屋裡還有兩擔穀子，妳叫四叔下午來拖回去吧！」

林王氏的眼淚嘩啦啦流了下來。「語兒，為什麼非得去那麼遠的地方？留在這靠山屯不好嗎？」

知道這四嬸心腸軟，林語拉著林王氏的手說：「四嬸，語兒和離了，心情也不是很好，正好姨母有信過來，我想去散散心。聽姨母在信上提起，京城很大很大，掙銀子的路子也很多。也許有一天，語兒發了大財回來了呢。」

就算是這樣，對於從沒出過靠山屯的林王氏來說，那也是在天邊。「這麼遠的路，得要走多少天才能到呀？這路上太平嗎？你們可要找個好的商隊一塊兒走。」

林語笑笑說：「這兒到京城也就十來天的馬車路程，而且都是大路。商隊也是姨父的熟人，所以四嬸不用擔心。你們在家裡好好保重，以後要有機會去京城，來找我。」

林王氏帶著林語那些打算留下的東西回去。她心中是真的不捨，這個姪女是個好女子，是個愛恨分明的，比起那幾個姪女好得太多，只是她勸不住也沒辦法了。

安排好了一切就準備出發了。

坐上從鎮裡唯一一家鏢局雇來的馬車，林語跟林桑只帶了幾條棉被和一些衣服，林語還帶了她在河裡撿來的小石頭。因為她覺得這些石頭不是普通的漂亮。

馬車前，金大嫂不捨地說：「語兒妹妹，嫂子可真不捨得你們兄妹走呢。要不是你們是要去發大財，我可要勸你們留下來。這一路上山高路遠的，你們一路上小心。」

前來送行的族長爺爺也惋惜地說：「桑哥兒、語丫頭，你們非得去那京城不成？語丫頭就算是和離了，有族長爺爺在，定能幫妳找個更好的人。可你們這一走，會不會耽誤了你們倆？」

林桑歉意地說：「謝謝族長爺爺的關心，真的是姨母特意託人送信，說是多年沒有看到我們兄妹，我娘走後這麼多年，想我們想得緊。我也想到外面去看看，要是行，我多待兩年，要是不行，我早早就回來，家裡的事就拜託族長爺爺了。」

族長露出了一個讓他放心的微笑。「桑哥兒，你的田是賣給族裡的，你回來時，爺爺一定讓你原價回收。對於別的事，你只管放心，一切都按我們說好的辦。」

兩人都會意地點了點頭。

與前來送行的眾人告別後，林桑等林語坐定後問：「語兒，妳都收拾好了？」

林語嗯了一聲，突然想起一件事。「哥哥，我讓你幫我交給金大哥的信，你交給他了吧？」

林桑點點頭說：「交給他了。金大哥說了，要是肖二哥再回靠山屯，他一定會轉交給他。語兒，妳是不是還想著肖二哥？」

林語淡淡地笑了笑。「哥哥把信交給金大哥了那就好，我們出發吧。」

她沒有回答林桑的疑問。說實話，她不知道以後要如何面對肖正軒，可她也不要一個不愛自己的男人。只有溫情沒有愛，這個男人就算再好，她也不想要。

不過都要離開了，愛與不愛也不重要了。

有人說男女之間的愛情，愛著對方的時候，恨不得把對方揉進自己的身體裡；一旦不愛了，那種薄情也能讓人毀滅。她與肖正軒也許此生不會再見，何苦執著於愛與不愛、想與不想呢？

馬車開始動了，望著漸漸模糊的靠山屯，林語在心裡默默地說：再見了，一切的一切……

第五十章

湘城，位於流清國東南地方的州府，相當於現代的省市。

一個兩進深的院子裡，林語收拾好東西、洗了手，才對林桑說：「哥哥，你要不去買點日常用品回來？」

林桑看看收拾整齊的屋子。「嗯，我昨天就跟牙行的人打聽清楚了，這裡雖然在郊區，可不遠處就有市集，我一會兒就去。要什麼東西，妳列個單子。」

林語找出當初住在店裡找小二要的一張紙，可沒有筆墨，她只好說：「哥哥，你看洪奶奶廚房裡有沒有燒半的木頭或炭頭。」

等林桑拿著單子出了門，房東洪奶奶關心地過來問：「林姑娘，妳都收拾好了？」

林語趕緊走出來笑著應。「是洪奶奶呀？來，坐坐，家裡剛收拾好，水都沒燒，只能請妳乾坐了。」

洪奶奶把手上的水壺放在桌子上。「我看你們兄妹倆一直在忙，怕你們還沒有傢伙燒水喝，給你們拿過來了。」

林語正口渴著，有身子的她不敢喝涼水，見洪奶奶渴中送水了，她感激地說：「謝謝洪奶奶，林語還真渴了呢。洪奶奶，以後別叫我林姑娘，叫我語兒吧，我們一家人在路上碰到匪人了，我相公他為了護我而失散了。」

主動交代一些情況，省得別人老是想探聽消息，這是人之常情，因此林語在洪奶奶第一次來送水時，就把想好的話說了。

「啊？那不會出事吧？」洪奶奶果然吃驚地看著林語。世上沒有人完全不八卦的。

林語故作一臉擔憂但還是相信自己相公的模樣。「洪奶奶，語兒也不知道會怎樣，但我相公學過一招二式的，相信他一定不會有事的。」

洪奶奶年紀大，經歷過很多，林語的遭遇觸動了她的軟處，她安慰說：「語兒，妳不用擔心，吉人自有天相，我也相信妳相公一定不會有事的。只是你們遠遠地從蒼府過來，他要沒來，你們怎麼辦？」

林語假裝一臉無助。「洪奶奶，我和哥哥暫時也不知道要做什麼。在路上，相公說過了，這裡是去海邊的必經之路，如果我們失散了，就在這裡等他來找。」

洪奶奶急忙說：「那好那好，還是在這兒等著妳相公找來的好。你們兄妹人生地不熟地去海邊也不行，那裡管得可嚴了，沒有熟人介紹，沒法進去的。」

林語認同洪奶奶的話，點點頭說：「這個我相公說過了。他說咱們流清國鹽業管得很嚴，確實沒有熟人是帶不進去的，所以我們就在這裡先等他。」

林語住的是二進的內廂，一個月要二兩銀子的租銀，洪奶奶簡單介紹了一下前廂住的兩家人。

與自己隔著一堵木牆的是右前廂，住的是從湘州鄉下來的一戶朱姓人家，一對大約二十七、八歲的夫妻，帶著一兒一女兩個孩子，兩夫妻在市場上賣美酒。

左前廂住的也是一家人，男人姓李，兩夫妻大約三十五、六，二子一女，以打鐵為生，在市場上租了個鋪子，專打各式鐵器。

洪奶奶笑著說：「我一個老太婆怕孤獨，就喜歡人多熱鬧，他們這兩家人都多，現在你們兄妹住進來，就更熱鬧了。」

洪奶奶六十餘歲的樣子，長得算是慈眉善目，林語受夠了林張氏和肖李氏那兩個極品長輩，對洪奶奶這樣和善的長輩，還有點不習慣。

她訕訕地笑笑說：「洪奶奶以後可不要怕吵，語兒肚子裡有一個快三個月的孩子呢。」

洪奶奶驚喜地問：「這可是真的？這院子裡可是多年沒有奶娃娃的哭聲了，要是妳能在這裡生孩子，洪奶奶我高興還來不及呢。」

林語試探著問：「洪奶奶，妳老人家不怕吵？」

洪奶奶笑著說：「不要擔心，洪奶奶我也是過來人。可憐我命苦，生的三個孩子都沒保住，老頭子又去得早，只要你們不嫌我這個老婆子命不好，一個小孩子哭鬧有什麼可怕的？」

這下林語放心了。她還怕到時要生孩子會影響到大家，然後又不得不另找房子住。

他們還沒有打定主意在這裡定居，所以暫時不可能自己買房子和田地，要是房東不好，他們就得搬家，可搬來搬去也太麻煩了。

晚飯吃得有點多，林桑見這麼多天都沒讓妹妹吃上什麼好的，特意買了一隻小母雞燉給她吃。半隻雞吃下去，她就覺得撐了。

出去轉了一會兒，林語才進門。林桑看到她回來，著急地問：「語兒，這天都快黑了，可不能到處亂轉。」

林語笑笑說：「哥哥，都怪你，讓我吃了那麼多的飯菜，這下要是不消化掉，我得半夜找你起來陪我散步。」

林桑心疼地說：「哥哥雖然不知道妳為什麼要跑到這麼遠的南方來，可是一路上妳也沒吃好喝好，妳自己沒覺得什麼不好，可肚子裡的孩子要小心。」

林語走得有點累了，她坐下，接過林桑遞過來的水喝了口，笑著說：「哥哥，以後要是哪個姑娘嫁給你，一定是個幸福的小媳婦。」

林桑靦覥地說：「什麼小媳婦？哥哥又不急。」

林語真心地說：「哥哥，等我們找到一個地方定居下來，我一定給你尋個好姑娘回來做嫂子。」

林桑難為情地說：「語兒，哥哥真的不急。只是想問問妳，目前我們準備要怎麼辦？總不能坐吃山空地在家待著，不要說我們就只有那麼一點銀子，就是再多也會吃窮的。」

林語想起這是靠近海邊，海帶便宜得很，海帶的結晶很鮮，可以當味精來用，於是她有了主意。「哥哥，你找個酒樓打工吧。」

林桑不解地問：「為什麼找酒樓？我們可以重新置辦傢伙做豆腐生意呀，這樣也能多掙點銀子。」

林語搖搖頭說：「哥哥，我沒準備讓你一直去酒樓做小夥計，那樣太累也太難做。你還記得我弄的那些海帶熬的粉嗎？我想把那東西賣到酒樓去。」

林桑眼睛一亮。「妳說是妳煮菜時經常用的那種粉？」

林語點點頭說：「嗯，就是那東西。這裡海帶多，不值錢，可是我們弄出粉之後，怕是可以掙大銀子呢。」

林桑興奮地說：「好，明天哥哥就去找酒樓打工去。語兒，要準備些什麼，妳寫好，我下午就帶回來。」

林語沈思了一下才說：「要請人來砌個火爐，再請前廂的李鐵匠給我們打個圓形的鍋，再就是買海帶和麵粉或米粉回來，然後再買幾個小小的瓷罈子就成。」

林桑一一記下妹妹要他置辦的東西。最後，他放下手中的紙筆問：「語兒，哥哥想問妳個真心話。這肚子裡都已經有孩子了，妳真的不想再回靠山屯了嗎？」

林語搖搖頭說：「近幾年我是不想回去了。」

林桑又問：「妳與肖二哥的和離書是不是不作數的？」

林語一愣。「哥哥知道了？」

林桑點點頭。「語兒，那要是肖二哥找來了，妳怎麼辦？」

「怎麼辦？不怎麼辦，讓他重寫過一張和離書或休書都行。」林語淡淡地說。

林桑再問：「要是他不同意，妳又該如何？」

林語苦澀地笑笑說：「哥哥，他不會不同意的。我怕他急著來尋我的原因，也是要解決這個問題呢。就是我不同意，恐怕他都會著急。」

林桑更不解了。「語兒，你們到底出了什麼事？肖二哥一直對妳都很疼愛，怎麼可能突然寫一張假的和離書給妳而一走了之呢？」

林語輕輕地搖頭說：「哥哥，你別問了。總之是他要走的，不是我讓他走的。他是做大事的人，不是我這村姑能配得上，你不用再問了，我想他一定不會再尋來的，以後我就和哥哥嫂子過一輩子，當然，還有我的孩子。難道哥哥會為難嗎？」

林桑嘆息地說：「哥哥怎麼會為難？只是哥哥不捨得妳年紀輕輕就一個人帶著孩子過日子罷了。但妳比哥哥看得遠，既然妳打定主意，哥哥也不再問妳了。」

為了早日幹活，第二天，林桑極快地把能置辦的東西都弄齊了，第三天，他就找了一家叫金錦樓的酒樓幹活去了。

林桑去酒樓幹活，林語坐在家裡想起自己帶來的那包小石頭，心裡一動，動手畫了一套現代雕刻工具，傍晚看到李師傅進了門，她去找他。「李大哥，你看這傢伙能打得出來嗎？」

李師傅一看是雕刀，只是形狀上有點變化，也更精細些，於是點頭說：「這個沒問題，就是要細打幾次火、多淬幾次水。林家妹子，明天晚上帶回來給妳可好？」

林語笑著說：「那就辛苦李大哥了，工錢銀子我現在就拿給你，你算算要多少？」

李師傅直爽地說：「這幾樣東西比較細緻，算上原料和工錢，就給五十個大錢吧。」

還真不算貴，林語以為最少也得兩百大錢不可。

果然不出所料，物以稀為貴，一個月後，這些已雕好、上了釉的石頭換來了不少的銀子。

林桑驚奇地說：「語兒，妳那些石頭能換二十兩銀子？」

林語趕緊捂住林桑的嘴。「哥哥，你輕聲點。這屋子不隔聲的，你這麼大的聲音，要是讓別人聽到了，總是不好的。」

林桑難為情地說：「語兒，哥哥不是太驚訝了嘛。」

因為以後自己還會有很多掙錢的新法子出來，於是林語拿出一本自己編訂的書。「哥哥，我掙錢的法子都是這本書上寫的，那豆芽、鮮味劑的法子這裡都有記載，所以哥哥以後不用擔心什麼了。」

林桑更驚奇了。「語兒，這書是從哪兒來的？」

林語小聲地說：「哥哥，我從娘親睡的那間屋子裡的炕底下找出來的。我想，會不會是娘親特意留給我們的？那時候我們還小，娘親沒有跟我們說，那三個月我躺在床上，有一天突然發現了這個。」

林桑的眼睛瞪得更大了。「太好了，語兒，一定是娘親在天之靈保佑我們的！」

「嗯，哥哥，我想一定是娘親保佑我們。以後我們一定能掙好多銀子，到時候再回靠山屯買一個大院子，再買幾十畝良田，讓那個人後悔！」

林桑知道自己妹妹嘴裡的那個人是誰，讓他後悔也是林桑心中最想做的事，於是他感動地點點頭。「好，等我們掙了大錢，我們回靠山屯去。」

又過了半個月，林語看林桑在酒樓混得熟了，讓他買了不少海帶回來。

洪奶奶看林語洗著那麼多的海帶，掛在天井裡和院子裡，她奇怪地問：「語兒，妳吃得了這麼多海帶嗎？」

林語笑笑解釋說：「洪奶奶，我哥哥找了一家酒樓幹活，樓裡生意不錯，可就是來不及洗切這些東西，他帶回來做，我有空也就幫著做做，好換些個銀兩。」

害人之心不可有，防人之心不可無。

又過了幾天，她做出了幾瓶鮮味劑，又買了幾個小瓶子，給院子裡的三家都送上一瓶。

李嫂看著這小瓶子，不解地問：「林家妹子，妳這東西放在菜裡，真的會讓菜的味道變好？」

朱嫂也湊過來問：「林家妹子，是不是菜快熟的時候放進去？」

林語笑著說：「我家用這個燒的菜，我哥說真的好吃了許多，這是我用祖傳的法子弄了很久才弄出來的，兩位嫂子試試，菜快起鍋的時候放一點點就行了。要是喜歡，下次我再做一點。」

兩人欣喜地說：「那敢情好，要是真的好吃的話，妹子，我們幫妳帶出去賣也行。」

林語看著這兩個直爽的嫂子笑著說：「那妹妹就先在這裡感謝兩位嫂子了。」

朱嫂突然問林語：「林家妹子，後天是端午節了，妳要不要跟我們去拜藥王？」

「拜藥王？」林語不解地問：「端午節還要拜藥王？嫂子們，要到哪兒去拜？」

李嫂笑笑說：「林妹子，妳是北方來的人，可能不知道我們南方的風俗。每年的五月五端午節就是拜藥王的日子，只要妳這一天去拜藥王，就不會生病了。」

拜了藥王就不會生病？林語暗道：那這世上還要大夫做什麼？

不過嫂子們是好心，於是她笑著說：「那嫂子們可記得叫我喔，要什麼祭品，明天我就去準備好。」

當天晚上，林桑回來，立即跟林語說：「語兒，我們掌櫃的想跟我談這鮮味劑的事呢。」

第五十一章

一聽有好消息，林語開心地問：「真的？他們都試過了？」

林桑滿臉笑意。「嗯，今天幾位大廚都試過，又叫掌櫃的來試過了，他說明天早上讓我去談。」

林桑是個老實人，林語想了想說：「哥哥，明天語兒陪你去。我正好要去備一些後天用的祭品。」

林桑想起林語身子有點重，不同意地說：「妳要什麼告訴我就好了，對於生意要怎麼談，妳跟我說就行了，我會按照妳說的去談。」

既然這樣，林語也想讓林桑自己去闖闖，沒再堅持要跟去。這個家以後畢竟還要靠他。

林桑出了門，林語早早就起來幹活。天氣越來越熱，天天坐在火爐邊可不行，她想趁天氣還涼快的時候，多做點鮮味劑出來，等她要生孩子了，就只能讓林桑來做了。

這時，廂門外傳來幾個人的腳步聲，林語趕緊起身，只見林桑帶著兩個人走了進來。一看到她，林桑立即介紹。「語兒，這是樓裡的掌櫃和三東家。」

三人坐定。聽了介紹才知，金掌櫃是金家的家生子，三東家是金家的三少爺金宇真。金掌櫃等林語坐下後才問：「林姑娘，妳兄長說這個東西如果只賣給我們金錦樓，妳要樓裡一成的乾股？」
林語笑看著金掌櫃說：「金掌櫃，你說我家東西好不好？」
金宇真才十七歲，本來是不管樓裡的事，只是恰好今天來了樓裡，聽了這新鮮事覺得奇怪，這才跟來的。
聽林語這得意的口氣，小毛孩坐不住了。「妳這不是明知故問嗎？」
林語沒理金宇真，這孩子還小，以她前世二十幾歲的年紀，她懶得跟他扯。
林語的不屑神情惹毛了金宇真，他本就是金家兩個嫡子之一，生性驕傲，哪裡受得了一個鄉下女子的輕視？他輕笑一聲。「哼，真是個不知天高地厚的村姑，沒見識不說，還竟敢獅子大開口，要金錦樓的一成股份？妳知道這湘城裡，我們一家酒樓一個月的利潤是多少嗎？何況我們有兩家酒樓。」
「那是多少？小女子孤陋寡聞，三東家說來讓小女子長長見識？」林語冷漠地問。
「說出來要嚇死妳。我們金家酒樓的年利潤是萬兩白銀，兩家一年是二萬多兩。妳怕是聽都沒聽過這麼多銀子吧？」金宇真得意地道出，看著林語，想從她臉上看出驚訝。
兩家湘城裡這麼大的酒樓，一年就掙這麼一點？林語的驚訝來自於不可思議。
金宇真看到了林語的驚訝，但沒等他得意，差點又被林語一句話氣死。「就這麼點盈利還好意思拿出來說？掌握天時地利人和的機會，掙了幾兩銀子還就找不到方向了？我要是你，就買塊豆腐撞死去，哪裡還好意思拿出來顯擺。」

金宇真跳了起來。「說妳無知，妳還真是無知！妳看過萬兩白銀嗎？吹牛不要本，妳就吹牛好了。」

林語做了個動作。「三東家，不是跳得高，銀子就越多的。我要是有你這個條件，我包你一年翻一倍。」

金掌櫃眼睛一亮。「喔？林姑娘這話當真？」

林語對長輩可不好意思放肆，歉意地笑笑說：「金掌櫃，小女子不敢胡言亂語。這一個月來，我從我哥哥的言語中了解，金錦樓地廣、位置好、裝修高雅，來的都是貴客，應該說，一年這點盈利是不多的。」

金掌櫃急迫地問：「那林姑娘說，怎樣才能做到妳說的利潤翻一倍？」

林語看金掌櫃這麼真誠，知道自己有點超過了，她難為情地說：「金掌櫃，小女子胡說八道，你別見笑。」

金宇真哼了一聲。「旺叔，你聽到了吧，她就是個信口開河的村姑。你問她不如問牆壁去，要她真能說出好法子來，這樓裡一成的乾股，我代她跟大哥商量去。」

林語看著他，輕描淡寫地說：「三東家，這一成的乾股我不用憑什麼好點子來掙，就憑我這鮮味劑給你們用上之後，你們家的客人最少會增加兩成以上。金掌櫃昨天怕是用過我的鮮味劑了，要是沒效果，今天就不會來跟我談這生意了。再說你不樂意也沒差，湘城裡的酒樓可不是一家兩家而已。」

金掌櫃驚訝於這女子的眼光，他覺得拿一成的乾股跟她合作，不會是壞事。況且她說的對，這城裡的酒樓多得是。可他畢竟只是下人，作不了主，於是他試著問：「林姑娘，妳這做鮮味劑的法子賣不賣？」

林語淡笑著說：「金掌櫃，這是小女子外家祖傳的東西，要是都被小女子賣了，怕是外家祖宗都會從棺材裡爬出來罵我們兄妹呢。對不起，這個我們可做不到。」

金掌櫃沈吟一會兒才說：「既然這樣，林姑娘能不能把經營酒樓的好法子也說說，到時候金某也好去找大東家談？」

這掌櫃還真是滑頭，想用一成的股份買她的鮮味劑，還想換她的金點子。別的沒有，林語可不會少了點子，現在又是借雞生蛋的時候，點子放在腦子裡也變不成銀子。

她正想開口時，三東家又說話了。「旺叔，你還真信她呀？要是她真有那麼好的法子，自己早發財了。」

林語暗自冷笑一聲，並沒有接金宇真的話，而是侃侃而談。「民以食為天，可見吃食生意是多麼好做，可正因為大家都知道吃食是人人都要，所以做的人就多了。但誰能掙大把的銀子？就是靠誰的東西好吃。只要是真正的美食，就是在街頭小巷也會有人追尋而來。常言：酒香不怕巷子深，就是這個道理。所以，做吃食一是要色香味俱全，二是要吃得放心，能做到這兩點，不愁銀子不進門。」

從事這行二十餘年的金掌櫃不由點點頭。「林姑娘這話說到了點上。做吃食確實是這個道理。」

林語接著又道：「我家做的這鮮味劑，能使青菜炒出海鮮味。如果說大家都知道金錦樓連青菜都能有此美味，金掌櫃您說，還愁客人不上門嗎？」

金掌櫃大掌一拍。「好，林姑娘，妳今天這麼一說，老夫覺得茅塞頓開，等老夫回去跟大東家商量再作決定。」

金宇真不死心地勸說：「旺叔，就她胡言亂語幾句，你還真覺得有用處？」

林語為了加碼，也為了氣這三東家，於是承諾說：「金掌櫃的，你要是能說動大東家，簽約之日，小女子再送上一道好菜式，一定是這湘城沒有出現過的料理。」

金掌櫃大聲稱好。

金宇真出門前，啐了她一聲。「我看妳就吹吧。到時候妳要交不出來，看妳怎樣出醜！」

林語暗笑一聲，懶得跟毛孩子唧唧歪歪，她只是欠欠身子朝他們行了個禮，就進了屋。她這看不起他的模樣，氣得金宇真火冒三丈。「等著瞧，我就不信妳真有這個本事！」

掌櫃的不急，她更不急，反正她目前不差銀子用。

入境隨俗，一大早，林語跟著院子裡三個女人來了藥王廟。

藥王廟的香火很旺，可見老百姓對健康的渴求。廟裡供有一座藥王菩薩和幾座不知名的菩薩，藥王菩薩面前跪滿了人，林語只好跟著兩位嫂子和洪奶奶先拜了別的菩薩。

幾人正要進去拜正神時，這時一大群人從殿外湧進，差點撞倒林語。李嫂一把抓住她說：「妹子，妳可得小心。妳這身子可不能摔跤。」

朱嫂立即朝那群人嚷嚷。「你們也得小心點，我們這兒有孕婦呢！這是神明面前，可不得做這種造孽之事。」

一個年約二十七、八的年輕人聞言，立即上前道歉。「對不起，各位嫂子，家祖母命在旦夕，家人十分著急，才撞著這位姑娘，金某在此道聲對不起。」

見人家誠懇又確實著急，出於職業習慣，林語試問：「這位大哥，你家祖母得了何病？讓你家人這麼著急。」

金宇成出於禮貌回答。「口瘡。」

口瘡？又稱鎖喉嚨，病人因為長期外濕內熱引起兩頰靠近喉嚨的內側生瘡，久難治癒不說，要是病得太長，還有性命之憂。

這病在古代來說，歷來是被稱為絕症。

家裡如此著急，定是很嚴重了。初來這個地方，多做好事多結善緣，總是有好報的。

雖然古代女子不得行醫，但是用祖傳秘方救人命，應該是不會有問題。

看著他們拜過藥神吃過香水之後，林語才問金宇成。「金爺，小女看你家老人似乎很嚴重呢，怎麼會等到今日才來求藥神的藥呢？」

金宇成原本愁得要命，心中煩悶得不行，可是面對一臉擔憂的林語，也不好意思不回答。「不瞞姑娘，我們並不是第一次來求藥神，而是第三次了。因為今天是端午節，是拜藥神的日子，才特意帶著祖母老人家親自來的。」

林語睜大眼睛看著金宇成。「能讓小女子看一眼老夫人的病嗎？小女子祖上有一秘方，對老年人生口瘡有特效。雖然小女子不懂醫理，但你能否讓我看看，或許幫得上忙。」

金宇成不信地問：「姑娘說的可是真話？」

林語淡笑著說：「你要是相信小女子，那我就去看看老夫人。」

清澈的眼神、甜美的微笑，又發現她微微隆起的肚子，金宇成莫名地相信了林語的話，於是他誠心地說：「請妳費心了。」

林語笑笑，沒有說什麼，而是走到老婦人身邊，伸手搭過老婦人的脈，再讓老婦人張開嘴。這老婦人得的確實是口瘡。

心中有數之後，林語試著問：「老夫人生病時間最少不少於半個月吧？她這情況已經很危險了，是不是已多日難以進食？」

金宇成立即點頭。「正如姑娘所說，時日已不短。我們找遍了城裡的大夫，吃過了無數服方藥，可是我祖母的病並未好轉，而且越來越不好了。到了這兩天，連湯也難以嚥下了。」

「金爺要是信得過小女子，請立即派人到鄉下去買三隻三年以上的黃母雞、三隻三年以上的老母鴨回來。另讓人立即到深山裡，找到乾淨的黃土，帶上一小桶回來，還有，到雜貨鋪裡買一斤紅糖，我有法子給老夫人去病。」

金宇成大喜，立即吩咐人去辦事。然後他問：「姑娘，那我家祖母是抬到妳家還是請妳到金家治理？」

林語前世研究的偏方中，正好有這一劑，只是這方子所用的東西太過噁心，就是效果顯著，也不能讓別人看到。於是她想了想說：「還有的東西非得到我家才有，所以還是到我家吧。再說我這肚子去別人家也不大方便。今天我給老夫人用過三次藥後，你們就可以帶回家了。」

有錢人家的速度就是快，等林語一眾人回到家時，立即有人把東西送來了。

雞和鴨分別關著，林語先把黃泥用水揉成一團，才進了關雞的地方，從地上找了幾坨柔軟的雞大便包了起來，再出來。

烤了近半個時辰，林語用紅糖調好藥出來。她坐在老人身邊說：「老夫人，這藥塗上後，一會兒就沒這麼痛了，妳張開嘴，讓小女子幫妳塗藥。」

老人依言半張開嘴，林語用竹籤裹上早已用熱水煮沸過的棉，開始反反覆覆塗了好幾次，才完成第一次塗藥。半個時辰後，她又開始了第二回。

直到一個時辰後，老夫人果然能開口了。「謝謝姑娘，我好多了。」

雖然含糊，可這一開口可讓金家的人喜極了。特別是金宇成感激地說：「林姑娘，金某謝謝妳的大恩大德，等祖母病好，金某一定備三牲八禮來感謝妳！」

林語嚇了一跳，那可是供神的祭品，她可不敢受這種大禮。

林語立即說：「金爺萬萬不可如此！此種大禮可不是小女子能受得起的，得罪了天神，那是要遭天譴的。」

金宇成知道自己是一時亂了方寸，歉意地說：「林家妹子，叫我金大哥吧，我虛長妳幾歲，如果妳願意，可以兄長稱金某。」

林語微笑著說：「那妹子就僭越了。金大哥，老夫人今天回家後，每隔一個時辰就塗一次這碗裡的藥，三天後應無大礙。等她能嚥下熱水時，再來我這裡喝三次藥養的鴨血，就會沒事了。」

金宇成感激地說：「今天就辛苦妹子了，大哥先把祖母帶回去，明天再來取藥。」

林語含笑道：「好，明天早飯過後就派人來取。」

第五十二章

待金家人走後，洪奶奶、李嫂、朱嫂都湊過來問：「林家妹子，妳這法子可真是靈驗呀！我看這金家老夫人原本嘴都張不開，剛才竟然講話了，真神了。」

林語笑笑說：「洪奶奶、兩位嫂子，小妹會的也就這麼幾樣，沒什麼神秘的。過幾天等老夫人的病好了，妹子請大家吃雞吃鴨，今天端午節就得從簡了。」

朱嫂才二十五歲，性子又比較直爽，她哈哈大笑起來。「好，我家今天也只買一斤肉回來過節，妹子，今天到嫂子家一起過吧。」

李嫂也邀請說：「我家也買了肉和蛋，妹子，和妳哥到我家一塊兒過，洪奶奶妳一個人也沒趣，到我家來過個鹹菜節吧。」

鹹菜節是當地人對自己家過窮節的一種說法。林語腦子一轉。「我哥昨天就買好菜回來了，洪奶奶、兩位嫂子，今天晚上要不我們四家人一塊兒過？各家把自己家的菜都端上來，在院子裡點上一把燒蚊草，咱們過個團圓節？」

「各家把菜湊了一起過？好主意，算上我一份。」朱嫂快人快語。

李嫂也不甘落後。「我家今晚準備了青椒小炒肉、韭菜炒雞蛋、酸溜土豆絲、大骨燉冬瓜。」

朱嫂也說：「我家也有四樣。林家妹子，妳大著肚子就不用燒了，反正也不差妳這一口。」

洪奶奶興味盎然地說：「老婆子也準備了三樣，一塊兒過一塊兒過。語兒，妳把菜送到妳朱嫂家去，讓她燒好了。」

前廳裡，一張臨時搭起的大桌，孩子一方，大人一方，四家來自不同地方的人，讓林語在異鄉過了一個熱鬧的端午節。

等大家收拾好之後，已是繁星滿天。

林桑喝得有點多，洗了個澡後就睡下了，此時鼾聲如雷。

天有點悶熱，林語的肚子已三個多月，胎象已穩，林桑的呼嚕聲讓她有點失眠，她爬起來躺在房門前的竹涼床上，透過天井看著天上的繁星。

摸摸自己的肚子，林語還是禁不住想起肖正軒。

她說不恨他，其實還是恨他的，因為她愛過他，有愛才有恨，特別是肚子裡有了他的孩子，她對他又有了埋怨。

回想年前年後的那些日子，林語承認，肖正軒做得很好。那二十四孝好男人的樣子，那乾淨清爽的男人氣息，那不多言卻包含了無數責任的行動……

可他的隱瞞和不信任傷了她的自尊，就算他再好，她也不想與他再有糾葛了。

不知為什麼，金掌櫃沒再上門。林桑有點著急，但林語想著還是等等。她怕自己手上有這方子，知道的人太多反而會惹麻煩。

不管金錦樓老闆會不會答應合作，林語都做了準備。就在她為金老夫人治病的同時，也讓林桑買回來不少海帶，無論金錦樓那邊成或不成，她的鮮味劑總會有出路的。

五天後，也就是給老夫人喝過第一次老鴨血的第二天，金宇成親自來請林語過府一敘，說是老夫人想跟她說說話。

林語覺得自己一個女子去別人家不大好，就請了洪奶奶作陪。

一進金家門，林語也不得不讚嘆，金家不愧是湘城的商人之家，處處透著富足。

五進深的大院雖然不能說得上是金碧輝煌，可是跟林語住的鄉下小院比起來是強得太多……

洪奶奶羨慕地說：「語兒，這要多少銀子才能把園子弄成這樣呀？咱們窮人家一輩子都沒見過一間屋子要花的銀子吧？何況是這麼大一座宅子？」

林語淡淡地笑笑。金家也許富足，但不高雅，處處透著暴發戶的味道。

剛一到五進的院門口，老夫人身邊的王嬤嬤立即迎了上來。「林娘子，我家老夫人可念叨妳半天了，快隨老奴來。」

洪奶奶已被人引去喝茶了，金老夫人坐在廳裡的藤椅上。當她看到林語出現，立即招手。「快來讓老身看看，是個怎麼樣靈巧的姊兒救了我這老太婆的性命。」

林語乖巧地坐在老夫人身邊，親切地問：「老夫人，今天感覺如何？」

金老夫人擦擦眼睛，感動地說：「好孩子，老身謝過妳的救命之恩呀。快說說，我要怎麼感謝妳才能抵得過妳的大恩大德。」

被一個老人家說得這麼鄭重，林語也客氣地說：「老夫人，您別這麼客氣，能幫得了您，也是林語的福氣。家傳有幾道秘方，用的東西雖然都不是真正的藥，可是對有些病確實有奇效。也是您老福氣大，正好林語手中的秘方能幫得了您。」

「孩子，要不是妳，老身這次就去了。沒想到與妳有緣，得妳福氣救了老身，不知妳願意認老身為祖母不？」

有錢人家可不會亂認親，雖然他們只是商家，談不上多高貴的身分，可應該也不會亂認親吧？這老夫人是一時衝動，還是有什麼目的？

可自己現在只是一個窮孩子，她也無大利可圖吧？有心不認，可老人家那充滿希望的眼神讓她不忍拒絕，於是只得行一大禮。「孫女林語見過老夫人，祝老夫人健康百歲。」

聽到林語口稱孫女，金老夫人立即淚湧而下。「老天看在老身一生慈善的分上，才在晚年賜給我一個如此乖巧能幹的孫女。屏青，快把我那對碧血玉鐲拿來，給我孫女兒當見面禮。」

林語不是個貪小便宜的人，一聽那什麼鐲子的定是值錢的東西，要說給她個千兒八百兩銀子感謝，林語不會推辭，因為那樣金額明確，就算是金家重謝了她，也是她憑自己手藝所得。

可這什麼鐲子的東西是無價的東西，再說也不好拿去賣，林語還真是不想要。她急忙搖搖手說：「老夫人，這可使不得。能認老夫人為長輩，是林語天大的福氣，要是收您的禮物，這味道就變了。」

金老夫人拉她坐在身邊，親自給她戴上。「這可是祖母的陪嫁物。妳這肚子都有好幾個月了吧？趕上給妳添妝是沒機會了，就算是祖母給孫女補的嫁妝吧。」

都說到這分兒上，林語不得不收下這貴重的禮物，然後坐在金老夫人身邊，將自己的事按原來編好的說了一遍，弄得金老夫人邊聽邊抹淚。

一行人正在唏噓林語的遭遇，突然——

「妳在這兒幹什麼？怎麼會跑到我們家裡來？看來妳這女子倒還挺有本事的，是不拿到那一成乾股不甘休？」金宇真跟著金宇成進來，一看到林語，立即跳了起來。

金老夫人看著莽撞的孫子，緊鎖眉頭問：「真兒，你這是說誰呢？怎麼這麼沒禮貌？」

被祖母責備，金宇真臉一紅，上前給老夫人行過禮，指著林語說：「祖母，真兒說的就是她。就是這個憑著什麼鮮味劑和一通胡說八道，就想騙取我們金錦樓一成乾股的女騙子。」

「放肆！你這個孩子亂說什麼？這是你祖母我的救命恩人，剛認的義孫女。哪輪得到你大呼小叫的？」金宇真沒頭沒腦的一頓指責，讓金老夫人臉色一沈。

見祖母是真的有點不高興了，金宇成趕上前拉住衝動的弟弟，問林語。「妹子，妳就是前幾天旺叔來說的林家傳人？」

林語一頭黑線。她什麼時候說過自己是什麼林家傳人？她是外家傳人好不好？外面的傳人！

林語故意難為情地問：「金大哥，金錦樓是你們家的？」

金老夫人奇怪地問：「成兒，到底怎麼回事？難道你們認識語兒不成？」

聽祖母詢問，金宇成立即把前幾天金掌櫃回稟的事說了出來。金老夫人聽了立即哈哈大笑。「看來語兒跟老身是真有緣啊！好好好，語兒，妳說妳真的有法子能讓酒樓銀子多掙一倍？」

林語不好意思地說：「老夫人，當時是讓三少爺給激的。不過孫女兒可真有些想法，也許對酒樓真的有用處，等語兒回去後寫下來交給金大哥，要是覺得有用，就湊合著用好了。雖然不能保證翻一倍，但我相信業績應該會增長不少。」

金老夫人看著長孫問：「成兒，等語兒的想法送來後，你可得好好看看，如果真的行得通，那金錦樓的一成股就當是祖母送給她的好了。」

天上不會掉餡餅，林語慌忙說：「不成，不成，老夫人這樣做，語兒可就坐立不安了。當初跟金掌櫃談生意，是因為語兒手上有外祖家傳的鮮味劑做法，用這種東西做出來的菜，要比以往鮮上好幾倍。明天語兒就送上一些來，讓老夫人您試試。」

金老夫人可是掌家幾十年的人，一聽有這種好東西，立即大喜。「原來老身還認了個發財童子做孫女，真的是福氣來了！好，既然語兒這麼說，成兒，你就好好試試，用她的鮮味劑試上一個月，要是真的生意興隆起來，就按她所說的，給她應得的股分。」

金宇真被祖母喝斥之後，怒不敢言，卻沒想到精明的祖母竟然也信了林語。他狠狠瞪著，不服氣地說：「我才不相信那東西有什麼神奇的力量。」

金老夫人看小孫子這副蠻牛的樣子，真是又愛又氣，故意笑罵他。「還說是個讀書人呢，怎地到了家裡，連禮儀都沒有了？都十七歲的大人了，怎麼還跟妹妹較起真來了？祖母這次生病要不是碰到了語兒，怕是再也見不到你們了。真兒，以後可得好好照顧妹妹，她也是個苦命的孩子。」

長輩的話不能不聽，金宇真賭氣地說：「既然祖母吩咐了，孫兒哪敢有不從？只是孫兒認了這樣一個粗俗的女子做妹子，這要傳出去，怕是會被同窗笑話呢！」

什麼叫隔代寵，在金老夫人身上是完全表現。就算是林語救了她的命，可是親孫子還是親孫子，捨不得過分責怪，只是輕罵說：「你個呆頭，語兒哪裡不好了？別以為讀了幾句詩書就是有才學之人了，學孔孟之道之人，更應該懂得明是非、辨仁義，以後可不許說這些胡話。」

林語內心笑笑。認個乾親也是為了成全老人家的心願，我可不會強求在你們身上得到什麼。我要的銀子是憑我自己的能力掙的，與你們認親無關。

林語只得笑著逗金老夫人說：「老夫人，三少爺這是耿直呢，都說耿直的人眼裡容不下沙子，看來這句話真沒說錯。林語原本就是個大字不識的鄉下人，更談不上什麼見識，老夫人您可別怪三少爺的直言。」

明明是假話也不得不說。林語心中暗吐。原來她也有王熙鳳的潛質——八面玲瓏。

金宇成再次詫異林語的大度，自己這弟弟是耿直嗎？這叫自視清高，總以為自己讀了幾篇文章，別人在他的眼裡就一文不值了。

不過，自己弟弟怕是看走眼了，這女子的侃侃而談、神來之方、不卑不亢，怎會是一個粗俗的鄉下女子？

想到此，金宇成立即制止還要說話的金宇真，對林語說：「妹子，那兩天後大哥去妳家取藥的時候，再來見識妳的高見。」

「金大哥客氣了。大哥來時，妹子一定準備好。」

吃過飯，回程的路上，洪奶奶羨慕地說：「語兒，這大戶人家可跟咱鄉下人家太不一樣了。」

林語淡淡地笑問：「洪奶奶，要是您家老頭還活著，娶了幾個狐魅女子在身邊，生一幫別人的兒子，成天爭風吃醋、鬥個妳死我活，您還會羨慕嗎？」

洪奶奶聽了林語的話一愣，隨即哈哈大笑。「算了，老婆子還是現在這樣活得舒暢些。妳這孩子年紀輕輕，怎麼看得這麼透徹呢？」

林語嘿嘿一笑。「這有什麼奇怪的？以前我們村裡里正家多了幾畝田，又是妻又是妾又是通房的，家裡哪天不是熱熱鬧鬧的？有一次還看到那里正因為只寵最小的妾，被嫡妻以寵妾滅妻告到縣衙，最後這個小妾被發賣了。您說，從小看到大的東西，林語還會看不明白？」

洪奶奶讚許地點點頭說：「妳真是個通透的孩子，妳相公能娶到妳是有福了，這樣有福的人一定不會有事的，希望他早日尋到你們。」

林語淡笑。「謝洪奶奶吉言。」

第五十三章

金宇成拿到林語寫的經營理念，興沖沖地與金掌櫃商量之後，立即回到金老夫人的院子裡。

「祖母，您這回可真撿著個寶了！您來看看林妹子寫的這些東西，有建議、有菜方，要真按這樣子經營，就像她說的，我們酒樓生意翻上一倍怕不是說笑。」

金老夫人讓金宇成唸給她聽了，立即拍腿說：「成兒，這樓裡的生意就交給你了，儘快與林語訂下這契約，金家發達就在眼前了。」

金宇真剛回來跟金老夫人問安，聽她這麼一說，好奇地問：「祖母，金家要發達了？是不是挖到寶了？」

金老夫人含笑著說：「對。就如真兒所說，金家挖到寶了！成兒，把你手上的東西遞給你弟弟看看，讓他見識見識，什麼是鄉下粗俗女人。要不是她已放了人家，這樣的女子不可多得呀！」

金宇真雖然不懂生意，可林語寫的東西通俗易懂不說，提的想法聞所未聞，確實不一樣。可他並不認為一個女子懂這些有什麼好，不服氣地說：「女子無才便是德，會這些有什麼用？她怕是什麼叫三從四德都不知道吧？而且哥哥能確認這東西是她寫的嗎？」

金宇成搖頭嘆息說：「真弟畢竟還年輕，這是哪個寫的並不重要，重要的是哪個想出來的。祖母，孫兒報與父親後就去簽契約了。」

金老夫人再三交代。「成兒，要記得簽死約，一定不能讓這經營方法和鮮味劑洩漏給別家。」

與金家簽訂好契約之後，林語讓林桑辭了酒樓的差事。

當她看到金宇成寫好的契約書上的條款寫明：只要金錦酒樓經營一日，那經營方法和鮮味劑只得由本酒樓使用。林語也只是笑了笑就簽了字。她知道金家人對她還是提防得很，嘴上叫著親熱，可該防的地方一點不漏，真不愧是商人——無商不奸。

這樣就好，金錢債好算，人情債難償。白紙黑字寫得明明白白，雖然一成股份不多，可是讓她與哥哥過一年小康生活足矣。

林語沒想做個財主，這年頭，人還是活得低調一些好。

平凡的日子過得很快，因為有了穩定的收入，林桑也安定起來。這天，他把鮮味劑裝好後，又裝進了林語做的提袋裡，臨出門才問林語。「語兒，今天要哥哥帶些什麼回來？」

林語想了想說：「哥哥，過幾天就是中秋了，要不你帶一罈榨菜和幾斤鮮肉回來，我想做點榨菜鮮肉餅給老夫人送去，也算是我這個義孫女過節的孝敬吧。」

「語兒，要不趁著妳還能走得動，到時妳親自去看看老夫人？」

林語淡淡搖頭。「哥哥，君子之交淡如水，人還是不要走得太親的好，到時要是老夫人問起，說我一切都好，就是身子懶不大想動。要是一累，孩子就會在肚子裡鬧騰，我不想讓老夫人擔心。」

林桑無奈地說：「隨妳吧，每次妳叫我去回禮，她老人家都要問妳。我看她真的很關心妳似的，所以才多說兩句。」

林語理解地說：「我知道哥哥的意思，你也是怕我們欠他們的情太多。其實這也是為了少欠些情。我因緣際會救了老夫人一次，他們也慷慨地給了我們一成的股份，就現在這樣長來長往、淡情點交往最好。」

可金老夫人接到林語送去的月餅後，也不知是真的想她還是怎麼，特意讓人來接林語兄妹去過中秋，弄得林語有點難為情。她不禁懷疑：難道自己太敏感了？

可君子之交淡如水，這千年的古訓不會錯。

金家的中秋賞月安排在正院的花園裡，園裡的菊花已經含苞待放，金老夫人拉著林語的手說：「語丫頭，為什麼不常過來坐坐？」

林語難為情地說：「老夫人雖然不管樓裡的事，可是您還有很多事要忙，孫女兒哪裡好意思來打擾您？再說，這鮮味劑熬製起來很是麻煩，所以請老夫人不要怪罪。」

說起鮮味劑，金老夫人高興地說：「上個月成兒回來說，樓裡的生意比以前好了一半都不止，語丫頭，妳那東西確實是個好東西，自家裡用了妳送來的鮮味劑，味道可就沒得比了。」

王嬤嬤在一旁替老夫人挾上一碟蔬菜，說：「林姑奶奶，您這什麼劑一放到菜裡面，就立即變得好吃極了。老夫人現在食慾可好了不少呢。」

金老夫人舉起手給林語看。「語丫頭，我的胃口再要這樣好下去，怕到了年底會胖得走不動了。」

林語立即笑著說：「才不會呢，老夫人這不是胖了，是結實了。」

「好好好，我這只是結實不是發胖，這下我可不用再讓你們嘮叨這吃多了那吃多了。」老夫人像個孩子似地朝王嬤嬤叫著。

「祖母，這有什麼開心事讓您這麼高興？」金宇真拿著酒杯從一旁過來。

金老夫人看著金孫開心地說：「我說菜裡面用了語丫頭做菜的好東西，味道可真的不一樣了。」

經過三個月的事實證明，林語的想法和調味品，確實發揮很大的作用，金宇真看向林語的眼裡不再是不屑，而是真正的佩服。「祖母，林語妹妹的這東西確實神奇。」

林語沒去看金宇真的表情，只是淡淡地笑了一下就低下頭。畢竟這不是她發明創造的，雖然別人不知道，但她心中有數，不要太過得意了。

從金府回來，林語讓林桑多買些海帶回來。事一多，日子就過得快了起來。這天，金宇真帶著兩個夥計進了院子，看到林語站在石板檯前吃力地洗著海帶，指揮著夥計說：「你們去幫忙洗完。」

林語看是金宇真，淡淡打了聲招呼後，笑說：「謝謝三少爺。不過不用他們幫了，一會兒哥哥就回來了，他會來做的。」

金宇真看著林語高高挺起的肚子，皺起眉頭說：「妳就別笑了，妳不知道自己笑得有多假？就算我以前得罪過妳，可妳這樣笑還不如以前瞪著我來得好。再說，妳就不能請個人進來幫忙嗎？肚子這麼大了，要是累著了怎麼辦？我家大嫂懷孩子的時候，連走路都是由人扶著的，哪像妳這麼馬虎？孩子的爹怎麼還沒回來？」

這一連串小大人似的話語，讓林語不知道怎麼說。「沒事，我一個農村裡長大的人，哪能跟你們家的大少奶奶比？勞三少爺操心了。再說成天坐著對孩子也不好。而他爹，也許還沒有找到我們呢。」

不知為什麼，金宇真就是覺得林語的話中有諷刺，可看她是個大肚婆，他不跟她一般見識，於是讓她站在一邊說：「既然妳這麼說，我也不多說了，反正妳自己這樣子了，以後還是小心的好。明天還是讓林桑哥找個人進來幫幫吧，妳這樣幹活哪能真的讓人放心？」

金宇真眼中的那抹關心讓林語很不自在。原本兩個見面就抬槓的人，突然變得親近起來，讓人不適應，特別對方還是個叛逆青年。

林語可不是小姑娘，早過了情竇初開的年齡，也不想惹什麼桃花。不是她自戀，這種年齡的孩子不按牌理出牌的很多，不管這小毛孩是什麼念頭，她都得早早避開。

想到此，她站到距離他好幾步遠的臺階上，真心地說：「謝謝三少爺的關心，這真的沒多少活兒，我也做得不累。天天在家裡坐著也不好，這樣做點活正好運動運動。妹子給三少爺倒杯水來，您先在這兒坐坐吧。」

林語沒等金宇真拒絕就進了門，端茶給他之後，就站在一邊幫著拉拉曬杆上的海帶。三個大男人動作就是快，幾籮筐海帶不一會兒就洗好了。金宇真看著全洗完了，這才帶著人挑著原本是三天後要送的鮮味劑走了。

為了不讓金三少記掛著，林語讓林桑請了一個臨時幫工，有活計的時候就找她來。林桑也覺得金三少有點怪怪的，見妹妹做到這地步，心裡也放心不少。雖然金宇真常常借故跑來，可林語很少出面，都讓林桑接待。

平淡的日子一晃而過，轉眼就是冬至。

這一天，到處熱鬧非凡，家家戶戶都在院子裡擺上香案、點上香燭、送上祭品，祭天地、安鬼神。

洪奶奶是本地人，早早準備好，高香早早點起。林家、朱家、李家是外來戶，實在不可能回家，也跟著擺上燭、點上香。

等傍晚收拾完一切，林語抬腳跨過門檻，突然哎喲一聲尖叫起來。「洪奶奶，快幫我叫哥哥，我肚子好痛！」

朱嫂在裡屋聽到了，立即跑出來大叫。「林家兄弟，你妹妹怕是要生了！你快去前街把王嬤嬤請來！」

洪奶奶也扔下手中的東西奔了過來。「朱家的，快幫著把語兒扶到廳子裡去！現在剛剛發動，她這又是頭一胎，真要生怕也要到半夜了。都不要急，還不能上床，林語一會兒忍住痛多走幾步，就會好生了。」

作為生過三個孩子的老人，對這種事了解得多，林語真心地說：「謝謝洪奶奶和朱嫂子。」

果然，林桑小半個時辰後跑回來說：「語兒，王嬤嬤叫妳不要著急，妳是第一胎生孩子，要生也怕是要半夜了，讓哥哥給妳做點好吃的，一會兒妳忍著吃下。」

林語點頭說：「哥哥，我都知道了，你去忙吧。」

洪奶奶收拾好東西，進來對林桑說：「桑哥兒，你去燒飯，洪奶奶晚上也在你這兒吃，你妹子就交給我了，你一個大男人也不會照顧。」

雖然陣痛越來越頻繁，可是林語還是忍著痛吃了一大碗飯。沒有哪個女子能餓著肚子生孩子的，就算不餓也會沒力氣。

王嬤嬤進來的時候，林語的羊水已經破了。她摸了摸之後指揮著說：「小娘子，一會兒跟著嬤嬤我的叫聲用力，孩子不太大，應該好生。」

林語咬著牙說：「我知道……」

朱嫂看著痛得滿頭大汗的林語。「林妹子，妳哭出來吧，哭哭就沒那麼痛了。」

李嫂也佩服地說：「我還真從來沒有看過女人生孩子不哭的呢，這種痛可不是一般的痛，林妹子，妳真讓嫂子我吃驚。」

林桑提著熱水站在房間門口，隔著門板聽到朱嫂和李嫂的話，急得在門外大聲叫著。「語兒，妳哭出來！哥哥在門外守著！」

林語實在不想哭，但林桑的話暖了她的心，她忍不住大叫一聲。「好痛！」但是她沒有哭，因為哭也是要費體力，把精力和體力都哭光了，哪還有力氣生孩子？

但她最不想哭的原因，是因為沒有要哭訴的對象。

她此時恨死了肖正軒，既然不愛她，就不要碰她，既然碰了她，為什麼不管她的死活？

等她喝過洪奶奶送來的雞湯後，王嬤嬤又再度摸了一下，才對林語說：「孩子馬上就要出來見娘了，來，吸氣、呼氣，吸氣、呼氣……好，這下用力，對了，就這麼樣。跟著我的聲音來，吸氣、呼氣……吸氣、呼氣……」

太痛了！真的太痛了！林語內心裡咒罵了肖正軒無數遍，終於委屈地痛哭起來。「媽媽，媽媽，我好痛！嗚嗚嗚……媽媽，媽媽，我好痛呀……」

王嬤嬤以為林語在叫她，她大聲說：「小娘子乖，已經看到孩子的頭了，妳再用點力，他馬上就出來了。快，孩子在等著妳，快吸氣、呼氣！」

產婆的叫喊讓林語清醒過來，她雙手反抓在床頭板上，按著口令深吸一口氣，再用力往腹部使勁。

最後的一陣劇痛讓她用盡全身力氣大喊，然後頓感下腹一鬆，一個響亮的聲音「哇」地傳來。

林語昏睡之前，只聽到產婆驚喜地叫喊。「好了，生下來了！快來看，多麼漂亮的小公子呀！」

第五十四章

已洗三的孩子比剛生出來時漂亮白淨了許多，林語還有點吃醋。太不公平了，她辛辛苦苦懷孕生子，為什麼長得跟那個死呆子一模一樣？

洗三時，金家為孩子送上許多禮物。出了月子，林語特意帶兒子去了金家。

在金老夫人院子裡，一群女子把孩子抱在手中讚嘆說：「真是個好看的小寶貝。」

金老夫人含笑著問：「語兒，孩子還沒取大名？」

林語立即笑著應答說：「老夫人，壯壯的大名還想請您來取。」

金老夫人連連擺手。「那可不成。男孫的名字一定要讓男人來取，那樣才會有氣勢。」

林語其實說讓老夫人來取名也只是客套罷了，哪知這古人這麼迷信，她只得朝金夫人請求。「夫人，可否請老爺給孩子賜個名字？」

金夫人抱著壯壯笑笑說：「這麼漂亮結實的外孫，給你取個名，金外公可高興了。妳把孩子的生辰八字都留下來吧，還有孩子的父親有沒有什麼輩分講究，到時妳一塊兒寫出來。」

雖然那種笑容很假，可林語還是說：「夫家也姓林，對於輩分沒有太多講究，名字只要好聽好叫就行。」

剛進門的金宇真剛好聽到林語的話，搶著說：「我來給他取名！」

金夫人聞言皺起眉頭。「你個孩子家家的，會取什麼名？還是不要在這裡湊熱鬧了。」

金宇真不服氣地說：「娘，兒子好歹也是個秀才了，怎麼就還是孩子呢？取名要講究筆畫、時運、寓意、屬相、五行等，我一定能給林語妹妹的孩子取個好名字的。」

金老夫人笑咪咪地說：「乖孫說的對。林語，一會兒讓真兒給孩子取個好名，讓他以後更有出息。」

金宇真的熱心讓一旁的金夫人更加不高興。這小兒子可是她的心頭寶，生了金宇成後，她一連生了三個女兒，後來生了金宇真之後再也沒有懷過，她一直認為小兒子是老天賜給她最後的寶貝。這孩子雖然被她驕寵養大，可一直很是聽話乖巧，今天這特殊的表現，讓她微微蹙起了眉。

金夫人的異樣立即讓林語察覺。她這表情不似是要責備金宇真，似乎是在防備什麼似的。這種警惕讓她心中覺得莫名其妙。

難道她認為……

不管她怎麼認為，林語心中有數了。

金老夫人倒沒有發現什麼不同，還高興地說：「對對對，我這乖孫讀了這麼多書就是不一樣。這名字的好壞，關係到一個人一生的時運，名字一定要好好取。真兒，你取紙筆來，幫語兒記著壯壯的生辰八字和要避諱的東西。」

金夫人心中更有了莫名的念頭。她阻攔說：「母親，我那院子裡就有紙筆，用不著真兒特意去拿。虹琴，去房裡拿些筆墨什麼的過來，然後妳讓大少爺過來幫著林姑奶奶寫。」

林語明白了，推辭說：「夫人，謝謝您的好意，我還是回家問問我哥哥，有沒有什麼字要避諱的，省得到時取好了又相沖。等姪女問好後，再讓他送來麻煩三少爺。」

金夫人倒為林語的知趣而高興。「好，林語，妳是母親認的義孫女，有什麼要幫忙的，以後只管開口。」

林語假裝感激地說：「謝謝夫人，以後真有為難之處，一定請夫人幫助。」

眾人正在談笑著，金宇成匆忙進來了。當他看到林語時，急忙說：「妹子，正好有事跟妳商量，妳在這兒多坐會兒，等我和爹娘商量過再來找妳。」

認識金宇成以來，林語見到的都是一個穩重沈著的商人，可今天這模樣……聽他這麼一說，林語朝他點點頭坐下。

時間過得很慢，懷裡的孩子醒了後，吃過又睡了，書房裡的人還沒出來。

林語想著，可能事情比較嚴重，她只能耐心等待。

終於，腳步聲朝廳堂走來，金宇成將金老夫人扶進來後，跟她說：「妹子，大哥有事跟妳講，妳跟我來。」

在金宇成的書房內，小廝金石守在門外。他把事情簡單地說了一下。「林語，我們全家要往京城遷了，這裡所有的田莊店鋪都會賣了。跟妳說實話，這裡馬上就不安全了，祖母說想把你們一家也帶著，妳看怎麼樣？」
一聽說要亂，林語也知道意思是什麼，心中一急。「金大哥，什麼時候走？是不是很急？」
金宇成點點頭說：「祖母娘家有人傳信了，讓我們立即上京，明天我們就準備開始轉手田產，家眷年後正月十五就出發，你們一家還是跟我們一塊兒走吧。」
林語想，如果是真的要打仗的話，要不就回靠山屯，要不就跟著金家去京城。不過靠山屯她暫時是不想回去，那就先去京城再說，那裡離靠山屯也只有十天的馬車路。
想到此，林語點頭說：「金大哥，幫我謝謝老夫人，我馬上回家告訴哥哥，然後收拾東西，我們一家跟你們一塊兒北上。」

回到家，林語立即找來林桑，林桑一聽，也開始收拾東西。
林語拉著他。「哥哥，動靜小一些，畢竟這是機密之事。」
林桑鄭重地點點頭。「我明白。不過，妹妹，妳得找個好理由與洪奶奶告別。」
孩子才一個多月，他們兄妹到這裡也沒多久就要離開，肯定有人懷疑。懷疑倒沒什麼，只是戰爭一打起來，城裡的糧食布疋油鹽醬醋怕都會奇缺。
洪奶奶一直對他們很好，如果不提示一下，林語知道林桑心不安。
於是她點點頭，表示知道了。

「妳相公已回老家了？那就好那就好。也不知道傷得怎麼樣了，這男人受了傷可是大事，是得趕緊回去。那車行定好了沒有，路上要帶的乾糧要早點準備好。」

林語內心很是歉疚，可她不能真的提醒這個熱心的老人，只得狀似無意地提醒洪奶奶。

「謝謝您老提醒，都說家有一老如有一寶，還真沒說錯。車行是不用定了，我義祖母年後要回京城探親，準備捎我們一程。乾糧是得多準備點，常說晴帶雨傘飽帶饑糧，這事可不能忘了。」

洪奶奶笑笑說：「妳說的也對，糧食還是多準備點的好。」

林語立即附和說：「對呀，洪奶奶，如果手頭上有餘錢，我看還是多準備些糧食，要是碰上天災人禍的，銀子可不能吃呢。」

洪奶奶笑著說：「這倒是真的，我也是準備請人去鄉下多收些個穀子上來，留著慢慢吃。語兒，妳收拾東西吧，我在這兒幫妳看壯壯好了。這小子要走了，奶奶可真捨不得呢。」

告別一眾鄰居，一路北上都很平靜，終於，他們到達京城。

在金家大宅住了兩個多月，林桑就按林語的要求，看好城內靠郊區的一棟農家院子。可金老夫人不同意她搬出去住。「語兒，這金家也不差你們一家三口人一個院子，暫時還是住在一塊兒吧？」

林語抱著金老夫人的胳膊撒嬌說：「老夫人，這宅子太大了，到處都是花草樹木的。語兒是村裡長大的，想自己種點小菜、餵幾隻小雞過日子呢。等孫女兒的菜種出來了，就送來給老夫人您嚐鮮喔。」

林語沒忘記這一路上金夫人的防備，每當金宇真一靠近他們母子，立即就有人來喚，特別是她住在金家的兩個多月，只要金宇真出現在她身邊，也馬上有人來喚。

她可不想做個讓人嫌的女人，更不想再惹一身桃花。

新找的院子很不錯，有幾棵沙果樹和兩棵棗子樹，已是四月底的天氣，幾棵樹上都已花團錦簇，林語想，等到秋天，一定有個豐收的季節。

林桑很不解地問：「語兒，我們為什麼非得搬到這偏遠的地方來？」

林語笑笑說：「哥哥，偏一點好，環境清靜還少是非。再說，你看看這院子裡的果樹，秋天到了，咱家壯壯就有果子吃了，又新鮮又無毒。」

林桑無奈地說：「語兒的想法還真跟一般人不一樣。」作為一個男人，每天都在外面跑來跑去，他哪裡知道後院的是非。

林語也不多解釋，只拍拍手說：「哥哥，今天已收拾好了，你趕著馬車出去，一是趕緊去收些海帶回來，我們帶的那幾包鮮味劑用不了兩、三個月就沒了。二是趕緊找人來挖個地窖，然後去鄉下多收些穀子回來，這兩年，糧食怕是會大漲價。」

這點事，林桑還是知道輕重的。他們急急忙忙跟著金家，千里迢迢來到這裡，大事肯定會發生，於是他立即應承。「好，我馬上去安排，妳在家裡要小心些。」

七月初，金宇成趕到林家院子來接他們一家。

「妹子，南邊已打起來了，祖母說還是接你們回金家安全些。」

林語指指自家加高的院牆說：「金大哥，你看這院牆是一般的流民爬得上來的嗎？不要說那牆頭的倒釘，就這院牆下也全是陷阱，教他們有來無回。」

金宇成知道自己母親對林語做的那些事，也知道她回了金府過得並不開心，見林語做了這麼周全的準備，他真心佩服。「妳想得還是周到。既然妳做了如此周全的準備，那大哥也不強求了。我也知道妳住在那兒不是太開心，不過妳不要太計較，她就是個這樣的人。」

林語提了一籃子的蔬菜，笑著說：「金大哥，妹子我可真沒有什麼不開心的，金夫人沒有做錯什麼，你可別對她有什麼想法。一直以來，都是你們在幫助我們，我哪能不開心呢？這籃子裡的菜是妹子自己種的，你帶回去燒給老夫人嚐嚐，剛摘的，很新鮮。」

金宇成理解地說：「妳真是朵解語花。祖母說了，這回要是接不了妳回去，她說讓你們三人以後每個節日務必回去，她老人家想看看壯壯呢。」

林語指著不遠處竹蓆上的壯壯。「你看他這猴子樣，要到了府上，還不把老夫人給煩透了。」

金宇成長嘆一聲。「有猴子煩她老人家，她才開心呀。」

林語知道金宇成的心事。五月底，他夫人姜氏又生了一個女兒，金家現在已有三朵花了。

想到這兒，林語心中一動。「金大哥，我家有一個祖傳的秘方，要是你相信的話，一會兒我抄給你。你和大嫂按我這個方子吃上三個月後再同房，雖然我不能保證你生兒子，但機會很大。」

金宇成一臉驚喜。「這話可說真的？」

林語肯定地點點頭。「當然是真的，金大哥在這兒等著，妹子拿紙抄給你。回去以後每天兩次，連吃三個月。這不是什麼藥，只是一些食物，再多吃幾個月都不會有問題的。」

男人沒有嫡子，就是傳家的大忌。

金宇成發自內心地感激。「不管有沒有作用，大哥都真心謝謝妹子。」

她的方子會沒用？

不過，她只想金家欠她的人情，又不想讓人欠得太明顯罷了。金宇成是金家的嫡子，未來的掌家人，她與他的兄妹之交會對自己有利。

金宇成走後，林語就關了門。

她是真不想去金家，因為金夫人那防備的眼神讓人不舒服。她都是個孩子的娘了，難道還會老牛吃嫩草不成？

她以為這事就這樣過去了，哪知剛吃過飯，金三少就氣沖沖地跑了進來。「林語、林語，快收拾東西跟我回金家去！」

林語無奈地說：「三少爺，我在這兒真的不會有事的。你看我這院子裡也不是流民進得來的，至於高手，他也不會來，我們是平民百姓家，沒什麼值得他來一趟的東西。」

這一年多來，從最初的看她不順眼，到後來看到她就開心，再到現在一有事就會急著關心她，金宇真也不知道這個女子有什麼魅力，可是他真的對她很有好感。

看她如此抗拒自己，他急切地問：「妳為什麼不願意搬回去？是不是還在生我的氣？氣我以前跟妳作對了？」

林語哭笑不得。

「三少爺，我們又不是孩子了，怎麼會把這種小事放在心裡？我喜歡住這裡，是因為這裡是我自己的家。在自己的家裡過日子才會舒坦。」

彷彿明白了什麼似的，金宇真認真地看著她問：「是不是我娘讓妳難受了？」

林語真心地說：「三少爺，我從沒有覺得任何人為難過我，我是金家的義孫女，怎麼能動不動就過去住呢？就是金家正宗的女兒，也不應該動不動就回娘家長住吧？」

臨走之前，金宇真神色複雜地看了她一眼。「妳要這麼說，我不能強求。不過，不管以後有什麼為難事，記得讓人到樓裡送個信——不，明天我從家裡的家生子中，找兩個聽話的奴才過來幫你們。」

林語急切地說：「三少爺，你要是以後還讓我們大家走動舒服，就不要再管我的事。」

林語這句心急的話，讓金宇真真正地明白了什麼。

他沒再說什麼。作為一個男人應該承擔什麼，他還是明白的。

他只是再次深深看了她一眼，什麼也沒說就離去了。

第五十五章

自戰爭開始，酒樓的生意便清淡得很，因為南北雙方打得激烈。從眾人的閒談中得知，南方是當今皇帝的三王叔的藩地。三年前，太子登基，他就想反，是當年的將軍王護主才讓他不敢亂動。如今他勢力越來越大，小皇帝站穩腳跟後，也打壓得越來越緊，於是他就乾脆扯旗反了。

他造反的人只是坐在高處指揮，可憐的是這些平民百姓和士兵將卒了，不管成與敗，怕是白骨又得堆成山了。

林語心中暗自嘆息。身在高位的人，哪會知道興，百姓苦、亡，百姓苦的道理，但她只是一個小人物，國家大事也輪不到她來操心，還是好好地過自己的日子算了。

立冬一過，北方就開始冷了。這天，林桑一大早就出門，到鄉下收柴火去了。他怕過幾天大雪封鎖的時候，要是少了柴火，大冬天的就難過了。

因為一打仗，流民開始湧上京城，所以他出門時，林語再三交代他。「哥哥，路上要小心。」

下午越來越冷，飄下的雪花已鋪滿了地，林語擔心地出門看了好幾趟，剛從外面回來的鄰居孫大娘不解地問她。「林家小娘子，這風大雪大的，妳抱著個孩子在外面做什麼呢？」

林語見是她，招呼一聲。「孫大娘，妳從外面回來了？我哥哥去鄉下收柴火了，還沒回來呢。」

孫大娘拍拍身上的雪花說：「這天氣他怎麼還去收柴火呢？城外到處都是流民，城外的菜也沒得進來了，現在蔬菜都買不到了。」

剛好陳大嫂也提著菜籃子回家，聽到她們在說菜價，就算是在風雪中也禁不住過來嘮叨幾句。「這可怎麼辦？往年這個時候，鄉下還有點蘿蔔白菜送進來的，現在聽說菜地裡的東西都讓流民給偷光了。」

「啊？這可怎麼是好？地窖裡還只收了點冬瓜南瓜等蔬菜呢，大白菜也就收了三擔，蘿蔔自家種得不多，準備買點進來放著呢，這一下子突然沒得買了，一個冬天怎麼夠吃呀？」孫大娘驚嘆一聲。

「那能怎麼辦？還不是只能湊合著對付唄。家裡的黃豆還有不少，到時候多磨幾次豆腐應付吧。」陳大嫂嘆息著說。

聽著兩位大嫂感嘆著日子艱難，林語也只能笑笑應對。不過從她們的談論中，她心中有了想法。幾人說了幾句話，林語遠遠看到林桑的馬車過來了，她馬上大喊。「哥哥，你一路上沒事吧？」

看到妹妹站在門口等，林桑停好馬車跳了下來，看了林語幾眼才為難地說：「語兒，我在路上撞了一個人，把她帶回來了。」

林語大吃一驚。「那人怎麼樣了？」

林桑訕訕地說：「就是額頭上破了皮出了血，現在人在車上，只是有點不大好。」

沒大事就好。聽聞是林桑撞的人，林語立即說：「哥哥，快把人扶下來吧。」既然傷了人，當然得負責把人治好。

等林桑把人扶下來後，她吃驚地問：「是個女人？」

林桑臉色訕紅。「是的。」

林語曖昧地看了親哥哥一眼。都二十一歲的大男人了，說到女人還臉紅。紅個什麼？你們又沒有曖昧。

女子一直低著頭，林語那吃驚的樣子，讓她的頭垂得更低了。

林語讓林桑將人扶進了內間，她放下壯壯，把了一下女子的脈，對林桑說：「哥哥，這位姊姊沒什麼大事，可能是有幾天沒進多少食物，頭暈了才撞上的。」

女子聽了林語的話，難為情地說：「對不起，不是我非要來你們這兒的，我跟這位大哥說過了，不怪他，可是他見我頭上破了，非讓我來。」

自己哥哥什麼性子，當妹妹的哪會不知？林語笑笑說：「沒關係，這位姊姊不要難為情，這年頭沒吃沒喝的人太多了，既然有緣，那就在我家住個幾天，等身子好了再走吧。」

林語樸實的話讓女子感動，但她自幼多讀詩書，怎麼能白白接受別人的幫助？她慌忙說：「不用了，現在哪家都少吃少喝，我怎麼能拖累你們呢？我姓莫，名琴音，今年十八歲。父親是個秀才，兩個兄弟也都考了秀才，現在在京城謀生。因為戰亂，我們全家進京來找兄弟們，可是在路上母親病去了，父親與我失散。我因為三天沒吃過一口糧食，只想著快快找到兄長們，眼看快到城門了，哪知精力不濟才撞上這位大哥，我真的不是故意的。」

這麼老實？看來還真不是別有心機的人。

林語看這女子老實又可憐的模樣，笑著安慰說：「莫姑娘，既然是撞上我哥哥的馬車，也說明是緣分。這個家就我兄妹與我兒子三人，妳也不用客氣，我們也是真心實意地留妳，先在我家休息幾天，等身子好了些，再慢慢打聽妳的兄長們吧。」

一聽這話，莫琴音感激得要下地給他們磕頭，被林語制止。「莫姑娘，咱們都是鄉下人，沒那麼多禮節。我叫林語，這是我哥哥林桑，那個小不點是我兒子壯壯。妳現在好好休息，我哥去煮稀飯了，一會兒喝口熱的下去，妳就會舒服了。」

莫琴音感動得淚流滿面。「謝謝林家姑娘，大恩大德，琴音銘記於心。父親是村子裡的夫子，一直對琴音要求甚嚴，粒米之恩不可忘，有朝一日尋得兄長，定前來感謝兩位。」

看來這秀才的女兒還真有秀才的迂腐呢！林語暗暗搖了搖頭。因為早做了準備，家中的糧食吃個三、五年都不是問題，是真不在乎她這幾頓飯。

等莫琴音喝過熱粥、梳洗過後，林語才發現，這女子可以算得上是小家碧玉呢，就算她爹爹只是個村裡的夫子，看來這莫姑娘還是一直當小姐養著的。

五天後，林桑終於打聽到了莫琴音的兄長住哪兒，莫琴音出門前再三感謝。「謝謝林語，等我回到兄長家安定好後，一定前來感謝你們。」

林語真心地說：「琴音要是這麼客氣，那我們這幾天的友情算是白交了。吃了幾餐粗茶淡飯，要是弄得個什麼大恩大德似的，我心裡還真難為情。等妳安定後，妳常來玩，在這地方，我們也沒什麼朋友，不如妳常過來聊天做針線吧，我還想跟妳學學那針線功夫呢。」

莫琴音在這裡的幾天，不顧身體並不是太好，堅持做了幾天的針線活，把林桑、林語和小壯壯過年的新衣都做好了。

聽林語提起學針線手藝，莫琴音羞澀地說：「我除了這些小手藝拿得出手，別的可沒有一個地方能比得上林語了。只要妳能瞧得上，我一定統統教給妳。」

林語笑著說：「那一言為定。」

送走了莫琴音，林語與林桑開始商量著恢復老本行——秧豆芽，然後又試著秧了些韭菜，雖然沒豆芽那麼好，可總算在這寒冬裡又添了綠色。

第一批豆芽和韭菜送到酒樓後，金宇成立即按林語的豆芽菜系列做出了韭菜炒豆芽、涼拌水晶絲、肉絲豆芽梗、牛肚百葉煲豆芽。

終於讓這久無生氣的酒樓，因蔬菜生意而好了不少。

還有三天就是壯壯的周歲，林語沒打算做什麼生辰，但金家老夫人說了她要來，林語只得準備個兩桌。

出門買東西的路上，林語突然想買點布回去給林桑做兩雙棉鞋，於是她抱著壯壯下馬車，突然見到一個熟悉的身影出了店門，蹣跚地往前，她立即扯住林桑問：「哥哥，那不是莫姑娘嗎？」

林桑一看真的是她，不解地問：「這麼冷的天，她穿得這麼單薄來這樓裡，難道是來買布？」

林語雖然只跟莫琴音相處了五天，可她知書達禮，性子也溫順，是個好相處的人。她透過多次對話，發覺莫琴音品行不差，是個典型的古代小家碧玉。

看莫琴音在寒風中抖了抖，林語心一動，趕緊把壯壯交給林桑，立即追了上前，叫住正在往前的身影。「琴音、琴音，是妳吧？」

莫琴音踉蹌了一步，卻不打算停下來，林語上前拉住她。「琴音，妳為什麼不理我？」

神情憔悴、臉色悽苦的莫琴音難為情地低下了頭。「對不起，林語。」

林語看她的穿著還是之前的衣服，於是皺眉地問：「琴音，妳不是回到妳兄長家去了嗎？怎麼一個大姑娘，這麼冷的天還往外跑？」

莫琴音苦笑著說：「林語，琴音不想瞞妳，嫂子們說糧食不夠吃、銀錢不夠用，她們養不起我，讓我自己養活自己。我也沒別的手藝，唯有這針線過得去，就繡了點繡品送到這樓裡來。」

這算什麼親人？林語一聽就怒火中燒，想要罵人，可是當著莫琴音的面罵她的親人，又怕她下不了臺階。於是林語心有打算地試探著問：「琴音，要是我讓妳來我家幫忙，妳願不願意？」

莫琴音搖了搖頭。「謝謝妳，林語，可現在家家戶戶都不夠吃，添一張嘴就少了一個人的糧食。我知道妳同情我，可我不能把同情當成應該。妳放心，我不會有事的。」

聽了莫琴音的話，林語更加真心地說：「我是真的要人幫忙，現在我和哥哥秧豆芽和韭菜，還要帶個小壯壯，家裡真的要個人。糧食妳不用擔心，大不了我們每天早上吃稀的好了，混個飽還是可以的，只是妳會不會在意？」

話都說到這個分兒上，再不答應那就是不識好歹了。明白了林語的真心實意，莫琴音立即點點頭，淚水禁不住往下流。「謝謝林語和林家哥哥，一會兒我回家收拾好東西就過來。」

林桑聽林語講了莫琴音的遭遇，忍不住揮動著拳頭說：「莫姑娘兩個兄長竟然是如此無良之人！這樣的人還說是秀才出身，我看豬狗不如！語兒，莫姑娘答應過來幫忙了？」

林語點點頭說：「嗯，她答應了。原來她是不想來添重我們的負擔，我跟她說了，我們確實要人幫忙，她才答應的。你不會怪語兒自作主張吧？」

林桑憨厚地說：「語兒，咱們家裡妳說了算。」

林語打趣地問：「哥哥，你說的可是真的？以後娶了嫂嫂也還是我說了算？」

林桑鄭重地點點頭。「語兒，以後不管我娶哪個回來，這個家就妳說了算。」

林語笑了。她並不是個霸道的人，更不想真的為林桑管一輩子的家，他有他的人生，但是哥哥能說得這麼堅決，林語心中很是感動。

林桑二十一了，是時候成家立業了，如果不是為了她東奔西走，他怕是都要當爹了。

也許這次她能拐個嫂子回家呢！這小家碧玉配自己這憨厚老實的哥哥——還不錯。

冬至是小壯壯的周歲，等客人都走了，林語帶著兒子午睡，莫琴音收拾好飯菜，去暖房裡幫林桑下豆了。

待傍晚來燒飯時，突然聽到莫琴音驚叫。「林語，妳快來看，我明明放了三碗菜、一大碗飯在櫃子裡的，怎麼現在就只有兩碗菜了？」

林語過來一看。下午她幫著放進去的飯菜確實少了一飯一菜，但不可能進狗進貓的，牠們可不會把碗都拿走。

她讓莫琴音不要聲張，又煮了一鍋飯。四人吃過後，她偷偷對林桑說：「哥哥，一會兒咱們來捉偷飯賊。」

林桑懷疑地問：「語兒，妳能確定是有人偷進我們院子裡了？」

林語笑著點點頭。「一定是。但不會是大人，不是老人就是孩子。」

一會兒，天就漸漸黑了，林語在門上拉了一根繩子，只要廚房門一推開，房間裡的鈴鐺就會響。

果然沒過半個時辰，三人坐在廳子裡，只聽得兩只小鈴叮噹叮噹響了起來。林語把壯壯交給了莫琴音，與林桑拎著棍子，悄無聲息地到了廚房門口。

廚房門口半開，林桑與林語輕輕推開門，探身往裡一看，只見一個小身影正趴在碗櫃前。當林桑打了火石正要看仔細，「砰」的一聲，連影帶凳全翻在了地上。

「啊！好痛！嗚嗚……」

林語趕緊把燈點亮，林桑上前一步，一把扶起摔倒在地上的身影，藉著林語的燈光一看，他愣然了。

林語拿著燈光走近，也睜大了眼。只見林桑扶起的是一個滿臉污穢、衣衫破爛、頭髮凌亂，分不清是男是女，大約八、九歲的孩子。

林語看到這哭得唏哩嘩啦的孩子，問：「你是誰？為什麼跑到我家來偷東西吃？只要你好好回答，我們不抓你進官府。」

孩子可憐巴巴地看著眼前的三大一小，又哭了起來。不管林語如何問，他就是不說話。

林語只得下狠手。「你要再哭，我就先把你送到隔壁家的狗籠裡，讓你今晚跟大黑睡！」

「姨姨不要關我……蝶兒說……我是蝶兒，葉蝶，我爹娘在路上餓死了，弟弟有兩天沒吃飯了，就一直睡，我怕他也餓死。下午，你們院子裡好多人吃飯，我帶著弟弟偷偷進來了……對不起，我們不是故意要偷東西的，是弟弟真的好餓……」

聽聲音和名字是個女孩子，似乎是對父母雙亡的姊弟。林桑心疼地抱起她坐在飯桌前的凳子上。「蝶兒不要怕，帶叔叔去把弟弟找出來，一會兒讓兩個姨姨給你們做飯吃。」

女孩子不相信地看著林語，她跟著點點頭說：「對，蝶兒聽叔叔的話，趕緊去把弟弟帶來，馬上就有飯吃了。」

等林桑抱來小男孩時，林語發現他看起來最多六歲，骨瘦如柴還發著低燒。她摸了摸男孩子的額頭，趕緊說：「哥哥，你趕緊去找兩條被單來，給他們洗好澡先放到炕上去，這孩子風寒了。」

弄了藥和飯給孩子吃下之後，已經很晚了。第二天早晨，林語才看清兩個孩子的相貌，因為沒有他們那樣大小的衣服，所以兩個孩子一直躲在被窩內。

剛只能走兩、三步的壯壯，看到被窩裡的兩個孩子，這下有勁了，讓林桑把他抱到炕上，立即跟著爬進被窩，再也不出來了。

林語好笑地罵他。「小壞蛋！你爬進去做什麼？哥哥姊姊要起來吃飯了。」

葉蝶怯怯地說：「姨姨，讓小弟弟在這兒玩，我們早上不用吃飯的。」

林語知道姊弟倆很久沒有正常地吃過飯了，心疼地摸著葉蝶的頭說：「蝶兒和弟弟都還很小，每天早上都得吃才能快快長大，所以以後每天早上都要起來吃飯，知道不？」

葉蝶自從爹娘死後就一個人帶著弟弟討飯，總是有一餐沒一餐地討要別人的剩飯，好心人會給上半碗，有的人不但不給吃的，還會踢上一腳。

聽到林語這關心的話，葉蝶的淚嘩地流了下來。「姨姨，蝶兒謝謝妳和叔叔的救命之恩。昨天如果不是遇上妳，也許今天弟弟再也爬不起來了。我和弟弟不用每天都吃飽的，我還會做很多的事，能不能求妳收下我們？」

就算自己不是聖母，林語面對這無父母的姊弟，也無法把他們趕出去。

她拿過棉巾幫葉蝶擦了擦眼淚，說：「蝶兒以後叫我姑姑，叫琴音姨姨，叫林桑叔叔吧。以後，妳和弟弟留下來跟小弟弟作伴好了。姑姑家沒有什麼好吃的，但粗茶淡飯還是能夠吃飽的。」

一聽以後再也不會餓肚子了，葉蝶立馬要爬起來磕頭。林語急忙說：「蝶兒一會兒再起來，琴音姨在幫你們改衣服，還差幾針，穿好衣服再起來。」

經過了解，林語總算弄明白了，葉蝶已經十二歲，弟弟葉清也八歲了，只是姊弟倆太瘦，看得人心裡生痛。

吃過早飯，葉蝶拉著葉清跪在地上，朝三個大人磕了三個頭。

林語知道收留孩子雖然簡單，可是以後的教育就難了。於是她嚴肅地問：「蝶兒、清兒，姑姑叔叔都喜歡你們留下來，但是你們能不能保證，以後聽姑姑和叔叔的話？」

葉蝶再次帶著葉清磕了一個頭。「叔叔、姑姑，你們放心，以後我和弟弟一定聽你們的話，絕不會讓你們操心。」

但林語沒有想到，她收養了葉蝶，竟然是給家裡收養了一個小管家婆。

第五十六章

轉眼就過了年。正月因為戰爭，林語哪裡也沒有去，在家裡陪三個小孩子玩。

正月十五，林語從金家回來後，打算小睡一會兒。反正葉蝶姊弟成了小壯壯的小保母兼玩具，小傢伙基本上是有她無她都一樣了。

穿好衣，正要進暖房，暖房裡突然傳來莫琴音的輕泣。林語正想走過去問問，卻聽得林桑急切的追問聲。「琴音，這是怎麼了？上午妳回了一趟妳哥哥家，就一副心事重重的樣子，是不是出了什麼事？」

只聽莫琴音沙啞著嗓子說：「林桑哥，我沒事，只是灰塵進了眼睛。」

好俗套的藉口。

因為對莫琴音有了一定的了解，林語也很喜歡她。於是她站在門外，沒有打斷他們。她要看看林桑對這莫琴音的心思。

「妳是不相信林桑哥嗎？有什麼事不願意跟我講？妳這個樣子是灰塵進了眼睛？當林桑哥傻子是不是？」

哥哥還挺會說話的啊？

「林桑哥，不是的，真的不是。我……我……」

看來哥哥急了。「什麼不是的？是不相信我還是沒有什麼事？不要再跟我說妳沒事，如果妳不相信我，我也就不說什麼了。」

「林桑哥，我不是不相信你，只是你要我如何開口？」

林語無語。這古代的女子就是這麼含蓄，她都為他們急了。

這兩個月來，兩人相互喜歡的心思，她早就看穿了。

「妳跟我一起生活也不是一天兩天了，我們都像一家人一樣，難道妳還是不信任我們？如果不是，還有什麼事不能跟我講的？」

聽到被林桑誤會，莫琴音的哭聲越來越悲傷。林語想進去緩和一下，這時卻偷偷看見林桑無奈地走到她面前，雙手扶著她的雙肩，溫柔地對她說：「琴音莫哭，只管告訴林桑哥，有什麼事，我們一起解決。」

彷彿終於找到了依靠的肩膀似的，莫琴音趴在林桑胸前大哭起來。林桑緊緊抱著她，任她哭個痛快。

「林桑哥，前天我哥傳信來說讓我回家，說是給我訂了一門親，已收了別人五十兩銀子的聘禮，要把我賣給一商人做妾，不管我同不同意都得嫁，可是我不願意，不單說那人已經四十多歲了，而是我捨不下你們。嗚嗚……」

莫琴音的話頓時讓林桑怒火中燒。「什麼？把妳賣給商人做妾？他們怎麼能這樣？難道妳不是他們的親妹妹？怎麼能這麼毀了妳的一生！」

莫琴音哭得抽抽噎噎。「林桑哥，他們哪把我當親人？當時嫂嫂說家裡也沒錢養閒人，逼著我自己養活自己，再也不管我了。現在為了銀子又把我賣了。嗚嗚嗚……娘親死了，爹爹也沒有音信，兄長說了，長兄如父，父親如今沒了音信，我就得聽他的了，說就是要死也得死到那商人家裡去。」

「世上竟然有這樣的兄長？這世道還講不講理？我去找他們去！」

林桑一聽莫琴音的兄長當初怕她吃家裡的飯，讓她一個大姑娘自己謀生，如今又要把她賣給一個年過四十的商人為妾，為的就是五十兩銀子，恨不得拿把刀把他們給殺了。

莫琴音見林桑是真的生氣，又怕他真的去找兄長拚命。說實話，自己那兩個沒天良的兄長出事沒什麼，可是林桑不能有事，他們兄妹是她的救命恩人呢。

於是她哭著拉住林桑的手說：「林桑哥，你別生氣。去找他們有什麼用呢？我不能連累你受侮，我知道你聽了定會難過，這也是我不願意說出來的原因。是琴音命苦，娘死爹不在，兄長又無情無義。你別管了，我認命。」

確實，自己憑什麼身分去給琴音作主呢？莫琴音一席話似冷水潑在了林桑頭上。

林桑氣過之後終於冷靜下來，想了一會兒，似下定了決心。他雙手依舊扶著莫琴音的雙肩，眼睛緊緊盯著她說：「琴音，告訴林桑哥，妳願不願意嫁給我？如果妳願意，我會跟妳的兄長談。雖然我不能保證妳將來能過上多好的日子，但我保證一輩子都對妳好。妳答不答應？」

林語給自己哥哥點了個讚。就是嘛，在那裡拖拉什麼，直接求親、然後成親不就行了？什麼鳥兄長，一個普通的老百姓，她搞不定不是還有金家嗎？

為了哥哥的幸福，林語決定與金宇成討一次人情。

林語見一對有情人終成眷屬，立即高興地叫了聲。「大哥、大嫂，準備哪天成親呀？」

莫琴音擦著眼淚，紅著臉說：「林語就是會笑話我。」

林語打趣說：「我可不是笑話妳，我是喜歡得不得了。一直以來看著你們兩人偷偷相互愛慕又不表明，妹妹我可真急了。這下好了，我們真成一家人了。嫂嫂在上，請受小姑子一拜。」

林桑對林語說：「妳別打趣琴音了，快幫哥哥想個辦法，怎麼樣說服琴音的兄長。」

林語輕笑著說：「哥，那算個什麼事？找人打聽這商人的情況後，找他商量要他放手；如果他不願意，嫂嫂妳化個妝見他一面，看他還願不願意娶妳。」

林桑一聽這主意雖然不地道，但確實管用，於是對琴音說：「我馬上就去找金大哥幫忙，查一下妳兄長說的商人是誰，讓他去幫我辦這事。琴音不用擔心，我不會讓妳嫁給那個商人的。」

莫琴音聽了兄妹倆的話，又是哭又是笑，最後點頭表示了同意。

金宇成果真有力，第二天就把那商人退親的消息送了上來。

莫琴音回了家，在哥嫂的冷嘲熱諷下，死心地離開。

回程的馬車上，莫琴音失聲痛哭起來。

林語待她哭了一會兒，才掏出棉巾對她說：「嫂嫂別難過，這回妳就真的成了我們林家人了。今天的哭，就算是哭嫁了，以後咱們再也不哭了啊。」

莫琴音淚流滿面地看著眼前這善解人意的小姑子，感謝的話有滿滿一肚子，可是她知道，說得再多也不如以後真心對待他們。她擦乾眼淚，堅定地說：「林語，謝謝妳。我莫琴音在此發誓，今生今世只有林家兄妹和你們的孩子，以及我自己未來的後代，才是我唯一的親人。」

莫琴音發下如此重誓，林語心裡也很感動。到這裡的兩、三年來，她還從來沒有過閨蜜呢，這女子有古代女人的忠誠，也有現代女子的堅強，是個值得一交的人。

二月初八是個吉日，林語一大早就起來了。

今天是哥哥和琴音的大喜之日，原本她想要好好辦幾桌的，可是莫琴音再三勸阻，最後只決定辦個兩、三桌。

不大辦就不大辦吧，林語知道哥哥嫂嫂都是明白人，這時節確實要大辦喜事也不可能，可她也沒打算隨便應付，還是盡力把林桑的新房佈置得像模像樣。

而金宇真很久沒有跟林語說話，每當他要出門，母親總是問這問那的，所以他也失去了外出的興趣。可是見不到林語，他總覺得少了點什麼。

今天聽說林家辦喜事，一早就來了林家院子裡。

當他看到林桑新房門口的一副對聯時，高興地問：「林語，這對聯可是妳寫的？」

林語有點受不了金宇真熱情的眼光，不自在地說：「三少爺，這對聯是請你大哥寫的。」

聽了這疏離的叫法，金宇真不高興地說：「為什麼妳叫大哥為金大哥，叫我就是三少爺？難道我就沒有資格做妳的哥哥？」

小鬼難纏，今天事多，林語不想再跟他糾纏，於是從善如流地叫了聲。「金三哥。」

本以為就此作罷，哪知金宇真盯著她說：「林語，我不要妳叫我金三哥，以後妳就叫我宇真吧。」

直呼一個未婚男子的大名？林語立即搖頭。「金三哥，那不合規矩。」

「規矩對妳這麼重要？讓妳叫我一聲宇真就那麼難？妳為什麼一直躲著我？是不是我真的讓妳討厭？」

一連串的追問讓林語頓時覺得事情大條了，小毛孩終於要發威了。

可今天不能生事，於是她趕緊說：「金三哥，你真的誤會了，我從來沒有躲過你。只是覺得男女有別，太常與男子見面不好，要惹人閒話的，況且還是我這種相公一直不在身邊的女子，我可不想在別人的口舌間過日子。」

金宇真漆黑的眸子裡盛滿了真誠。「林語，如果說我願意娶妳，妳還怕跟我接觸會有閒話嗎？」

林語大吃一驚。「金三哥，這玩笑開不得！我是有夫之人，怎麼能再嫁？再說，你是金家嫡子又是個讀書人，可不能讓你母親失望。」

金宇真沒想到自己吐露真情，哪知她滿口都是仁義道德。他心痛地撫著胸口。「林語，我們說實話吧，我想妳這麼聰明，應該不會不明白我的心，否則妳也不會躲我。妳相公已失蹤很久了，就算妳是成過親的，可是只要與妳成親的男人消失兩年以上，律法允許妳再嫁。妳還這麼年輕，總不能一直一個人守著吧？我喜歡妳，願意給妳依靠。我知道妳怕的是什麼，我母親那兒，我保證會解決好，等妳兩年的時間到了，我再來提親。」

「金三哥，剛才的話我沒聽到。」林語正色說。

可沒等林語把話說完，金宇真就邁開大步進了正廳，留下一臉錯愕的林語站在廳門口哀號。「我這是招惹誰了？怎麼來了一段莫名其妙的桃花債？」

先不管金三少的事了，林語今天沒空想這些。她第一次操辦喜事，對成親的風俗是一點也不懂。當初嫁給肖呆子的時候，也是糊裡糊塗就進了洞房，但這一天好在有金大叔掌舵，還有孫大娘、陳大嫂全家都來幫著，才讓喜事圓滿結束。

一對新人對著天地拜了三拜，對著遠方的父母拜了三拜，最後在孫大爺的「夫妻交拜」聲中又互相拜了三拜，被送進了洞房。

三個小孩子在林語的唆使下，歡呼著鬧洞房去了。

金宇成看著林語的小動作，啞然失笑。「林語，妳哪像個當娘的呀？壯壯才一歲半都不到吧？妳讓他去鬧他舅舅的洞房了？小心妳哥揍妳。」

林語眨眨眼，調皮地問：「金大哥，難道鬧洞房的人還論年紀大小不成？我看大哥還是儘早回家吧，也跟嫂子再過一個洞房花燭夜，也許年底就要生一個大胖小子了呢。」

金宇成臉紅地說：「小孩子家家的，什麼話都能說出口。不過大哥告訴妳，妳嫂子她又有了三個月的身子了。」

「什麼？嫂子又懷上了？金大哥好厲害呀！哈哈哈，這次我想大嫂一定會生個胖兒子的。」林語驚訝得眼睛瞪大，不管眼前臉色脹得如豬肝一樣的金宇成。

林語把幾個小鬼弄睡後，把自己收拾好，見新房的燈早已熄滅，她也準備睡下。

突然一陣急促的敲門聲響起，林語跑到院子門口高聲問：「哪個？這麼晚有什麼事？」

金宇成在站在門外急切地說：「妹子，是我，金大哥。」

他下午吃了酒才走，這會兒三更半夜的來找她有什麼急事？林語拉開門閂，把門打開。

「金大哥，什麼事這麼急？」

金宇成為難地說：「妹子，大哥也知道這半夜找妳不好，可這事真的太急了，原諒大哥的魯莽。」

林語見他真有急事的樣子，忙問：「金大哥，自己人就不說這麼多客氣話了，有什麼事要找我，還是找我哥哥？」

金宇成急忙說：「有個人不知妳有沒有秘方能救得了。這個人要是救不了，北邊的仗要打贏怕就難了。」

「啊？這麼嚴重？是什麼人？得了什麼病？要是我救不了他，會不會牽連到我家和你家？」林語雖然也急，可還是擔心最現實的問題。以前看過無數電視劇，那些個跟當官的扯上關係，動不動就性命難保。

金宇成肯定地說：「妹子，妳只管放心。祖母已經跟表舅說得很清楚了，妳手上只有幾個秘方，並不懂什麼醫術，只要能救得了這個人，妳一定會盡力的。表舅說了，這事很秘密的，沒有人知道，他會保證妳的安全。」

見林語還在猶豫，金宇成又說：「對了，妹子，這人聽說是在戰場上受了重傷，傷口內還有一截利箭，因為射在要穴位置，不敢挑出來，現在發炎潰爛得很厲害，高燒不退。」

聽說是外傷，林語心中有數，她點點頭說：「金大哥，你讓人先去準備些東西，我先去把孩子安排好，馬上就走。」

馬車走了半個多時辰，林語才到一個大宅子裡。金老夫人也守在屋子裡，見林語來了，立即起身接她。「語丫頭，妳不要怕，保證妳不會出事。來，見見表舅，然後快快看一下王爺的傷，妳有沒有辦法救。」

林語與一個中年男子見過後，立即戴上自己做好的口罩，穿好一件乾淨的長袍走了過去。

床上是一個五、六十歲的男子，此時臉色通紅，看來是高燒的關係。旁邊還有一個年紀不輕的大夫不斷地用冷水給男子退燒。

林語揭開已包紮過又被剪開的傷口一看，這箭確實射得準，就差兩、三公分就射中心臟了。

手術有點麻煩，不過對於林語來說也不是難題，她轉身問中年男子。「表舅，可有懂點穴位的高手在？」

大夫立即點點頭。「有。馬上就來。」

第五十七章

一切就緒後，林語讓太醫給男子灌了一碗臭大麻後，等了十五分鐘，拿出自己的手術刀在酒裡反覆泡、燒，才開始清理腐肉和取出餘箭。

當她縫好最後一針時，天已大亮。

接過金宇成遞過來的毛巾，她把額頭的汗擦了擦，交代大夫說：「前輩，一會兒用這最烈的酒，給王爺擦全身。這三種藥明天一定要找到新鮮的，以三錢、六錢、九錢的比例，掏淬給王爺敷上，一天兩換。」

陳大夫從沒有見過如此的醫術，站起來恭敬地問：「姑娘這醫術從哪兒學來的？」

林語立即搖頭說：「我這算不得醫術，只是外祖家據說當年因緣際會得了幾個秘方，這是其中一個。至於到底是從哪兒來的，小女子還真的說不清。」

既然是人家祖傳的東西，當然不可能追本溯源，於是陳大夫鄭重地說：「好，姑娘對王爺的救命之恩，自有王爺來報答。老夫一定按姑娘所說，照顧好王爺。」

林語立即請求。「老太醫，小女子一名弱女子身懷秘方，要是知道的人多了，怕是難免要出事，我一介平民，救人是本分，對於救的是王爺還是百姓，我都一樣看待。請在場的各位大人長輩幫我保密，不要再讓任何一個人知道王爺是小女子救的。」

陳大夫可惜地說：「姑娘有這救命之方，不能用於救人，實在是太可惜了。」

林語為了斷個乾脆，說：「如果陳大夫覺得小女子這些秘方真的能救人於命，那小女子願意將秘方獻予朝廷，造福廣大將士。」

陳大夫驚喜地問：「姑娘說的可是真的？」在大夫的眼裡，這是無價之寶呀！

林語認真點點頭。「七天後我來拆線，到時一定將手中秘方寫好獻上。不過仍有一求，就是請各位大人保密，務必不能讓人知道這秘方的來源。」

眾人聽了林語的話也覺得合情合理。要是被別人知道一個女子身懷異術，怕是要起壞心思的。

林語走出大院子時已快天亮，金宇成扶著她上了馬車，坐在趕車的位置說：「妹子，回去後好好睡一覺，明天我從樓裡叫兩個婦人來幫妳做家務。」

林語慌忙推辭。「金大哥，千萬不可。我是平常人家，突然弄兩個人進來，左鄰右舍就會奇怪的。」

金宇成心疼地說：「可妳每天這麼辛苦，大哥我看著心疼呢。」

林語腦子雖然有點昏沈了，但她還記著這位是金家當家的，於是她假裝糊塗地說：「金大哥，我知道你把我當親妹子看呢，不過我真的不辛苦，家裡活兒都是嫂嫂做得多，壯壯也有蝶兒姊弟管著，我可輕鬆了。」

金宇成苦澀地應了聲。「林語，要是忙不過來時，可要記得來跟大哥說。」

「好，我不會忘記自己還有個大哥的。」

林桑看到又累又睏的妹妹回到家時，擔心地問：「語兒，妳自己沒事吧？」

林語強裝笑臉說：「我能有什麼事？只是打擾了哥哥與嫂嫂的洞房花燭夜，我可內疚了。」

林桑臉一紅。「妳再說哥哥可要生氣了。好了，妳嫂嫂燒好了熱水在等著，快去泡個澡，好好睡一覺。」

林語窩心地說：「好，哥哥，明天我可得睡個大懶覺喔。我沒睡醒可不得叫我起床，我要睡到自然醒。」

七天後，林語又去了王府。

她覺得這王府真的怪怪的，到處都看不到人影，怎麼跟前世電視裡演的不一樣？

魏王爺看著認真地給他拆線的小女子。他不敢相信，連太醫都束手無策的傷，竟然讓一個小女子治好了？據說她還要把秘方獻予朝廷，這是個什麼樣的女子，竟有如此大度？

林語看了看縫合得很好的傷口，對床上的人說：「大叔，這傷口現在是沒事了，不過三個月內不可有大動作，要是再次裂開，我就真的無能為力了。而這傷口的肉要長起來，沒有三個月也不行，所以您如今只能稍稍動作喔。」

魏王爺露出了一個感激的笑臉。「小姑娘，救命之恩，無以為報。有朝一日等天下太平，魏某再來報答。」

林語笑笑說：「大叔，救人一命勝造七級浮屠，我這秘方能剛好救得了您，那是因為您與小女子有緣，不要說什麼報答，就當小女子做善事好了。不過，我不是小姑娘，是小婦人。」

魏王爺懷疑地問：「聽說妳願意把秘方獻給朝廷，可是真的？」

林語從懷裡掏出早已準備好的東西，遞給他。「大叔，這秘方最大的作用，就是用它來救人。如今前線用得上小女子的秘方，那是讓小女子有機會報效朝廷，有什麼不行的？現在我就把它給您，按照我這紙上的做，對於刀傷劍傷來說一定能起作用的。」

魏王爺雖然不懂醫，可是久經沙場，對於傷口病痛一點也不陌生。他仔細看了兩頁就放下了，對林語說：「這是好東西。本王也不能讓妳吃虧，賞銀子萬兩，算是本王報妳一片忠心。」

賞萬兩銀子？林語差點開口謝恩，可轉念又一想，古代戰爭打的就是人、銀、糧，她要是在這節骨眼上領了一萬兩的賞，要是萬一出了什麼事，那她這小命還會不會在？

想到此，林語真誠地說：「大叔，小女子不懂戰爭，但是也知道如今朝廷正是用糧用銀之時，這萬兩銀子就算是讓小女子為前線將士添置衣鞋吧，小女子謝大叔的打賞。」

林語這大方又懂事的性格讓魏王爺很是喜歡。他輕笑著說：「好好好，小婦人是不是？

這麼年紀輕輕就嫁人了？太可惜，要不然我必定在我手下給妳找個好相公。」

林語沒想到這堂堂王爺還會跟她開玩笑，可明知他是開玩笑，她也不敢放肆。在這年代跟權貴打交道，一不小心腦袋就不知道去哪兒了。

於是她鄭重地感謝。「謝謝大叔的好心，來生有緣再託您的福好了。小女子先走了，切記不可亂動使力。」

「再會。小姑娘。」實在是不知如何稱呼這樣一個女子，魏王爺見林語裝癡裝呆地叫他大叔，他也就順著原來的稱呼。

「再見。」但能不能永遠不要見了？

出門後，林語問金宇成。「金大哥，你們是商人之家，怎麼跟這皇親國戚拉上關係了呢？」

金宇成說：「我表舅的女兒是皇上的寵妃。表舅現在是三品了，如今皇上不在京城，所以這事就扯上來了。要是這人救不得，怕是要死的人會太多太多……」

聽著這牽牽扯扯的關係，林語鄭重地說：「那關係太複雜了。妹子不想跟這些事扯上，今天的事，以後請千萬保密。」

半年後，南北之戰結束了。

聽說皇帝收穫了藩地的大批金銀財寶和糧食，特意大赦於天下，一年不交租費，老百姓漸漸安定起來。

因為當時重傷心肺受損，魏王爺軒轅博無法再親上戰場，回京城後，就送回了清流大將王的官印，也不知從哪兒混了半年後，忽然死皮賴臉地住進了林語家。

當時林語哭喪著臉對他說：「大叔，你看我家是窮人之家，我家房子好小，真的沒地方讓你住，能不能請您高抬貴腳，回自己家裡去？」

軒轅博早年就看透許多事，這一次要不是國難不除、國將無國，他也不會丟下閒雲野鶴的生活重新上戰場。如今，他放下了責任，準備來報答這個救他老命的小姑娘。

聽林語不讓他住進來的藉口是沒地方，第二天，軒轅博就叫了一批工匠在東邊的偏間弄了三間正間，十天之後就住了進來，讓林語哭笑不得。

「大叔……」

軒轅博看著她那笑得比哭還難看的臉。「我只是個無兒無女的大叔，妳都收了一對孤兒，就不能收個老人？再說了，妳嫂嫂的手藝真的很好，要是妳不讓我住下，我就把她找到我府上去做廚子。」

這是赤裸裸的威脅了。林語氣得想殺人。

可是自己那三腳貓的功夫，真在這威風八面的將軍王面前耍起來，還不是關公面前耍大刀？

了。

只是一個王爺住在家裡，要是他動不動就因為規矩什麼的指責他們，那日子也沒法過

於是林語只得先說清楚。「大叔，我們這是百姓家，可沒人當你是——」

軒轅博立即打住。「這裡只有大叔，沒有別人。你們平常該什麼樣就什麼樣，千萬別弄得我難過。要在這兒講規矩，那我還來找妳做什麼？難道妳這小院比我家還華貴不成？喏，這是我交的伙食費，你們吃什麼我也吃什麼，不過讓妳嫂子做得好吃點，特別是做湯的時候，加點妳那個什麼鮮味道的東西進去，我愛喝這鮮湯。」

林語看著手中一百兩的銀票，哭喪著臉問：「我可以說不嗎？我家真的是窮人，沒有山珍海味啊。大叔，我看你還是回家去吧……」

氣得軒轅博雙眼一瞪。「小丫頭，我要吃山珍海味還用得著到妳這裡來嗎？我再說一遍，你們吃什麼我也吃什麼。」

「我們吃鹹菜。」

「鹹菜就鹹菜，別以為我就沒吃過鹹菜似的。想嚇我？門兒都沒有，也不想想我是從哪兒來的。」

「爺爺，您哪兒……來的？壯壯不知道。」快兩歲的小傢伙，屁顛屁顛地跑了過來。

「小丫頭，這是妳的兒子？」軒轅博雙眼一亮。「好苗子呀！來，讓爺爺抱一下。」

壯壯看到軒轅博下巴的鬍子，興趣來了，也不管他是熟人還是陌生人，立即邁開小短腿

撲了過去。

軒轅博看到小壯壯這麼熱情，哈哈大笑起來。「小丫頭，妳兒子可比妳更歡迎我呀。真是個好孩子，我喜歡，給我做孫子吧！就這麼定了，以後我做他的師爺爺好了。」

話音一落。「哎喲，乖孫欸，我這鬍子可不能扯！」

壯壯一手抓住一把鬍子往外扯時，軒轅博痛得叫了起來。

林語一看，嚇得臉都青了，這性格異常的王爺要是發怒了，他們母子倆還有命在？於是她趕緊抓住壯壯的手。「壯壯，爺爺的鬍子不可以扯的。」

可壯壯才不管能不能呢，他拉著鬍子就扯到了自己下巴。「娘，壯壯鬍子。」

「哈哈哈……壯壯這麼一點大就想長鬍子了？好，以後師爺爺可有接班人了。」軒轅博笑得前仰後合，捨不得放下懷裡的壯壯。

就這樣，這個大叔自動自發地留了下來，沒事就教幾個孩子一些功夫，還兼當壯壯的師爺爺——他說當師傅太老，只能當爺爺了。

只是這師爺爺也太散漫，時常不知到哪兒去了，這兩年多來，總是一個月有半個月沒蹤影。

有時林語還會不厚道地想：反正交了銀子的，不回來還自在。

第五十八章

兩年多後，林家院子裡熱鬧得很。

一個月前，莫琴音生下了林桑的第二個孩子，一個漂亮的小千金。當時喜得林語抱著她親了又親，嫉妒地叫了起來。「天呀，小丫頭這麼小就這麼可愛，長大後非得迷倒一堆小帥哥了。」

她還真沒看過一出生就像出了月子似的漂亮丫頭，想起小壯壯出生時那毛茸茸的樣子，她就暗暗不平。不過，現在這已經四歲的小傢伙，就跟他那壞蛋爹長得一個樣。

看到前間的林桑一臉的幸福，林語朝正在坐月子的大嫂調笑說：「嫂嫂，妳還不制止我哥一下，小心他笑成個傻瓜。」

相處幾年，姑嫂成了親姊妹，莫琴音好笑地說：「哪個做妹妹的這樣嘲笑哥哥？小心妳哥不理妳。」

林語聽嫂子說她嘲笑兄長，立即說：「嫂嫂可不能冤枉我，我哪裡會嘲笑我哥呀？我是真的怕他笑傻了，那妳後半輩子的幸福就毀了。」

林桑聽到姑嫂倆的對話，抱著小女兒進來說：「語兒，妞妞比燈燈小時候好看多了，也比壯壯好看多了。」

林語睨了他一眼說：「那當然了，咱們妞妞可是個女孩呢，要是長得跟燈燈和壯壯小時候一樣難看，我看你們倆就哭吧。」

林桑憨憨地笑了。「媳婦，語兒說的可對喔，咱們閨女長得跟妳一模一樣，燈燈長得就像我了。嘿嘿，還是我媳婦會生。」

林語朝他鄙視了一眼。「哥哥，你就得意吧。好了，你們在這兒得意漂亮閨女，我這命苦的姑姑去管那兩隻小猴子去了。」

好不容易嫂子滿月了，她覺得終於可以輕鬆一點，林語便把空間讓給那對夫婦，站在院子裡拍拍自己有點僵硬的腰，扭動兩下，突然想起半天都沒看到的兒子。她朝院子後面喚。「壯壯？臭小子，你跑哪兒去了？」

叫了幾聲也沒人應，這時只見葉蝶從房間裡跑出來說：「姑姑，早上叔叔送東西到茶樓時，壯壯說他跟妳說了，跟叔叔去茶樓呢。」

林語無奈地搖搖頭說：「嗯？剛才哥哥沒說呢。死小子到處跑，小心被人拐走了！」

葉蝶手上抱著妞妞，笑了起來。「姑姑，妳說壯壯會被人拐跑？他不再幫妳拐幾個人回來就算好了。」

想起兒子以三歲「高齡」就拐了幾個「爹爹」回家的豐功偉績，林語就想笑。那小子也不知像誰，老問她要爹爹，最後她被逼得沒法了，只能騙他說他爹爹迷路了。

可壯壯也不好騙。「娘親，那我爹爹在哪兒迷路了，妳為什麼不去接他回來？」

「娘親現在不知道他在哪裡迷路了。」

「那壯壯去找他回來好不好？娘親，爹爹長什麼樣呢？是長得跟舅舅一樣嗎？」

「爹爹怎麼會長得跟舅舅一樣呢？當然是長得跟壯壯一個樣呀。」

「喔，娘親，那壯壯知道了，我會把爹爹找回來的。」

就這樣，去年一年他找了五個「爹爹」，都被她否決之後，今年又找了三個。

最後林語快瘋了，不得不發出警告。「兒子，你爹爹是大人了，他會自己找回來的，不許再在外面亂認爹爹了，否則你永遠不許上舅舅的酒樓和茶樓玩。」

可是小傢伙的心裡並沒有一種叫害怕的東西。

不知道這小子的皮勁是從哪兒來的，她沒這麼皮吧？難道是遺傳自他親爹？

林桑出來，看到林語那發呆的樣子，試探著問：「語兒，今天壯壯被三少爺接到茶樓去玩了，說晚一點會送他回來呢，剛才我都忘記跟妳說了。」

林語這才回神。「我也說剛才哥哥回來怎麼沒帶那臭小子回來呢，定是他又賴著不願回來了。這臭小子，不揍是不聽話的了。」

林桑笑著說：「妳呀，也就嚇唬嚇唬他的。長這麼大，妳哪次就捨得真揍他了？不過，語兒，哥哥有件事是真心想知道，妳真的不打算接受三少爺？」

林語一愣。這兩年來，金三少把這院子當成了自己家，把壯壯當成了兒子，林家院子裡的人都把他當成自家人，可是林語從沒打算嫁給他。

多次跟他說清楚，甚至都快翻臉了，可是那個男子也許真的入了魔，對於她的話和她的臉色，基本是漠視了。

不是林語在等著肖正軒，也不是金宇真不好，是真的感覺不對。

她從沒看輕自己，可她認為根深蒂固的門當戶對思想，不是她一個小小女子有能力改變的。

她沒有愛金宇真愛到死去活來，也不是當年被逼出嫁的時候，所以她不想再讓自己的心累一回。

聽到林桑問起，林語知道他擔心自己，於是老實地說：「哥哥，語兒想跟你說句真心話。我從來沒有想過要嫁給他，一來是我沒有愛過他，二來他金家也不是我想要嫁的人家。」

娶妻後，林桑更加理解成親的意義了，金宇真確實是個不錯的對象，他也捨不得妹妹就這樣孤孤單單過一生，因此還是勸她。「語兒，兒子跟相公是不同的，哥哥真的不想妳就這樣一個人過一輩子。妳說妳真的不願意嫁金三少，那哥哥也不再勸了，要不哥哥找個人回靠山屯一趟，看看肖二哥是不是回了那裡？」

林語聽了，迷離地看向遠方，搖搖頭。「哥哥，別去找了。就算他回了靠山屯，我也不會再跟他一起過了。這麼多年，語兒從來沒有跟你說過，肖二哥他心中有人。」

「什麼？妳說肖二哥心中有別人？那會是誰？還有人能比得上我妹妹？妳不會聽錯了吧？」林桑吃驚地看著自己這美麗大方、冷靜自立的妹妹，心中越加難過起來。

「哥哥，我沒有聽錯。那天晚上，他跟他師弟們的談話，我聽得一清二楚，不會錯的。我有多好，也只是在哥哥的心中罷了，因為哥哥愛我。你知道，愛一個人是不會拿她去跟別人比較的，只有心中愛的人才是最完美的人，妹妹想嫂嫂在哥哥心中也一定是這樣的。」

他會覺得自己好嗎？在一個男人的初戀情人面前，林語又沒了信心。她不是覺得自己不好，是問錯了人罷了。

「語兒，妳怪肖二哥嗎？」

「我不怪。當年是我請他幫忙的。他幾次告訴過我，他不成親，後來是看到我被嬤嬤逼成那樣才伸手幫忙的，怎麼能恨他呢？」

林桑心裡更難過了。「語兒，哥哥不再問了。如果有一天，妳遇到了合適的人，一定要記得，哥哥想讓妳也幸福。」

「好，哥哥別難過了，我記住哥哥的話。三生石上，姻緣早定，我與肖二哥走到這一步，說明了我們是無緣的人。也許我的良人正在來的路上，也跟哥哥給嫂子的幸福一樣，會許我一生幸福呢。」

幾年飄零的生活讓林語成熟了很多，洗去了當初的天真和單純，多了一分冷靜和沈著。

肖呆子，你跟你的師妹一定是相親相愛、幸福快樂地過日子吧？

如果我們此生還能再見，怕已是塵滿面、鬢如霜，只是你還能記得起我是誰？

就在兩兄妹談論的時候，此時，城內金錦茶樓一樓，肖正軒剛踏進，只見一身錦袍的慕容楓坐在窗邊的桌子向他打招呼。「二弟，這兒呢！」

這是金宇成在林語的建議下開的一家自助式茶樓，有四家連鎖店，統一經營，這樣的新風格成了京城公子文人聚會的首選之處。

看到坐在大廳的師兄招呼，肖正軒走近，歉意地說：「我遲到了，讓大師兄久等了。」

慕容楓一身儒生的打扮，相貌英俊、溫文爾雅，絕對無法讓人聯想到他就是那個殺人不眨眼的慕容莊主。

慕容楓露出招牌微笑說：「不遲，不遲，是師兄我來早了。只是早就聽說這茶樓很有特色，特地來見識一下。一個月前收到師傅的消息，我想你也會回來，所以在樓裡留了消息。昨天他們說你會到，我特意約了你在這兒見面，這段日子，二弟你還好吧？」

一臉風霜的肖正軒避開話題。「我就那樣，只是不知這兒有什麼特色，能引得大師兄前來？」

看店內的人不少，慕容楓放低聲音說：「喏，這臺上就是一特色，前天一到就聽說這裡的歌舞曲都是沒人聽過的，還有這吃食也不一般。二弟，你嚐嚐，真的不錯。」

見大師兄如此推崇，肖正軒輕笑著說：「難道咱們山莊的廚子做不出好吃的？」

慕容楓搖了搖頭說：「非也非也。這吃食還真不一般。怎麼說呢？有的吃食不僅味道好，更是你無法想像的。一會兒你試試，就會相信師兄所說的。」
肖正軒憨厚地笑笑說：「師兄說好吃，小弟還有什麼可懷疑的？一會兒一定好好嚐嚐。」
兩人坐定後，慕容楓指著盤中的雞腳說：「你來嚐嚐這個。這東西怕是你想不到可以吃的吧？要想起來，是不是會覺得噁心？可真的一吃，才發現好得無法想像。如今從戰場上死裡逃生出來，才發覺人間美味竟然這麼多。」
肖正軒聽了師兄的話，不禁對著雞腳發起呆來。
四年多了，他再也沒有吃過什麼東西是有滋味的。只有她做的菜，就算是蘿蔔白菜也比得過山珍海味，曾經的那種幸福味道，只留在記憶中，要到什麼時候，他才能抱著她，吃媳婦給他炒的豬油鹹菜？

第五十九章

慕容楓看師弟發呆，關心地問：「二弟，你還沒能找到她？」

肖正軒搖搖頭說：「這麼多年，整個靠山屯裡沒人說看見過他們兄妹。我找遍了各個都府城鎮，可就是沒有打聽到他們的消息。」

慕容楓看他那失落的樣子，勸說他。「算了，別找了。你自戰場上回來，就開始找她了吧？都找了兩年多，也算盡心了。老六說也就是個平常的村姑，配不上你的，盡了心也就算了。」

肖正軒黯然地搖頭。「不，師兄，你不知道我媳婦是個怎樣的女子。如果說她在別人眼中只是一個平常的村姑，可在我的心中比仙女還來得稀罕。這一輩子，我的正事就是找他們兄妹，不管找不找得到，我都要找，除非我走不動了。」

看著眼前容顏滄桑的師弟，慕容楓感嘆地說：「其實我並不覺得你那媳婦會是老六口中平常的村姑。就憑她留下的那幾句，就讓人無法相信她只是個村姑，我想老六一定是走眼了。」

肖正軒苦笑。「師兄，也許在別人眼中她只是個村姑，可在我心中，她就是世上最美好的女子。不管她是村姑也好，閨秀也罷，沒有人比得過她。」

慕容楓不解地問：「你當時跟她說過什麼過分的話嗎？要不然她一個小小女子，怎麼會想著離開那兒呢？她可是從小生長在那裡的，沒有什麼特殊的事，不可能離開。」

肖正軒艱難地嚥了下口水，心中湧起陣陣苦澀。「師兄，她聽到了我那天晚上跟老五、老六的談話了。她一定是認為我還喜歡著師妹，讓她誤會，讓她生氣了。人生若只如初見，何事秋風悲畫扇？等閒變卻故人心，卻道故人心易變。師兄，她當時肯定是怨我了吧？可我當時真的是怕她受我拖累，所以老五、老六說這樣的話，我也沒有辯解。其實有了她，我才知道什麼叫喜歡，而我從來也沒有變過心，自從打定主意要疼她一輩子，我就只認她是我媳婦。」

慕容楓理解地說：「我理解你擔心的是什麼，只有面對自己心愛的人，你才會前怕狼後怕虎的。咱們師妹那性子，要是真讓她知道你娶媳婦了，怕她不會甘休。她這個人，就是自己不要的，也不會讓別人得到的。當年你大嫂跟她的過節，如果不是你大嫂對付得了她，怕也是要吃大虧的。可我們都是師傅帶大養大的，就衝著師傅的養育之恩，我們也沒辦法對她下狠手。」

「師兄，我媳婦她雖然不是個一般的女子，可是她畢竟沒有大嫂的武藝在身，她在師妹手下，怎麼能有機會逃出生天？我怕老五、老六對師妹愛護的性子，所以不敢讓他們知曉我對媳婦的感情。」

肖正軒後悔莫及，要是當時私下跟媳婦說明白，也許她不會氣得離開。

但是他也明白，就算知道她會誤會他而離開，他也不敢表露出一點點對她的依戀。當時兩個小師弟正是青蔥年紀，要是不小心說錯話了，可不是他敢想的事。

慕容楓突然想起一件事。「二弟，這樓裡聽說有個什麼『學子詩會』，說有一首詩如今已十天了，也沒有人能作出一首與之媲美的來。」

肖正軒灰暗的臉上突然一亮。「是什麼好詩？」

慕容楓指指樓上。「具體什麼內容我不知道，不過說的人太多了。老四他們幾個在那兒，一會兒他下來了，你仔細問問。主要是問問這詞是誰作的，也許能從中找出一絲弟妹的蛛絲馬跡。」

聞言，肖正軒心情好了起來。如果真的是林語作的詩，那他定能找到她了。

兩人正談論著要去問問樓上詩詞的事，突然，大門口一個小身影飛一般地竄到了肖正軒的身邊。

小男孩剛站住，只見門外又跑進來一個高大肥胖的身影，來人跑到小男孩前面，伸手就要抓他。

突然，肖正軒發現懷裡多了個東西，一低頭，只見一個約五歲的小傢伙直溜溜地看著他，見他沒有責怪，雙手就摟上了肖正軒的脖子。

肖正軒正要推開他，只聽小傢伙奶聲奶氣的聲音說：「爹爹，救壯壯，有壞人要抓我。」

胖子見小傢伙找爹幫忙，氣得大叫。「你以為找你爹來我就怕你了？你下來，今天我不打斷你小子的手，我就不叫黃大渾！」

看著胖子那囂張的樣子，壯壯抱著肖正軒的脖子瑟瑟發抖，他帶著哭腔說：「爹爹，我怕……壞人要打人。」

慕容楓看著抱也不是、放也不是的肖正軒一笑。「二弟，有人說要斷你兒子的手呢。」

肖正軒為難地看了慕容楓一眼，才對壯壯說：「孩子別怕，哪個要打你？看他還要不要命。」

壯壯裝出害怕的樣子指著胖子說：「爹爹，就是這個死胖子。他一個大人還欺負一個小孩子，你幫我揍他。」

「噗。」慕容楓看著壯壯裝出一臉害怕，口氣卻恍若將軍指揮作戰似的模樣，禁不住笑出聲來。

聽到壯壯這顛倒是非的話，胖男子跳起來指著肖正軒說：「你趕緊把他放下，否則爺連你一塊兒揍！」

「喔，你有這能耐？」肖正軒看也不看眼前這個氣得如猩猩一般的男子，身不動，只一甩手，一只暗器從胖男人髮邊閃過，半縷斷髮飄落地上。

看著飄落在半空中的頭髮，胖男人嚇得立即對肖正軒磕頭拱手。「好漢饒命。好漢饒命！」然後再指著壯壯說：「大人不記小人過。這次我就不跟你計較了，下回再讓我碰到你做壞事，我跟你沒完。」說完急忙跑出門外。

「好欸，壞人被嚇跑了。叔叔你真棒。」壯壯先對著胖子的背影做了個鬼臉，然後在肖正軒的懷裡拍起了小手。

肖正軒哭笑不得地看著懷裡這又叫又笑的孩子。他這憨厚的大男人，竟然對著小孩子有點不知所措。

慕容楓見壯壯叫喊一會兒就坐下不動，開始吃東西了，指著肖正軒問壯壯。「小子，剛才你不是叫他爹爹嗎？怎麼現在叫叔叔了？」

壯壯把口中的吃食嚥下後才說：「叔叔你真笨，剛才不是事急從權嘛？」

什麼？我真笨？慕容楓真有點哭笑不得了。

這麼一個四、五歲的孩子嘴裡說出這麼老氣的話，實在是讓他覺得太可笑了。

他故意問道：「難道你經常事急從權叫人爹爹？」

壯壯一副「你沒救」的神情說：「叔叔你真是老眼昏花了，怎麼能亂叫人爹爹呢？我又不是傻子。你就沒見這叔叔長得跟我像嗎？」

「噗！」慕容楓再次破功，一口茶差點噴在桌子上。「你說什麼？你說這叔叔長得像你？小傢伙，你是想把我笑死呀。」

慕容楓話音剛落，放下茶杯後突然又驚訝地叫起來。「二弟，這孩子真沒撒謊，你們倆還真像呢！」

肖正軒聽到慕容楓的話，把孩子轉過來面對自己，看了又看才問慕容楓。「師兄，你真的是沒看花眼？我們倆怎麼可能像？」

壯壯一聽肖正軒否認跟自己長得像，不高興地說：「叔叔，讓你長得像我這前無古人後無來者的帥哥，難道會委屈你？」

慕容楓終於憋不住，哈哈大笑起來。「二弟，你這可撿著寶了！」

好不容易止住笑，慕容楓又問壯壯說：「小傢伙，你叫什麼名字？你爹娘呢？」

壯壯依舊拿著東西邊吃邊說：「叔叔，你問題真多，不過看在你年紀大的分上，我就告訴你好了。你聽著，我師爺爺叫我乖孫子，我娘叫我臭小子，我舅舅他們叫我壯壯，還有認錯的爹爹叫我好兒子，我自己取名叫少林寺。至於你問我娘在哪兒，今天在家呢，至於我爹？他迷路了，我也不知道他在哪兒。」

肖正軒聽了也差點笑了出來。這是些什麼亂七八糟的？這世上有這樣教孩子的？這個當娘的還真是沒了譜了。

但看著一邊吃得開心的壯壯，肖正軒心中的苦澀更濃了。如果四年多前他沒有不得不離開，他與她的孩子會不會也有這麼大了？

聽著壯壯自己瞎扯，慕容楓故意驚訝地問：「小子，你認了幾個爹？那你自己的爹呢？」

壯壯臉頰鼓鼓地說：「我自己的爹我真不知道在哪兒，我娘說我爹打大雁去了。」

肖正軒心中突然無來由地一疼。打大雁？

慕容楓覺得這小傢伙越來越有意思，比起自己那兩個沈悶的兒子好玩得多，忍不住逗他。「難道你爹走幾天你就不認識了？你不是個笨蛋吧？」

壯壯斜了他一眼，輕蔑地說：「你才是個笨蛋呢。我爹走了很久了，知道不？」

慕容楓驚訝極了。「啊？難道你爹為了打大雁，兒子媳婦都不管了？」

問到這個問題，壯壯也不明白了，想了想才說：「我不知道，反正我沒見過他。我問娘，爹為什麼還不回來？我娘說可能是他被雁啄瞎眼，找不到回家的路。後來我想去找我爹，我娘說了，我跟我爹長得一樣，如果我看到一個長得跟我一模一樣的，那就是我爹。可是我找了八個爹了，娘都說我眼神太差，一個都沒找對。」

哈哈哈，真是太好玩了！

自己兩個兒子都像個小老頭，慕容楓從沒有這麼開心過。「這個叔叔就是你爹，因為你們真的長得一樣，帶回去給你娘認認，也許你就真的找到爹爹了。」

壯壯嘴一噘，對著肖正軒歉意地說：「叔叔，我不能帶你回家了。我去年帶了五個、今年帶了三個爹爹回家都錯了，我娘說了，還要亂認人回家，她要打斷我的腿。」

看著孩子充滿歉意的臉，肖正軒突然想起什麼似地問壯壯。「壯壯，剛才那人為什麼要打你？」

聽到肖正軒問他剛才偉大的傑作，壯壯開心地直笑。「叔叔你不知道吧？剛才那個肥豬，昨天在茶樓門口，他竟然摸如琴姊姊的屁股，真是個不要臉的壞人。我今天在他後背貼了一張『我是流氓』的大字報。我告訴你喔，全街的人都看到了，這下大家都知道他是流氓了。嘿嘿嘿，我娘說了，對付壞人就要不管手段。」

慕容楓故意一臉輕視地看向壯壯說：「是不擇手段吧？這幾個字都記不牢，還在這裡得意。不過你也夠大膽的，就不怕他真的打斷你的手？」

壯壯才不管慕容楓的輕視還是重視呢，得意地說：「我只是一時沒記住罷了，這有什麼關係？小事而已。我娘說了，做什麼事都要用腦子，只有用腦子，才不會出事。我今天就用了三十六計中的兩計。」

慕容楓好奇地問：「什麼三十六計？你用了哪兩計？」

壯壯笑著爬下肖正軒的大腿，走開一步說：「那就是三十六計走為上策，對你們用的就是美男計。」說完就往樓裡跑。

肖正軒想再了解一下壯壯。好不容易看到一個跟他樣子相像的孩子，他心中既激動又懷疑，見他要跑，一把抓住他摟進懷裡說：「想跑？你還小了點。」

壯壯在他懷裡掙扎。「不許欺負小孩！我娘說了，欺負小孩子的男人不是男子漢！」

肖正軒在他小屁股上輕輕拍了一巴掌，說：「坐好不要亂動。好好回答叔叔的話，我不會欺負你。」

聽說不會欺負他，壯壯立即撲閃著大眼睛問他。「叔叔，你真的不會欺負我？唉，長得像我的叔叔就是好人啊。」

慕容楓實在沒辦法忍住，他笑咪咪地指著壯壯說：「你太有意思了，要不給我做兒子吧？我保證不欺負你，也讓別人不敢欺負你。怎麼樣？反正你現在也沒有親爹。」

壯壯上上下下看了看他，搖了搖頭說：「不行，我認你做爹爹，我娘得把我眼睛給縫起來了。」

慕容楓逗他問：「為什麼你娘要縫起你的眼睛？」

壯壯不客氣地說：「你長得這麼難看，要是我錯認你為爹爹，我娘還不認為我瞎了？」

慕容楓眼珠子都要掉了。他長得難看？孩子，你有眼光嗎？

孩子的神態及說話的口氣讓肖正軒起了疑。「師兄，你一會兒再與孩子逗笑。小傢伙，叔叔有話問你，只要你老實回答，我定不欺負你。」

壯壯有點呆了。這個叔叔讓他有點害怕。

他老實地點點頭。「叔叔，你問吧。」

肖正軒知道自己樣子比較嚴肅，怕嚇著孩子，他儘量放低聲音。「小傢伙，你家在哪兒？你爹叫什麼？你娘又叫什麼？老老實實與叔叔說出來，否則我就真的不管你，還把你送回去給剛才那個胖子。」

威脅，赤裸裸的威脅！比娘還要腹黑！

第六十章

壯壯見肖正軒一臉沒得商量，他暗地裡眼珠子一轉，立即裝一副老老實實的樣子。「叔叔，你不要不管我，那胖子會打死我的，我害怕。」

肖正軒正色地說：「那好，我不送你過去，不過你可得說實話。」

壯壯摟著肖正軒的脖子，乖巧地點點頭。「叔叔，我就告訴你一個。我家住在朱大胡同，可是我真的不知道我爹叫什麼。可我娘呢……」

小傢伙頭一歪，裝出努力在想的樣子，過了一會兒才竄了起來。「啊，我想起來了！叔叔，我娘有好多名字喔！我師爺爺叫她丫頭，舅舅們叫娘妹妹，哥哥姊姊弟弟妹妹都叫她姑姑，可娘老說自己是孫悟空，我私下認為她是白骨精。」

這是什麼亂七八糟的名字？

肖正軒要抓腦袋了。是這個孩子還太小了嗎？什麼孫悟空、白骨精的，真有這樣的人名？問來問去還是等於沒問，他著急地問：「你真不知道你娘姓什麼？」

壯壯很是無辜地眨眨眼，看向肖正軒，抓了抓頭才迷惘地說：「叔叔，我娘就姓娘呀！」

這下想要哭的不只是肖正軒了。慕容楓看師弟那呆了的模樣，懷疑地問他。「小傢伙，你到底幾歲了？」

壯壯白了慕容楓一眼，重新趴在肖正軒耳邊輕輕地說：「叔叔，我只跟你說喲，你不要告訴那個壞叔叔。主動要當我爹的人都不是好人，肯定是知道我娘親是個大美人才起心。我告訴你，我跟別人都說我五歲了，其實我只有四歲多一點。」

慕容楓不斷地搖頭暗笑。「你明明只有四歲，為什麼不說自己四歲？」

壯壯轉頭白了他一眼。「你以為我才兩、三歲呀？五歲比四歲大。叔叔真是個白癡。」

被一個小傢伙一而再再而三地瞧不起，慕容楓不服氣地鄙視小壯壯說：「五歲與四歲有差別？我看你才是個傻的呢。」

壯壯得意地拍拍小胸脯才說：「當然有差別。我娘說了，又不是三、四歲的人，什麼都不懂，我五歲可就是大人了。不跟你講了，我們有代溝。」

慕容楓真的有點哭笑不得。「就你這小屁孩，還想稱大人？二弟，看來我們真的老了。」

慕容楓的嘲笑惹火壯壯，他氣忿地說：「你才是小屁孩呢！竟然瞧不起我，你當我是病貓呀？我可是有個性的人，別惹火我了，小心我給你好看。」

實在是太開心了，慕容楓笑著想：是什麼樣的女子會生出這樣的孩子？明明是個小孩，偏偏裝成一副大人樣。

「你想給我什麼好看？」

「真笨。我要給你好看還會先告訴你？」

想起剛才那胖子的模樣，慕容楓心底突然冒出了冷汗，這個孩子的鬼主意還真不能小瞧了呢。

他看向肖正軒。「二弟，這真要是你兒子，那你就有得開心了。不過你這性子與他相比可就差得太多了，恐怕弄錯了。」

聽了師兄的話，肖正軒心中一動，而且又聽壯壯說他才四歲多，腦子裡突然閃過一些什麼，暗想：不管弄不弄錯，都要弄清這孩子是哪家的。

肖正軒還想再問什麼，這時來了三個男子。三人看到堂內的兩人，立即過來打招呼。「大哥、二哥，你們什麼時候到的？」

為首那個二十三、四歲的樣子，是兩人的四師弟陳爭，還有兩個正是四年多前到了靠山屯的老五張志明、老六唐瑞。

慕容楓問陳爭。「老四，今天有沒有人作出比擂主那首更好的詩詞來？」

陳爭搖搖頭，佩服地說：「沒有。大哥，若沒有那種痛心疾首的經歷，不可能作得出那樣的詩詞，那不是一般人作的。你聽聽，十年生死兩茫茫，不思量，自難忘。千里孤墳，無處話淒涼。縱使相逢應不識，塵滿面，鬢如霜。夜來幽夢忽還鄉，小軒窗，正梳妝。相顧無言，唯有淚千行。料得年年腸斷處，明月夜，短松崗。如果不是經歷了巨大的失去之痛，哪能寫出這樣讓人讀之流淚的詞來？大哥，我是沒這水平了。」

當陳爭唸出金錦茶樓的擂主作品時，慕容楓也不由得仔細品味起來。從戰場回來的人，別的體會不深，可生離死別，平常的人又有幾個人能比得上？

因為明年是戰亂之後的第一次春闈，一個月前，金宇成接受林語的提議，在樓裡擺了個學子擂臺，每一期由茶樓出一首詩或詞，參與比拚者交十個銅錢領一塊參賽牌，每半個月評比一次，有比原詩詞更佳文者，獎勵二百兩白銀和推薦書一封。

而評定者，則是由軒轅博出面請的京城四大書院的山長。

這一下一引十、十引百，前來京城參加考試的學者都想來碰運氣，而肖正軒的幾個師兄弟倒不是為了獎，而是為了幫他找人。

唐瑞坐下喝了一口茶。「二哥，這首詩跟二嫂留給你的那首詩有得一拚。」

聽到這首斷人心腸的詩詞，肖正軒沈浸在巨大的衝擊中，喃喃自語。「十年生死兩茫茫，不思量，自難忘……人生若只如初見，何事秋風悲畫扇……其實死與走的人哪知道，他們是瀟灑地走了，留下來的人才真正是想斷心腸。」

張志明不解地問：「二哥，你是不是懷疑這兩首詞都是二嫂作的？」

陳爭細嚼兩首不同的詩詞。「不可能。二嫂能作出那首詩詞是因為對二哥有怨恨，可這首思念亡妻的作品應該是男子所作。」

慕容楓點點頭。「老四分析得對。這兩首詩詞不會是同一個人所作，確實應該就是一女子一男子所作。」

肖正軒也搖搖頭。「確實不會是。只是寫詩詞的人都有同一種心境罷了。當年我不知道那樣的安排，會讓她如此難過，只是為什麼不信我呢？為什麼呢？」

看著肖正軒感傷的樣子，唐瑞更加不滿意林語的行為，開口勸道：「二哥，世上女子何止千萬，你已盡了你的心意，別再找了。」

看著肖正軒那呆呆的樣子，慕容楓止住了唐瑞的話頭。沒有愛過一次的人，哪裡能體會到思念的苦呢？

如果是說忘就能忘記的人，那就不能稱作為愛人了。

聽著大人說些聽不懂的話，壯壯不自然地坐在肖正軒的懷裡，左看看右看看。一大幫的大人在議論宇真舅舅的詩詞，他臭屁地說：「這都不知道，這是我宇真舅舅作的。」

眾人眼睛一亮，可陳爭搖搖頭。「不是他作的，我們問過他了。」

眾人也沒興趣非得找出什麼作詞的人，可聽到壯壯講話，大家都轉頭看著壯壯問：「大哥、二哥，這是從哪兒找來的一個小玩意兒？難道是你們在京城收養的？」

慕容楓指著肖正軒，笑著說：「是有人認你二哥做爹爹了。」

「啊？有這事？二哥，這孩子跟你長得好像呢，不會是你以前來京城的時候遺落的明珠吧？」為了讓肖正軒開心，唐瑞故意打趣起來。

一旁的陳爭坐下來仔細一看，驚訝地道：「咦，小傢伙，你怎麼跑到我二哥懷裡去了？你是不是看到我二哥跟你有點像，又開始認爹爹了吧？」

見陳爭認識小傢伙，肖正軒心又活了起來。他著急地問：「老四，你認識這孩子？」

陳爭笑著說：「這小子常在這樓裡混，是樓主金三少的外甥，來這裡的學子沒幾個不認識他的。小子，你葉清哥哥呢？今天沒跟你來？」

肖正軒一聽是金三少的外甥，心中一陣失落，臉色又灰暗起來。看來他的希望又落空了。

眾兄弟看著，也是一陣難過。

壯壯認識陳爭，於是得意地告訴他。「叔叔，今天我可是一個人離家出走的。葉清哥哥去書院了，家裡就只有我和燈燈弟弟玩，他太小了很沒勁，我要出來玩，我娘說讓我帶弟弟，我一氣之下就離家出走了。」

「什麼？小傢伙你才幾歲呀？就學著離家出走？一會兒你娘找到你，小心你屁股開花。」唐瑞驚訝地指著壯壯。

壯壯豪氣干雲地說：「我娘才不會打我的屁股呢！她經常跟我三舅舅說，男人志在四方，要走天下，看萬事，聽民意，察民情，才能當一個好官。我這也不是為了察民情才跑出來的嗎？」

「噗！你來察民情？好大的口氣，你知道什麼叫民情嗎？」陳爭聽到壯壯的強詞奪理，不禁笑了出來。

被人恥笑他不懂事，壯壯翻翻白眼說：「我不告訴你。」

「哈哈哈，狡猾的小鬼頭！」

壯壯看大人都呆呆的，覺得很沒意思，他爬下肖正軒的腿。「叔叔，我得回去找三舅了，要是他生氣了，就會讓樓裡的姊姊攔著不讓我進門的。」

肖正軒戀戀不捨地放下壯壯說：「喔，那你快去吧，省得大人操心。」

看著孩子上樓的背影，慕容楓暗示了一下，張志明立即跟了上去。

唐瑞見壯壯上了樓，他疑惑地告訴肖正軒。「二哥，這孩子跟你長得真的好像。」

慕容楓大笑。「是你二哥跟人家長得很像。小傢伙剛才就認了你二哥做爹爹，他說跟他長得很像，應該驕傲。」

唐瑞更加好奇地問：「認二哥做爹爹？他沒有爹爹嗎？二哥，這小子有問題。」

慕容楓見大家都很好奇，就把剛才的情形說了起來。幾個人聽了，憋著氣不敢笑出聲來。

唐瑞遲疑地問：「二師兄，這孩子會不會是……」

想起他受重傷那次的夢境，心有所思的肖正軒點了點頭說：「希望他是。」

一個時辰後，跟蹤壯壯的張志明急急回來了，「大哥、二哥，那小傢伙確實跟著金三少走了，不過沒去金府，而是去了朱大胡同。」

慕容楓見肖正軒還在發呆，立即追問：「老五，你看著他進門的？」

張志明肯定地點頭說：「當然。我看金三少送他到了家裡，過了一會兒才一個人出來的。嗯，大哥，還有件事我想跟你們說，我發現這小傢伙好像練過功夫，他那身法跟師傅教我們的行雲流水有點像，不過好像還有不同門派的東西在裡面。」

肖正軒聽著，已坐不住了。不管壯壯是不是林語給他生的兒子，他都必須親自去看一眼。他站起來說：「老五，朱大胡同怎麼走？」

知道師兄心急了，張志明立即說：「二哥，我陪你去好了。那兒還真有點偏，根本不能叫朱大胡同，就是個鄉下小巷子，七彎八拐的還真難找。」

慕容楓立即吩咐。「五弟，你陪你二哥走一趟。我們大家就在這樓裡等消息，如果二弟是真的找到了弟妹，那老五趕緊回來送消息。如果不是，也最好問問清楚這孩子是哪家的、是哪裡人，最好能跟他的娘親見上一面。」

陳爭提醒一句。「二哥，如果真的不是二嫂，最好問問小壯壯的爹是哪裡人，會不會是你兄弟的孩子？否則不可能長得這麼像。」

肖正軒知道兄弟們都為他著急，可是自己那幾個兄弟，兩年前還在靠山屯，從來也沒有離開過鎮上，怎麼可能會有孩子在京城呢？

壯壯說，他從來沒有見過他爹，那也就是說，他的爹最少有四、五年沒回來過了，跟他離開靠山屯的時間吻合。想到此，肖正軒的心更急了。「好，我會問清楚的。老五，你朝前帶路吧！」

張志明點頭。「好，大哥、四哥、六弟，那我就陪二哥先去了。」

兩人一路急奔來到林家小院門口，雖然院子在京城裡來說，真的只能算個小院，但只見院門緊閉、圍牆高豎，很是嚴密。從門縫往裡看，也只見得到樹影斑駁。

看到這個院子，肖正軒有一種熟悉的感覺。他跟張志明打了個手勢，兩人來到院子的後面，見四周無人，他一躍而上，讓師弟守在院外接應。

悄悄接近屋子，肖正軒來到了一間廂房後面，正要越過去，卻聽到了孩子的聲音。

「娘親，好娘親，我最美最美的娘親。壯壯錯了，我真的以後再也不亂認爹爹了，背後再也不叫妳白骨精了，也不會一個人不打招呼就亂跑了，求求妳這次就饒了我吧！」正是壯壯在說話。

肖正軒湊到窗戶上，透過格子看裡面，只見一個女子背對著自己，而壯壯正低著頭面對女子，卻在偷笑。

女子好一會兒沒有發話，肖正軒發現，壯壯慢慢把笑容收起。

肖正軒見不到女子的臉，又聽不到她說話，於是悄無聲息地繞過臥室，悄悄接近廂廳門。

他剛站好，不知道女子做了什麼，只見壯壯猛地衝出廳裡大叫。「師爺爺，救命呀！母老虎要發威了！」

肖正軒還沒來得及躲藏，就聽見女子大喝一聲。「今天你找人救命也沒用，給我老實站住！否則我要剝你的皮！」

這一聲，將肖正軒擊傻了。

那闊別了四年多的聲音，終於再次傳進他耳中……

第六十一章

壯壯還未來得及收住腳，一頭撞上在門外發呆的肖正軒，把他給撞醒了。

肖正軒立即伸手把壯壯接住，小傢伙抬頭一看是他，立即哇哇大叫。「娘親，這叔叔真的不是我帶回來的！妳別來找我的麻煩！天呀天呀，真有鬼了，明明我沒帶他回來的，師爺快快來救命，這下真完蛋了！」

肖正軒不理壯壯的話，只是呆呆看著眼前那個杏目圓睜、火冒三丈的女人。

真的是她。

真的是那個他思念如狂的媳婦。

看著眼前那張精緻的小臉，肖正軒心裡酸得厲害。他以為她沒有自己，一定活得不好，可是看著眼前這張玉顏生春、雙頰暈紅的小臉，已褪去了四年多前的青稚，顯得更成熟、更嫵媚、更引人犯罪。

看到這樣的林語，肖正軒的心快要爆炸。

他顫抖著伸出一隻手想要去捉住眼前的人，證實自己不是產生了幻覺。「媳婦……」

聽到壯壯叫聲的軒轅博，快步從正廂趕了過來。

他這調皮的孫子，看來又惹他娘發飆了。

軒轅博邊走邊喊。「乖孫子，你先挺住！師爺爺來救你了！」

轉眼，軒轅博就到了肖正軒的身後。肖正軒一聽到軒轅博的聲音，轉過身驚愕地叫道：「師傅?您怎麼在這裡?!」

軒轅博一看是自己二弟子，也是愕然。「我還要問你怎麼也在這裡呢！這是我乖孫子家，我怎能不在這兒？你倒是怎麼跑這兒來了？」

肖正軒現在沒時間跟師傅解釋，他把手中的壯壯交給軒轅博，語氣中顯露了自己的激動。「師傅，你先把壯壯帶走。我找到我媳婦了，我有話要跟她說。」

得知林語是自己徒弟找了多年的媳婦，軒轅博不由得內心高興起來，不過想起林語的性子，臨走前，他仍然擔心地問了一句。「軒兒，你能搞得定她？」

肖正軒壓住心中的激動，用力點頭。「嗯，師傅，把我兒子先帶走。」

軒轅博素來對這二弟子最放心，人老實勤快不說，還是個學什麼都認真的孩子，又是個有孝心的男人，配那精靈古怪的語丫頭剛剛好。

於是他接過壯壯說：「乖孫，不用害怕，這下有人來對付你娘了。你娘那傻妞就得我這笨徒弟來收拾，省得她一天到晚盯著你不放。嘿嘿，這下好了，乖孫可以跟師爺爺去玩嘍。不過，軒兒，這丫頭可是我認的姪女，你要悠著點。」

軒轅博回頭交代完，理也不理廳中的兩人，抱著壯壯大步而去。

林語看到肖正軒的那一刻，心裡忽然一陣陣地發抖。

她不知道自己這是激動還是氣憤，是心虛還是害怕。

軒轅博的故意打趣也沒能讓她放鬆，腦子一片空白的林語愣愣地盯著這從天而降的男人。她終於發現，沒了那道疤的肖正軒，正如她想像的一樣，是一個很好看的男人。

但清醒過來的她卻生起自己的氣。她激動什麼？心虛什麼？她又沒有做什麼壞事！

這麼多年，林語越來越明白，雖然肖呆子對她真的不錯，可是夫妻之間連最簡單的坦誠都做不到，這個男人一定沒有愛過她。

面對一個不愛她的男人，她有什麼好不平靜的？夜半時分雖然會回味他的溫柔，可是就算他給自己再多的溫情，她真的能假裝幸福地生活到老？

萬一有一天，他心愛的人又來找他呢？那她是不是又該退出？

那種無心的溫柔，讓林語心頭頓時涼了下來。沒有愛的兩個人湊合著過日子，未來真的無望。她又不是找不到男人，何必這樣為難自己？

內心千迴百轉的林語終於穩住自己，鎮定地問：「你怎麼到這兒來了？好久不見，一直可好？今天你到我家來，是有什麼事嗎？」

這種好比問鄰居的口吻刺得肖正軒的心揪痛。她還在生自己的氣。

肖正軒一言不發，走近林語，直直看著林語，眼睛一眨也不眨地盯著她問：「媳婦，妳是在問我過得好不好，對嗎？」

林語淡淡地說：「難道這廳裡還有人？有也是鬼。」

心被堵得說話也艱難的肖正軒癡癡地看著她。「我只能告訴妳，好不好只有心知道，可我的心早跟著妳走了，所以我也不知道自己過得好還是不好。媳婦，妳剛才是說妳不知道我來妳這兒有什麼事？」

心酸失望的口氣讓林語的心揪了一下。看來她還是做不到淡定。不想再次被溫柔所打動，只能當作沒聽到肖正軒的話，林語平靜地搖搖頭。「我真的不知道我們之間還能有什麼事，讓你大老遠地找來。我們早已和離了，我與你真的沒什麼可糾纏的了。」

尋找了多年的人就在眼前，她卻說與他沒關係？肖正軒的心痛得高高揪起，一陣氣血翻湧，他強行壓下心中的不適，苦澀地問：「是不是還在怨我當年扔下妳走了？」

打定主意的林語平靜地說：「不，我不怨你，從來沒有怨過你，我只感激你當年幫了我。我林語不是個恩將仇報的人，怎能對自己有恩的人生怨？」

肖正軒拿出那張被磨得像風一吹就要爛了的紙問：「那妳信上是什麼意思？」

想起自己當時的幼稚，林語頓時有點懊惱，但還是平緩地說：「沒什麼意思。可能當時我腦子生毛病了。」

林語的疏離讓肖正軒心中的翻騰加劇了，多年不見的容顏就在眼前，自己的心都要跳出胸腔了，可她竟然這麼平靜。

肖正軒實在受不了了，上前一步，緊緊摟住了林語。「媳婦，我回來了。以前的一切是我對不起妳，求妳不要不理我，求妳收留我可好？沒有了妳，我就沒有了家，妳說過的，這世上妳會永遠是我的親人。」

肖正軒的話讓林語想起了那段日子。是的，這句話她是說過，可是……那是曾經。

曾經以為她不會愛上他，曾經以為他們就那樣平凡地過日子，可一切已是滄海桑田。

對於這個男人，雖然她跟林桑說，她不想著他了，可其實，她還是愛著他的，畢竟他是第一個進了自己內心的男人。

她騙得了天下任何人，唯獨騙不了自己。

她要的不僅僅是親人，還要一個跟她心心相印的愛人。

可他只給她溫柔，不給出他的心。

一直認為自己是個平凡的人，心裡想要找一個平凡的男人過一輩子，她不想跟媽媽一樣獨自拉拔孩子長大，哪知她還是跟著媽媽的腳步，這幾年的孤獨和寂寞，只有自己才能體會。

她很明白，自己是個很固執的人，不可能輕易接受別的男人，可她對肖正軒也不存在奢望，她要的是相互信任和坦誠的愛人，而不是只給責任不給愛的男人。

被緊緊摟在肖正軒的懷裡，熟悉的男人氣息讓林語的心有點亂了。她掙扎著說：「肖二哥別這樣。我們已經不是夫妻了，這樣讓人看了，要惹人笑話的。」

肖正軒充耳不聞，只是死死摟住她。「好媳婦，求求妳再喚我一聲呆子。妳是我媳婦，我摟自己的媳婦，別人說什麼我都不管。」

林語真的怕自己再次淪陷。溫柔只是陷阱。掙扎不開胸前的人時，她口氣有點不好了。「你是不在乎，因為你是個男人，只要有銀子，你可以娶十個八個媳婦！可是我在乎我的名聲。我說了不是你什麼媳婦了，趕緊放開我，你再這樣我要翻臉了！」

「不，我不會放開妳的。我找了你們兩年多，這次就是要我的命，我也不會放開妳了。」喜從天降，肖正軒哪裡捨得放開？

反正他不會再娶媳婦，更不會容許她再嫁。當了他肖正軒的媳婦，那就是一輩子的事！

肖正軒的固執讓林語有點惱火。「哪個要你找來著？我留信給你了，說了不會影響你跟你師妹團聚的，不是說報了失蹤兩年之後，婚書就自動作廢了嗎？怎麼？她不要你了，你又來找我了？我欠你的也早就還清了吧？」

林語的話如刀般刺著肖正軒的心，他鬆開林語雙手，抓著她的肩膀，失神地盯著她問：「妳就這樣看我？我在妳的心目中就是個這麼差勁、不要臉的男人？我娶不到師妹就找妳來湊數？這世上除了妳，就沒有一個女人願意嫁給我？」

肖正軒一連串的話語讓林語很懊惱，但想起他的突然離開，什麼也不讓她知道，她心中的火氣就升了起來。她甩開肖正軒，憤憤地說：「你在我的心中是什麼樣的人，你會不知道？是的，你幫了我，你是我的恩人，可我也還了你。你給我和離書，我也接了，你給我銀子，我也沒有扔還你，因為我知道你不想有牽掛。這樣我哪裡對不起你？」

她冰冷的話讓肖正軒的心直往下沈。他解釋說：「媳婦，當時給妳和離書真的是無奈，我哪裡想和妳和離？就是給我一座金山銀山交換，我也不會換。當初那樣做是有苦衷的，一是故意讓兩位師弟知道，我沒有對妳上心，因為我怕他們會對妳不利；二是想讓我娘和兄弟們沒有了再來糾纏、為難妳的理由。」

雖然肖正軒說得合情合理，可林語不是因為和離書生氣，而是因為他什麼都瞞著她而難過。她沒有發現自己的語氣竟是酸味沖天。「還有第三吧？是不是怕小然兒親娘知道，會讓她難過？」

肖正軒見越說越亂，心中越加著急。「媳婦，真的不是那樣的。如果我有這樣的想法，那和離書上不會是肖二呆三個字。」

「我不知道你耍什麼花招，你寫假名字定是有你自己的打算，你早就想到了今天吧？」

「不是，在我心裡，從來就只有妳這一個媳婦。」

心情煩亂的林語冷冷掙脫這強硬的懷抱。「不管是不是那樣，也不管你寫的是什麼名字，三年前，我就上報你失蹤了。相信你也懂得天朝律法的，以後你的一切跟我沒有關係，不要再來找我了，咱們好聚好散。不過，就算我們現在不是夫妻，也算得上是鄉親，你也難得來，一會兒留下吃頓飯再走吧。」

冰冷的語氣、毫無表情的小臉，還有那怎麼也說不清的理由，讓肖正軒終於挺不住了。

「媳婦……噗……」

一口鮮血噴口而出，「砰」的一聲，肖正軒倒在地上。

倒下的肖正軒心中只有一個念頭——媳婦真的不要他了。

林語被他毫無預兆的吐血倒地嚇呆了。

「大叔，你快來！」一聲驚叫響徹院子，清醒過來的林語撲上去要扶肖正軒。

「呆子，你這是怎麼了？你別這樣，你是不是想讓我難過？別這樣，別再吐了好不好……」林語顫抖著用衣服去抹肖正軒嘴邊不停吐出來的血。

「別哭……媳婦不哭，沒事……」他看到眼前那張淚漣漣的臉，終於笑了。這女人在為他擔心呢，她沒有不要他是不是？他就知道，自己的媳婦是個嘴硬心軟的女人……

嘴角的血不斷往外淌，林語一時慌了手腳。「不要說話，不要說話了。不許笑，你再笑，我生氣了。」

看著手足無措的心上人，肖正軒咧著嘴無聲笑著。那張生動的小臉，如四年多前一樣可愛。

少年時就被父母拋棄，成了頂替長子的卒子；情竇初開時，被已訂親的師妹背叛，成了讓師兄弟同情的對象。回到父母身邊，他們又把他的孝心當成呆傻，活了二十幾年，他不知道什麼叫心有所歸。

就在那一年，看到這個小女子散發出來的力量，他木然的心初動了，一發不可收拾，那時，整個天地都只有她。

可是當她說不要他了，他的人生還有何處可去？

肖正軒呆呆看著為自己擔心的女子。媳婦，妳知道不？妳能為我擔心，我真的很開心。妳一定不知道，妳給我做的棉衣我穿到現在，雖然滿是補丁，可是那是最暖和的衣服。妳炒的豬油鹹菜滋味還留在我心中，這世上沒有比那更好吃的了。

蒼白的臉上浮現笑意，明明氣息奄奄，可笑容竟是如此歡喜……

第六十二章

林語來不及想太多，看著眼前那一灘鮮血，她完全忘記了自己會醫術，只會嚶嚶地哭。

聽到林語的慘叫聲，軒轅博第一個跑了過來，人還沒到就急切地高聲問：「語丫頭，妳沒事吧？」

這下玩過頭了。

林語後悔得不行，聽到軒轅博的問話，她帶著哭腔說：「大叔，不是我有事，是呆子有事……你快叫我哥哥來，呆子出事了！」

「什麼？軒兒又吐血了？你這個死孩子，你這是不想活了是不是？早就警告過你，一定不能再吐血，你是怎麼搞的，師傅和師叔的話就成耳邊風了？」軒轅博一聽肖正軒吐血，氣得差點就要上前揍那個不聽話的傢伙。

本以為軒轅博過來能給她出個主意的，哪知他一來就暴跳如雷。扶著嘴角淌鮮血的肖正軒，林語真的急哭了。「大叔，快幫我扶他上床，這會兒罵他也沒有用，我得給他止血。」

軒轅博看肖正軒的情況確實嚴重，又愛又恨地扶起他躺在床上，看著林語從櫃子裡拿出銀針扎在主穴位上。「這是怎麼搞的？吐這麼一大灘血，那次用千年血參救你一命，就再三警告你一定要好好休養，你到底在幹什麼？」

看著眼前為自己忙碌的身影，肖正軒知道師傅罵他也是因為擔心，他艱難地笑著說：「師傅，我就是在找我的命……沒有了語兒，我所做的一切都沒了意義，命也沒了。」

「別說話。」林語正在專心扎針，被肖正軒幾句話擾亂了心神。他剛一張嘴便被她喝止。

看著那一臉老實的徒弟，軒轅博恨恨地罵。「活該！你這傻子，自己媳婦都不知道哄好，活該你吐血！」

軒轅博也知道，這個徒弟是最像自己的一個，聰明能幹老實忠厚，跟自己一樣是個死心眼的人，再怎麼說也沒用，好在終於讓他找到了這丫頭，以後一定會好起來的。

這時，林桑趕到屋內，吐出一大堆血的肖正軒虛弱地躺在床上。當他看到林桑時，露出了一個滿懷歉意的笑容。

林桑大吃一驚。「肖二哥，怎麼會是你？」

這個時候，肖正軒不能張口，林語示意林桑不要講話，最後在他的胸前扎上了兩根銀針，終於把血止住了。

右手按著肖正軒的脈搏，林語發現他體內的脈息很亂，不解地問軒轅博。「大叔，你能不能找個把脈高手過來，他的脈我覺得好奇怪。」

聽林語這麼一說，軒轅博真的緊張了。「軒兒，你要撐住，我馬上讓人去找個好大夫來。」

見師傅被嚇到了，肖正軒強撐著胸口的翻騰說：「師傅，老五在圍牆後面。大哥與老四、老六都在金錦茶樓等我們。」

聽徒弟們都到了京城，軒轅博立即放心。「好，你別說話了，我馬上就讓老五去把他們都叫來。桑兒，你到屋後去叫下我五徒兒，告訴他我在這裡。」

林桑出去後，肖正軒的血完全止了，林語又用銀針再給他扎過一通周天穴位，肖正軒終於昏睡了。

看著臉色不像個活人的肖正軒，林語很是不解地問著返回的軒轅博。「大叔，這呆子為什麼會吐這麼多的血？是不是受了很重的內傷？」

軒轅博聽得林語一問，坐下後，幽幽地說：「語丫頭，這世上的事還真是無巧不成書呀……」

林語驚訝地問：「大叔，你是說你跟我結緣的事嗎？」

軒轅博既沒點頭也沒搖頭，只是看著床上昏睡的肖正軒，繼續說：「四年多前，軒兒回到山莊後，我發現他變了許多，從小然兒的口中，我知道他娶媳婦了。我也沒在意，在老家娶個媳婦也算正常事，只是戰爭開打之後，他爭著當前鋒，我這才知道他這麼拚命，怕是為了那三次立大功的機會。」

「什麼叫三次立大功的機會？大叔，他是想當官嗎？」林語越聽越糊塗。

軒轅博難為情地說：「語丫頭，軒兒這孩子不是這樣的人。其實都怪我，當年我一手創辦了山莊，收了他們這幾個徒弟，進山門的時候，他們都起了誓，要為山莊賣命。當初定下的規矩是，如果哪個要脫離山莊，必得以三次大功來抵消山莊對他們的培養。

「就為了這三次大功，軒兒他在戰場上處處衝在前面，幾乎是九死一生。雖然他有一身的功夫，次次化險為夷，可有一次，軒兒被敵方投過來的大石打中，當場沒什麼，可是回到營區後吐了大堆的血。老六說他受了很重的內傷，吃了他們師兄弟在山上採來的千年血參才保住命，當時告誡過他，最少三個月內不能用內力。可戰場難道是說你想動就動，不想動就不動的？就這樣子，他的傷沒有完全好起來，又中了利箭，花了三天三夜才救回來。直到仗打完後，他身子也虧空得更厲害了。

「後來他師叔看了，又花了不小的力氣才保他沒事，可也說了讓他好好休養三年，不可以勞累過度，才能恢復如常，否則要折損壽命。如今看來，這些年來他不但沒養，反而更差了。今天他又動氣傷肝，就引起舊傷了。

「這個孩子……我曾經對不起他。聽說他已成親時，我也有意讓他立這三次功，讓他卸下擔子，回去過一個普通人的生活，所以也就不阻擋他，才造成他今日這副身子。小丫頭，好好對他，這孩子值得妳付出真心。」

聽了軒轅博的話，林語的淚水再也禁不住地流了出來。這個男子，真的是個呆子。「大叔，他真傻……自由不自由真的不重要，只有他活著才是最重要的。」

「是呀，語丫頭說的對，沒了命什麼都沒了。可當時我們都沒明白，生命才是最重要的，沒了命，用什麼來保護自己的愛人和孩子？」

看著那張死氣沈沈的臉，林語心中既生氣又難過。這個傻男人，什麼都不跟她說，是為了保護她？

可她林語哪有他想的那麼不堪一擊？為什麼什麼事都自己扛？

好不容易出來了，又拚命找她，她又不是他心中所愛，哪有如此重要？

難道責任就真的比命還重要？

林語知道軒轅博不是一個會說謊話的人，她相信了。軒轅博曾經是一言九鼎的將軍王，他不會為他的徒弟來騙自己……越想林語心越酸。

剛轉醒過來的肖正軒看林語還在難過，吃力地拉了拉林語的手。「媳婦，不哭，我真的不會有事的，妳問師傅就知道了，這是老傷，養養就好了的。」

林語伸手抹了抹眼淚，狠狠瞪了肖正軒一眼才說：「誰擔心你了？是灰塵進眼睛罷了。大叔，我開一張單子，你按上面的要求把藥抓回來，抓來的藥一定要分開放。這個人既然是倒在我的家裡，算我盡一個故人的情意吧。」

軒轅博聽了林語這死鴨子嘴硬的話，略有深意地看了肖正軒一眼，才狠狠罵著。「哼，敢得罪我姪女？你小子膽肥了啊！別以為你是我徒弟我就會饒了你，門兒都沒有。語丫頭，妳開張苦苦的單子給他喝，讓他嘗嘗妳的厲害。」

林語懊惱地看著開玩笑的軒轅博。「大叔，我哪是這樣的人？」

等師傅出了門，肖正軒蒼白的臉色更加難看，可他不願意睡去。她握著他的手說：「我去拿哥哥的衣服給你換下。」

肖正軒不捨得她離開眼前，吃力地說：「媳婦，別走……」

回想起軒轅博說的話，林語心軟了起來。「你躺著吧，我馬上就回來。」

等她拿著溫水、棉巾和一杯水進了屋內，肖正軒的臉上才露出笑容。「媳婦，我沒事。」

看著這張虛弱的臉色和傻笑，林語的淚掉了下來。「明明知道自己身上有傷，還到處跑什麼？是不是想我當一輩子寡婦不成？」

肖正軒癡癡看著林語的臉，伸手拭去她的眼淚。「媳婦，要是找不到你們，我身體再好又有什麼用？每一回，我徘徊在生死邊緣還能回來，就是捨不得妳當寡婦……」

「你真的好傻……」

「我是妳的呆子。」

一句呆子，讓林語的眼淚又湧了上來。怕引起他心緒波動，她無聲地低頭扶起他，幫他脫去外衣，換上林桑的衣服，給他擦拭好臉和手，才仔細地把他嘴角的血拭去。

看著肖正軒那一臉呆樣，林語心酸地端起紅糖水。「沒見過你這種不要命的男人，為了一個責任，竟然命也不珍惜了，你這是何苦來著？來，喝了這杯紅糖水，暫時補一下。剛才吐得太多了，小心一會兒不舒服，藥得等吃過飯才能喝。」

勉強坐起來喝了林語手中的紅糖水，肖正軒又躺回枕頭上，看著正給他擦拭的林語，怔怔地說：「媳婦，我找妳從來都不是為了責任。」

不是為了責任？

「那還會是為了什麼？」林語控制住自己的心跳，淡淡地問。

肖正軒摸著胸口，吃力地說：「只是這裡想妳了，所以我要找到妳。至於為什麼，我真的不大明白。長這麼大，我從來沒有這樣想過一個人。想妳的時候，是不是因為責任，我真的不知道，可是只要想起妳，我這裡真的很痛很痛……」

那樸實的話讓林語難過地哭了。她輕輕別開臉，無聲地流下了淚水。這個男人是故意要感動她嗎？可她不想讓他看到自己軟弱的一面。

同情不是愛情，她很明白。

如果不能愛她，不要說讓她感動的話。

「誰要你想？不想不就行了？」林語被肖正軒的話弄得心亂如麻。

怕自己失態，她想出去冷靜一會兒。見林語要出去，肖正軒死死拉著她的衣服。「媳婦別哭，雖然這裡會疼，可是我還是想妳，每天每夜都想妳。那幾次受重傷的時候，我夢見妳來看我了。妳說讓我快點好起來，回靠山屯陪妳……就這樣，我挺過了好多次。四年多了，我終於見到妳了，妳別走，陪陪我……」

一個大男人眼中有了小狗似的哀求，真的會讓人心酸。林語的淚水再次如斷了線的珍珠掉落。「別說了。你好好休息會兒，我去給你弄點吃食。」

肖正軒強撐著身子，搖搖頭說：「媳婦，我不餓，今天中午在金錦茶樓與兄弟們吃過才來的。妳坐下來陪陪我，我有好多話想跟妳說。」

可他這樣強撐著對身體不利，林語不想他出事，又怕自己心軟，於是臉色沈了下來。「是不是你非得要死要活的讓我難過？我跟你說了，什麼都不用說了，你就是不想聽我的話？」

林語一發火，肖正軒立即放手，眼中明顯的有了不安。「媳婦，不是這樣的，妳別生氣，我不說了。」

原來這個男人吃硬不吃軟。

林語雖然心情複雜，可看到一個大男人在自己面前一臉不安，心裡又得意起來。「好，既然你說聽我的，那就閉上你的雙眼和你的嘴，不許看我也不許說話，沒有我的命令不許醒來，聽到沒有？」

肖正軒乖乖閉上眼睛，手緊緊攥著林語的手不放。「媳婦陪我。」

林語本想抽開手，可不知為何又捨不得了。多少次，她夢到這雙大手的溫柔，可半夜醒來只有一室的寂寞；如今這雙手再次握緊了她，就讓她貪戀一時的溫暖吧……

坐在床邊，林語盯著閉著雙眼的肖正軒，知道他沒有睡，看他像小壯壯一樣假裝睡覺的樣子，心情突然好了起來，笑了。「行了，別裝了。」

肖正軒睜開眼睛，紅著臉訕訕地說：「媳婦，我不是不聽妳的話，只是心中的話還沒來得及跟妳說，我捨不得睡覺。」

心情本已轉晴的林語，聽到這話又沈了下來。「有什麼話比身體還重要？今天又不是世界末日，不說就沒機會了，你急什麼急？你不是故意想把身體弄垮好賴在我家吧？」

看著這心軟嘴硬的女子，肖正軒心中有了數。「媳婦，憋了多年的話不說出口，我睡不著。」

這個固執的男人，林語怕他說出更感性的話，她還沒有釐清自己的思緒，只得再度俏面含怒。「不聽我的話是吧？如果真是這樣，說完了你就走吧。」

肖正軒知道自己從來沒有贏過她，不是他沒有男子氣概，是捨不得她難過。

知道她一時還難以接受自己，心情低沈的肖正軒只得暗嘆一聲，閉上了雙眼。

第六十三章

剛端著水出來的林語，突然聽到了院子裡傳來一聲驚呼，嚇得她把臉盆往地上一扔，拔腿就跑了起來。

院子裡，根本沒聽清張志明說什麼的唐瑞，只聽說二哥在林家受了重傷，拿起劍抓著張志明就往林家趕來。一跳進門，看到莫琴音，他立即扔下張志明，用劍指著她說：「快把我二哥交出來！」

林桑一看媳婦被人指著，立即上前把她護在身後。「你是什麼人？憑什麼亂闖別人家院子？」

接著又聽到莫琴音一聲尖叫。「桑哥，你有沒有事？你是什麼人？不要傷害我相公！」

葉蝶剛讓小妞妞上炕，本來聽到莫琴音的叫聲正想去幫忙，可一出廳門，發現一個男子用劍指著林桑，莫琴音的尖叫嚇得她一個箭步抄了掃把就衝上去。「哪個敢傷我叔叔嬸嬸，我跟他拚了！」

剛趕上前來的張志明一把拉住衝過來的葉蝶。已經十五歲的大姑娘被一個陌生男子拉著，她粉臉含怒，顧不得矜持，抄起掃把就開打。「放手！」

這幾年，葉蝶完全繼承了林語的性子，安靜時不輸大家小姐，可著急時就成了個大俠。

白白挨了兩掃把的張志明委屈地說：「姑娘，我可不是有意輕浮的，妳這麼急著衝過去，萬一我師弟的劍不小心傷著妳，那就出大事了。」

聞言，葉蝶這才知道找錯對象，轉過身來，舉著掃把衝著唐瑞喊。「把你的劍拿開！你要傷著我叔叔了，我跟你沒完！」

唐瑞看一個小姑娘也敢跟他叫板，心中更加認定這家人不是什麼好人家。他也不理葉蝶，依舊瞪著林桑狠狠地問：「說！我二哥被你們弄到哪兒去了？」

林語聽到唐瑞的吼叫，「砰」的一聲把臉盆扔在地上，立即跑過來。當她看到唐瑞時，只覺似曾相識，可看到他的劍指著林桑，她竄了過來，對他厲聲叫著。「給我把劍放下。你以為這是什麼地方，誰准許你動刀動劍的。」

葉蝶看到林語過來，甩開張志明的手叫著。「姑姑，這些壞人要殺人！」

當唐瑞看到眼前的林語，呆若木雞。這還是四年多前他看到的那個村姑？

不怒而威，粉臉含俏，好個俏女子。

不過這個時候，唐瑞可沒有心情欣賞。肖正軒現在如何還不知道呢。他冷厲地問：「妳把我二哥怎麼了？快點把他交出來！」

林語來氣了，就是那隻自大的豬！想起以前他說過的話，她也冷冷地回答。「哪個是你二哥？你什麼時候把他交給我了？這位公子不會眼瞎找錯地方了吧？我們都是安分守己的老百姓，從來不做窩藏外人的事，別拿著個破銅爛鐵嚇唬我們。」

「妳——」唐瑞正要發作。

隨後而來的慕容楓聽了林語的話，禁不住笑了出來。「老六，還不收起你那破銅爛鐵？你敢拿劍指著你二哥的大舅兄，是不想混了嗎？」

慕容楓早就把林語的家中情況打聽得清清楚楚，剛才聽五師弟說了幾句，說二師弟找到他媳婦了，所以他猜這院子裡的林桑是肖正軒的大舅兄。

唐瑞聽了林語諷刺自己的劍是破銅爛鐵，想要發火，只是大師兄這樣一鬧，他也只得收起劍，訕訕地說：「我這不是替二哥急嘛？剛才五哥說他傷得很重呢。所以我才……」

慕容楓無奈地搖搖頭。「我說你這急性子什麼時候能改改？老五話還沒說完你就拉著他跑了，弄得我們也只得跟著你們跑。老五，快說說情況吧。」

張志明被自己這個魯莽的師弟打敗了。他氣呼呼地說：「老六，快放下手中的傢伙！師傅在這裡呢，你擔心個什麼勁呀？也不讓人說完一句話，你看我這手都快被你拉斷了！」

唐瑞聞言，大吃一驚。「五哥，你說師傅在這兒？原來師傅在京城裡，害我們找不到。他躲這兒來了？」

看起來彬彬有禮，最後才進來的陳爭搖著頭說：「老六這性子可真是怪了，平時也沒見過你這樣呀？」

唐瑞臉紅了。他也不明白，為什麼一碰上林家人，他就變得莫名其妙。

林語冷冷看著眼前這幾個只顧說話的男人。這唐瑞看來還是幾年前那個魯莽的德行。她也不理他們幾個，走到林桑身邊查看。「哥哥，他沒傷到你吧？」

林桑明白這些是肖二哥的師兄弟，反正他也確實是沒事，於是溫和地笑笑說：「我沒事，語兒。這位公子看來也是急的，他沒有真正傷了我。」

聞言，林語把綁在樹上、給壯壯做的小弩取下，冰冷地瞪了唐瑞一眼，然後對著牆壁連射，十枝小箭便整齊地釘在牆邊的木板上。

「他敢傷你？我就讓他釘在咱家牆上，曬成肉乾！」

四人吃驚地看著林語射出的小箭，眼中閃出如狼一樣的光芒。他們從來沒有看過如此快速的箭，林語的狂妄並沒有讓他們不高興，誰讓自己兄弟先惹惱人家的？

慕容楓走上前一步，客氣地說：「弟妹，在下慕容楓，是肖正軒的大師兄，妳手上的東西能給在下看看嗎？」

林語因著唐瑞的關係，對不認識的幾人產生反感，聽到有人要看她的弩，冷冷地說：「不行，這是私有財產。我不管你們是誰，你們亂闖我家，不知有什麼目的？」

林語冰冷的語氣讓慕容楓頓時頭痛。這個女子二弟駕馭得了？就算她認了他，怕會有得他受了。好，這下有伴了，省得這群沒義氣的師弟們總在後面笑話自己。

慕容楓心中偷笑過了才解釋說：「對不起，弟妹，我們並無惡意。剛才我五弟回去報信，說二弟傷了，並沒有說得太明白，所以老六他魯莽了。不過請弟妹看在我們關心，急忙趕過來的分上，原諒他行不？我二弟他現在在哪兒，可否讓老六去看看？他在這方面比較在行。」

林語倒不知道唐瑞還是個杏林高手，睨了四人一眼，面無表情地說：「既然是上門尋人的，基本的禮貌總懂得吧？就我一個村姑就算再沒見識，也從來沒有這麼亂闖亂叫亂砍亂殺的，難道說這就是官兵的規矩不成？」

狠狠瞪一眼只會惹事的師弟，慕容楓苦笑著說：「弟妹說的對，都是我們兄弟不好。不過原諒我們也是為了自家兄弟著急，還是快讓我們去看看二弟吧。」

不想就這樣放過他們的林語漠然指了指屋內，說：「哪個是你們的弟妹？別亂叫。你們要找的人在那兒，自己進去吧，右邊第一間內屋就是，不送。」

四人立即往屋內走去，慕容楓看著兩個師弟，恨恨地問：「這就是你們兩人說的村姑？你們二哥要被你們兩個害死！要不是當年老六你多事，他會這麼久找不到媳婦跟兒子？一會兒看師傅怎麼收拾你們。」

唐瑞苦著臉說：「大哥，那個時候在山裡，她一身布衣裙，還是一副孩子樣，跟現在哪裡一樣？」

張志明則老實地說：「大哥，其實我覺得二嫂就是長高了一點，好像肉也多了一點。那年我們看到她的時候，我覺得風都能吹跑她。」

陳爭很不客氣地說：「老五，在女人面前可不要亂說她肉長多了，那你就是在說她胖了。何況這二嫂的身材可是標準極了，就算是真的胖，以後也只能說她豐滿，知道不？」

慕容楓聽到他們三個唧唧歪歪的話，立即喝止。「行了，別再說了。你們這個二嫂怕不是那麼好說話的人，小心讓她聽見了。看到剛才她那把小弓沒？哪個有信心在一瞬間躲得過十枝箭？」

「大哥說的對，何況咱們還有一個難纏的師傅在這兒呢！」

唐瑞不解為什麼師傅會在林家，再次狐疑地問：「大哥，師傅怎麼會在這林家？這可奇怪了。」

慕容楓沒好氣地回答。「我哪知道？師傅他老人家行事是越來越難捉摸了。咱們在京城找遍了，他老人家倒好，留著王府不住，躲在這個小院裡，真是讓人費思量。」

走到床前，唐瑞看肖正軒臉色蒼白地睡著，急忙抓起他的手把脈，好一會兒才對著急的三個人說：「急火攻心導致舊傷復發，現在氣血浮動、脈象雜亂，今天吐的這口血怕是不少，以致氣虛體弱。他這次可真的要好好靜養，如果不再觸動內傷，以藥調理，至少一個月才能起床。」

「啊？這麼厲害？」慕容楓大吃一驚。

唐瑞擔心地說：「那還得看他這一個月內勞不勞神，如果再這樣心情鬱結的話，我不能保證他還能站起來。」

陳爭急了。「老六，沒有別的辦法嗎？」

唐瑞看看沈睡中的肖正軒，想了想才說：「我這說的還算好的。那次師叔用千年血參把他救回來，本是好了許多，只是後來又動了內力，讓血參的功效減弱。交代他要好好休養，可你們看看他，他這是在休養嗎？根本就是在送命！」

唐瑞越說越氣。一個小小的村姑……算了，就不叫村姑好了，總是個小女子吧？兵荒馬亂地到處亂跑，累得他被師兄弟們責怪了兩、三年，想想他就想揍人。

慕容楓知道自己這個師弟的水平雖然比不上師叔，可一般的人根本比不上他，聽他說二弟是傷得很厲害，擔心地問：「老六，就沒有什麼辦法讓他早點好起來？」

過不了多久就要過年了，他們兄弟都得回山莊，要是肖正軒一直這樣病歪歪的話，大家哪有心思過年呢？

唐瑞想了想。「現在這底子也不能補什麼，前三天先溫養著，我這兒還有一枝血參，只是年代不長，只能給他補充點體力，要真的好起來，很難。」

「老六，你是說你二師兄的病好不了？」門外的軒轅博聽到徒弟的話立即進門。

唐瑞看是自己師傅，立即與三位師兄站起身來。「師父，弟子這水平做不到，真的要二師兄好起來，怕是要師叔才能做到。」

軒轅博拍了他一掌。「當年你求我讓你師叔教手藝的時候就不精學，這次一個小傷復發就讓你沒辦法了？」

唐瑞不服氣地說：「當年師叔說要我天天住他那兒，可您非得說學功夫才是第一重要。要不是我認真學習，師叔的醫術我怕是連皮毛都學不到。」

軒轅博不客氣地說：「當然功夫比醫術重要了。要是手上沒功夫，還沒等到人來救你，早就一刀被人砍死了。你說戰場上什麼重要？」

聽到有人說話，肖正軒醒來了。

當他看到師傅和師兄弟都站在床前，不好意思地說：「對不起，讓師傅、師兄弟們擔心了。」

軒轅博沒好氣地說：「剛剛不是說能拿下自己的媳婦嗎？怎麼一個轉身就讓媳婦氣得吐血了？真是個沒出息的孩子。我可跟你說，這個媳婦你要是弄丟了，這輩子你就捂著被子哭吧。」

張志明被這個變得太多的師傅弄暈了，不解地問：「師傅，為什麼二哥要捂著被子哭？他又不是女子。」

這老實的師弟！慕容楓好笑地說：「師傅是怕二弟到外面哭，讓別人看到了，丟師傅的臉。」

軒轅博苦笑著感嘆一聲。「你們是沒有經歷過，失去一個自己最愛的人，比失去性命還可怕。」

眾人沈默了。師傅這一生，就是因為失去了宮裡那個人，才孤獨一生。

正當大家不知要說什麼的時候，林語端著藥進來了。

「藥好了，你們哪個扶他起來喝藥？」

眾人異口同聲地說：「當然是妳。」

林語冷冷地說：「你們這麼多兄弟在，總不會要我這個外人來做這些吧？」

一句話把眾人說得愣在當場。

林語說著自己是外人，因為她對當年唐瑞的話還記在心中。這個臭小子，當年竟然敢威脅她？還說肖呆子不是她林語配得起的人。

是可忍孰不可忍，今天有機會教訓這小屁孩，林語可不想放過。

「什麼？外人？二嫂怎麼能這樣說自己呢？」果然第一個跳起來的是唐瑞。他聽林語說自己是外人，就不樂意了。看來她不認他二哥了，這可不行，這兩年多，二哥沒日沒夜地找她，其中的艱辛，他可是看在眼裡的。

不要說現在的林語看起來高貴大方、冷靜美麗，就是一個真正的村姑，只要自己二哥真的喜歡，他也認了。

林語冷漠地瞧了唐瑞一眼問：「那你說我是什麼人？」

唐瑞不客氣地說：「妳自己是什麼人都不知道？當年妳可是與我二哥成過親的。」

「我們確實是成過親的，可是我不相信你老年癡呆了。當年，當著你的面，你二哥可是給了我和離書的，你不會忘了吧？要不要我拿出來給你看看？」林語一臉蔑視，讓唐瑞的臉紅了起來。

脹紅了臉的唐瑞被林語的話噎得說不出話。「妳……」

第六十四章

其實林語不是小氣的人，可想要發在肖正軒身上的氣沒地方出來，碰上唐瑞這衝天炮，她就拿他當炮灰。

在戰場上意氣風發的人，被林語一句話給堵住了，這下唐瑞真的臉紅脖子粗了。「妳這女人怎麼這麼小氣？當年我不就是說了妳一句村姑，讓妳找個男人好好過日子，值得妳記恨這麼多年？」

見唐瑞脹紅了臉，林語心中很是解氣。她冷哼一聲。「我可是個女人，唯女子與小人難養也，難道你沒讀過書？再說，我正想如你所願找個男人過日子呢，你現在讓我去侍候一個我不能妄想的男人，這要是被外人知道了嫌棄我，莫非是你想負責？男女授受不親，我可是個知書達禮的村姑。」

「噗……」一旁的幾人笑岔了氣。

軒轅博好氣又好笑地看著唐瑞笑罵。「你個死小子，就是張臭嘴沒用！世上有你二嫂這樣的村姑？你給我找幾個出來，好讓我把她們配給你這兩個師兄。」

唐瑞見師傅也來糗他，不由得懊惱地叫了句。「師傅……」

怕小師弟真的懊惱讓大家下不了臺，肖正軒撫住胸口，對林語虛弱地喊了一句。「媳婦……媳婦……我這兒有點堵得慌。」

看著肖正軒蒼白難受的臉，林語本想再嗆唐瑞幾句的，但想著以後跟這幫人還有不少接觸，反正這唐瑞也被她氣得不行，於是不再與他計較，故意臭著一張臉走上前說：「叫什麼叫？喝藥吧。」

肖正軒朝她無力地笑笑，再次哀求。「媳婦……」

林語看他伸手捂住胸口的樣子，立即驚覺，他不會是還想吐血吧？那不行，剛才那口堵在胸口的瘀血，吐掉了其實對他身體有好處，可再吐就不行了。於是她鬱悶地應了。「做什麼？」

肖正軒氣喘吁吁地笑了。「我喝藥……」

看著二師兄一臉討好，剛被氣了的唐瑞有點忿忿不平。自己優秀的二哥為什麼這麼執著於這女子？好吧，就算她不一般，可也用不著如此低聲下氣吧？

難道她是世上獨一無二的女人？真是沒出息。

慕容楓見唐瑞一臉不滿，知道他沒有愛過人，不會理解一個男人面對自己心愛女人的心情，特別是自己於她有愧的女子。

他怕這個毛頭小子再說出不好聽的話，立即轉向軒轅博請求。「師傅，我們到您屋子裡去坐會兒可好？等二弟先休息一下，過一會兒我們再來看二弟好了。」

軒轅博會意地說：「走吧，一群臭小子，就會給我惹事。我讓桑小子去買菜了，一會兒嚐嚐他媳婦的手藝，包你們把舌頭都吃掉。老六，你二哥的傷既然要你師叔過來，明天寄個信去，讓你師叔這兩天就過來。」

唐瑞跟在軒轅博背後，心裡雖然不痛快，可正事還是分得清楚的，立即說：「是，師傅放心，弟子明天一早就去寄信。」

看著眾人被軒轅博叫走了，林語只得吩咐葉蝶。「蝶兒，給師爺爺泡幾杯茶去。」

葉蝶雖然心裡很不喜歡那幾個人，可是對林家兄妹的話卻奉為聖旨。她應聲出門。「好，姑姑不用擔心這些，我會做好的。」

林語懷疑地看著幾人的背影。

她剛才聽到了唐瑞的話，雖然很是擔心，可還是嘀咕：這男人的內傷真的有這麼嚴重？儘管有些覺得他們誇大事實，不過林語自己也知道，內傷從外面看也看不出什麼，但內裡的傷情確實是變化莫測的。

肖正軒幾口就把藥喝完，接下林語遞過來的清水又喝了兩口，才慢慢地說：「媳婦，妳別擔心，我不會有事的。這是舊傷了，今天是我急了才會這樣的。沒事的，真的沒事的。」

林語粉臉含怒。「我才不管你有沒有事呢！身子不好還到處折騰，你不就是存心想讓我當寡婦？」

雖然一樣冷淡，可是肖正軒終於放了心。媳婦是真擔心自己呢！為了不讓她難過，肖正軒拉著她的手不放。「媳婦，我就是想妳，沒有妳，晚上睡不著。妳看，我這兩邊都長白髮了。老六說，我要是再過五年找不到妳，以後妳就認不出我了。」
林語的鼻子又酸了。這個男人就是老天送來惹她流淚的人。她認命地擰了棉巾，幫他擦去嘴角的藥汁，才說：「呆子。你就是個真的呆子。用命去換功勞，也不想想還有沒有命受？」
那盈盈欲滴的淚水代表眼前的人在心疼他，肖正軒再也不能忍，不管不顧地拉她入懷。「妳說過，妳喜歡靠山屯那種簡單的生活，可是我不立功，就給不了妳那種生活。再者我和師妹的事不說清，我怕保護不了妳的周全。我情願一生只看著妳，也不願意妳因為我受到任何傷害。」
林語不敢掙扎，怕引起他傷情再次加重。「我哪裡是個這麼慫的人？什麼事你都不說，什麼事你都自作主張，你這是不尊重我。別以為我會原諒你，沒這麼便宜。」
聽到這話，肖正軒更是歡欣鼓舞。他摸透了自己這個媳婦的性子，於是再一次承認錯誤。「媳婦，以前都是我不對，以後我保證不瞞妳任何事。反正我是不會再放開妳了，我不管妳喜歡不喜歡我，我喜歡妳就行了。」
林語含淚，狠狠地瞪了他一眼。「還想不到你是個霸王呢。你是說我不喜歡你也行了？那以後我要是喜歡上了別人，你不要哭。」
肖正軒在那嬌俏的臉上迅速親了一口，憨憨地笑了。「不會的，我的媳婦不會喜歡上別人的。她以後一定會再次喜歡上我的。」

擦去淚水，林語輕輕嬌哼一聲。「你就得意吧。好了，你不要說話了，好好再休息一會兒，養好精神再跟你師兄弟們敘舊。大叔帶了這麼多人回來，一會兒嫂嫂忙不過來，我得去幫幫。」

肖正軒捨不得放開懷裡的人，說：「媳婦，明天我去買一個下人回來。」

林語雙眼一瞪。「怎麼？現在就開始了？明天開始買下人，後天是不是開始買小妾了？」

他委屈地說：「媳婦，我是個這樣的人嗎？我只是不捨得讓妳做這些雜事，捨不得妳辛苦，自己的媳婦自己疼。」

林語哼了聲。「說得好聽，以後不要欺負我就是了。做這些事情我沒覺得辛苦，為自己家人做飯洗衣，我覺得很幸福。」

肖正軒俯下頭，吻住了那張喋喋不休的小嘴。反正自己從來沒能說得過她，至於她相不相信自己，反正他會做給她看。

雖然心情好了，心口的血也吐掉了，可是胸口還是難受。肖正軒忍住痛，傻笑兩聲。「媳婦……媳婦……我好喜歡。」

「不要說話了。再說話，我就不理你了。」林語看他揪起來的臉，立即不客氣地喝令這不知死活的男人。

眼見她要起身，肖正軒死死拉著她雙手摀在胸前，林語掙扎著。「放開我，今天家裡這麼多人，我得去幫嫂嫂幹活了。」

肖正軒癡癡地看著眼前的嬌容。「媳婦，等一會兒再走，妳的手好冰，讓我給妳焐熱一下再去。對不起，是我讓妳受累了。」

這麼曖昧的姿勢和感性的話，讓林語的臉越來越紅。「不要以為你這樣討好我，我就會理你。」

雖然是一句生氣的話，可是林語小臉緋紅，沒有底氣地說出來，肖正軒心中越發竊喜。「不用媳婦理我，以後都由我來理妳就好了。」

「油嘴滑舌。」

「娘、娘，妳怎麼跟叔叔抱在一塊兒玩親親呀？我也要玩。」壯壯「砰」的一聲衝了進來，以極快的速度爬上了床。

「咦？不對呀？叔叔，你怎麼還在我家？我都睡過一覺了，你怎麼還不走？以前我帶的叔叔回來，我每次挨過罵後，等我睡一覺起來，他們早就不見影子了。叔叔，還是你最有本事。」壯壯看著肖正軒躺在娘親的床上，大為驚訝。

林語迅速抽回雙手，她狠狠瞪了一眼床上得意的男人，紅著臉下了床。

肖正軒伸手拉著坐在自己身邊的兒子，看著他的眼睛，認真地說：「壯壯，我不是叔叔。」

壯壯天真地問：「那你是伯伯？」

肖正軒哭笑不得。「我也不是伯伯。」

壯壯莫名其妙。「那你是誰？」

肖正軒嚴肅地看著壯壯。「兒子，你要記住了，我是你的親爹。」

「啊？你真的是我親爹？爹爹，你把大雁打回來了？太好了，娘，我也有親爹了！喔喔喔，我有爹爹了！隔壁的小胖子、陳大娘家的小柱子再也不能說我是沒爹的孩子了！」壯壯樂得蹦了起來。

聽到兒子的童言童語，肖正軒的心揪緊。這些年來，他欠了他們母子多少？想到此，肖正軒內疚地說：「兒子，對不起。是爹爹對不起你和你娘，以後爹爹會補償你。」

其實壯壯的話也讓林語很心酸。這麼多年，兒子總纏著她問爹爹去哪兒了，爹爹會不會給他騎大馬，爹爹會不會教他玩弓箭，還問爹爹會不會想他？可當時她不知道去哪兒幫他找一個爹爹，只得編出那謊言讓他對未來充滿希望。

如今父子重逢，這個男人定是心急地想做個好父親，所以才會說出補償的話吧？可是孩子不能寵。站在床邊的林語故意雙眼一瞇。「兒子可不是用來寵的，養子不教害自己全家，呆子，你不是跟我有仇吧？」

肖正軒知道媳婦誤解了他的意思，急忙解釋。「媳婦，我可不是說寵他。我是想以後我會多陪陪他，一塊兒認字、一塊兒練功夫。」

林語嘟著嘴，輕哼一聲。「那還差不多。」

「爹爹，你給壯壯騎大馬！哈哈哈，娘親，我爹爹比小柱子的爹高很多，我可以比他騎得高了！」壯壯在床上興奮得比手畫腳，彷彿馬上可以到隔壁去炫耀似的。

看著眼前嬌俏可愛的媳婦、活潑聰明的兒子，肖正軒這下是真正打從內心笑了。

看傻笑的男人，林語毫無辦法，再一看天色，她吩咐壯壯。「兒子，先去外面玩，讓你爹爹再睡一會兒，要不然他的傷好得慢。娘要去幫你舅母做飯去了，我們一起出去。」

壯壯看看娘再看看爹，想了想才說：「爹爹，你要乖乖地睡。好孩子乖乖睡才會長大。等你長大了，可記得讓我騎大馬喔。我先去找燈燈玩了，你休息吧。」

肖正軒哭笑不得地看著林語，回答兒子不是，不回答也不是，這兒子的思想變得太快，他當爹的還沒適應。

林語捂著嘴偷笑。「你睡吧。我們先出去了。」

話說軒轅博帶著一幫弟子去了自己住的側廳，葉蝶進去倒茶。因為一屋子的男人讓她很是拘謹、不自在，軒轅博看她這樣子，打趣說：「蝶兒，這都是妳的叔叔們，不用這麼害羞的。」

慕容楓笑著問軒轅博。「師傅，這真是弟妹的姪女？這性子與她姑姑可有得一拚。」

軒轅博哈哈大笑。「蝶兒姊弟是林語收養的，跟著她有四年了，能不與林語性子相像？這可是個好孩子，女紅可學了個全，樣樣都拿得出手，不遜於大家閨秀，要不是你們幾個是她的叔輩，我早就打主意了。」

葉蝶被打趣得臉更紅了，不依地說：「師爺爺，你再笑話我，下次我不幫你求嬸嬸做叫化雞給你吃了。」

「哈哈哈……小蝶兒，這可是師爺爺的真心話。其實妳只是林語收養的，要是你們幾個小子有本事求得到她的話，我叫林語讓她改叫姊姊算了。」軒轅博在這裡待了兩年多，跟他們一樣成了孩子性子。

葉蝶羞得粉臉酡紅，她放下手中的茶壺，羞惱地說：「師爺爺，我才不嫁官兵呢！」說完，害羞地跑了出去。

幾個未成婚的男子本來有點臉紅，葉蝶的模樣可真是個美人，因著是師傅的姪孫女，他們覺得自己是長輩，才任由師父打趣。

可葉蝶這一句官兵把唐瑞惹惱了。「官兵也不是妳這個毛丫頭配得上的！」

慕容楓笑著對軒轅博說：「師傅，您這個主意不錯。我看這姑娘有意思，老六，她年紀跟你很相配，好好討好你二嫂，美人就能在懷了。」

唐瑞一臉不屑地說：「鄉下丫頭，我才看不上呢。」

陳爭故意不服氣地問慕容楓。「大師兄，我是師兄還沒成親呢，要定媳婦也得先輪上我。老六還小，一邊等著去吧。」

慕容楓故意打擊他。「你這是老牛想吃嫩草啊？你都二十四了，不覺得她小了點？」

唐瑞嫌棄地看了陳爭一眼。「沒想到你還有這種癖好。」

陳爭不以為然地說：「我跟她還沒差到十歲呢，算什麼老牛吃嫩草？二哥比二嫂也大了七、八歲吧？我看他們相配得呢。」

唐瑞一臉鄙視。「好了，不用爭了，一個小丫頭，誰要喜歡誰去娶好了，反正我不會跟你爭。」

慕容楓真不明白自己這小師弟，怎麼跟他在山莊時相差十萬八千里呢？他心中暗笑，這林家的女人，還真有激怒人的本事啊！

想到此，慕容楓打趣起唐瑞來。「老六，大師兄從來沒有看過你跟女人如此計較，為什麼今天如此急躁？莫不是真有什麼想法吧？」

唐瑞心中一愣，本想仔細考慮自己為何會變得這樣，可是慕容楓最後一句話又踩痛了他。「哪個有什麼想法了？就是有想法，那個人肯定不是我。這院子裡的女子，一個個都跟母老虎似的，我才不會有想法呢。再說，我今天沒怎麼樣呀？不就是因為著急了點嗎？我著急也是因為自己在二師兄這事上做錯了才心中有愧，要不然我怎麼會如此急躁？」

見這小弟子越說越惱火，收起玩笑，軒轅博認真地說：「這玩笑也只能在這兒開了啊，要是被林語那丫頭知道我們拿她和小蝶兒開玩笑，你們就有得受了。」

張志明不解地問：「師傅，難道二嫂比您還厲害不成？」

軒轅博對這個最老實的徒弟只得解釋說：「不是你二嫂厲害，可要是你們不怕吃到那些你二嫂做的特色菜，師傅我也就不提醒你們了。」

想起那丫頭弄個什麼臭得要命的豆腐上桌，軒轅博差點就要捂鼻子了。每次那東西一上來，看他們母子兩個搶破頭，軒轅博就搖頭。

眾人知道師傅的警告定是善意，於是老老實實岔開話題，說起了目前的朝廷局勢。

在屋子裡被人打趣了，葉蝶對著長輩又不能發火，只得紅著臉跑了出來。哪知一出門就碰上了林語，她發覺葉蝶臉色不大對。「蝶兒，哪個欺負妳了？」

畢竟還是個大姑娘，葉蝶想起剛才的打趣，哪好意思開口？只得紅著臉低下頭。「沒有，姑姑，剛才熱氣沖著臉了吧？」

大姑娘有心事了，林語笑了笑，也沒再追究，帶著她去廚房幫忙。

——未完，待續，請看文創風306《巧妻戲呆夫》3（完結篇）

巧妻戲呆夫 2

國家圖書館出版品預行編目資料

巧妻戲呆夫 / 半生閑著. --
初版. -- 臺北市 : 狗屋, 2015.06
冊 ; 公分. --(文創風)
ISBN 978-986-328-466-6(第2冊:平裝). --

857.7 104007547

著作者 半生閑
編輯 張蕙芸
校對 黃薇霓 馮佳美
發行所 狗屋出版社有限公司
地址 台北市104中山區龍江路71巷15號1樓
電話 02-2776-5889～0
發行字號 局版台業字845號
法律顧問 蕭雄淋律師
總經銷 知遠文化事業有限公司
電話 02-2664-8800
初版 2015年6月
國際書碼 ISBN-13 978-986-328-466-6
原著書名 **《村姑戏“呆”夫》**，由北京晉江原創網絡科技有限公司授權出版

定價250元
狗屋劃撥帳號：19001626
網址：love.doghouse.com.tw E-mail：love@doghouse.com.tw